KB102619

동연명 시집

하늘은 높고 풍경은 맑도다

도연명 지음 ⋮ 김창환 역주

도연명
시집

연암서가

역주자 **김창환** 金昌煥

서울대학교 사범대학 불어과를 졸업하고 한국고전번역원의 국역연수원에서 유가 경전을 위시한 한문의 기초를 공부하였다. 연수원을 졸업하고 서울대학교 인문대학 대학원 중어중문학과에서 석사학위와 박사학위를 받았다.

이후 서울대학교 사범대학에서 초빙교수와 서울대학교 인문대학 중국어문학연구소에서 책임연구원을 역임하였으며 규장각한국학연구원의 연구 프로젝트를 수행하고 있다.

주요 저서로『달라이라마의 생각을 읽자』(김영사),『중국의 명문장 감상』(한국학술정보),『도연명의 사상과 문학』(을유문화사),『중국어 유래어휘사전』(제일어학) 등이 있으며, 역서로『장자』(을유문화사),『유원총보역주』(서울대학교출판문화원) 등이 있다.

E-mail : hskch@snu.ac.kr

도연명 시집

2014년 11월 25일 초판 1쇄 발행
2020년 10월 25일 초판 2쇄 발행
지은이 | 도연명
역주자 | 김창환
펴낸이 | 권오상
펴낸곳 | 연암서가
등록 | 2007년 10월 8일(제396-2007-00107호)
주소 | 경기도 고양시 일산서구 호수로 896번지 402-1101
전화 | 031-907-3010
팩스 | 031-912-3012
이메일 | yeonamseoga@naver.com
ISBN 978-89-94054-61-2 03820
값 15,000원

도연명은 동진(東晉, 317-420)에서 송(宋, 420-479)으로 왕조가 교체되는 혼란한 시대를 살면서도 자신의 개성과 지조를 곧게 견지했던 사람이다. 그것은 중국의 양대 사상인 유가(儒家)와 도가(道家)로부터 각각의 장점을 계승하고 조화해 낸 데에서 비롯된 것이다. 그는 젊은 시절에는 유가적 소양을 닦았고 전원으로 돌아간 후에는 도가적 가르침을 생활 속에 실천하였는데 특히 장자(莊子)의 영향이 지대하였다. 도연명의 시를 읽다 보면 편마다 구절마다 장자를 만나게 된다.

도가의 가르침은 도를 체득하고 그에 따라 사는 것, 바로 '무위자연(無爲自然)'이다. 도연명은 소요유의 경지이자 삶의 터전인 전원에서 직접 농사지으면서 도가의 가르침에 따라 살았고 그 감회와 깨달음을 시로 형상화해 내었다. 대자연의 변화에 대한 순응, 옳고 그름을 따지는 부질없음에서의 초월, 생사의 문제에 대한 달관 등을 드러낸 그의 시들은 후대를 살아가는 사람들에게 가르침과 위안을 동시에 제공하였다. 나아가 도연명의 삶과 그의 작품들은 혼란한 시대, 가치관이 사라진 시대에 사람들이 이성을 잃지 않고 참된 자아를 유지하면서 살아가는 지표가 되었다.

도연명이 남긴 시는 대부분이 전원으로 돌아간 41세 이후에 지어진 것들이다.[전체 125수 가운데 111수가 이에 해당한다.] 도연명이 팽택령(彭澤令)이라는 관직을 버리고 전원으로 돌아간 뒤에 그간의 사정과 당시의 심경, 장래의 각오 등을 서술한 글이 "돌아가리라"로 시작되는 「귀거래사(歸去來辭)」이다. 그가 돌아가고자 한 곳은 어디였을까? 가족이 기다리는 고향이었고 구속이 없는 전원이었고 거짓이 없는 자연이었겠지만, 그 본질은 인간 본성, 즉 참됨으로의 돌아감이었다고 하겠다. 도연명은 「귀거래사」에서 밝힌 지향을 평생토록 삶 속에서 실천하였고 그 내용을 시로 남겼다.

　『문선(文選)』을 엮은 것으로 유명한 남조(南朝) 양(梁)나라의 소명태자(昭明太子) 소통(蕭統, 501~531)은, 도연명이 죽고 100여 년이 지난 뒤에 도연명의 시문을 모으고 교감하여 『도연명집(陶淵明集)』을 편찬하였다. 그 내력을 기록한 '서문'에서 그는, "도연명의 글을 제대로 볼 수 있는 자가 있다면, (명예와 이익을) 좇으며 다투는 마음이 버려질 것이다(有能觀淵明之文者, 馳競之情遣)"라고 하였다. 도연명의 시가 물욕에 이끌려 길[도(道)]을 헤매는 사람들에게 앞길을 비춰주는 빛이 될 것임을 선언한 말이다. 소통의 말대로 도연명의 시를 공부하면 인간의 탐욕을 억제할 수 있고 부질없는 어리석음에서 벗어나는 지혜와 현실의 각박함을 초탈하는 아량을 지닐 수 있게 될 것이다.

　　역주 작업은 대만의 왕숙민(王叔岷)이 주석한『도연명시전증고(陶淵明詩箋證稿)』(臺北, 藝文印書舘, 1975)를 저본으로 하였다. 그의 주석서는『도연명집』의 각 판본을 검토하여 시문을 철저하게 교감하였고 역대의 연구를 잘 반영하였다는 평을 받고 있다. 청(淸) 도주(陶澍)가 집주한『정절선생집(靖節先生集)』(臺北, 華正書局, 1987)은 근대 이전의 업적으로 참고할 만하여 주요 참고본으로 삼았다.

2014년 10월

역자

◆—차례

1
「먹구름(停雲)」 [1]수 및 서문

❖ **해제**

404년[1] 도연명의 나이 40세에 지은 시이다. 세상은 혼란스럽고 마음
은 어수선한 상황에서 마음을 털어놓을 친구를 간절하게 그리워하는
내용이다. 제목은 『시경(詩經)』의 전통을 이어 첫 구에 있는 두 글자를
따서 지은 것이다.

❖ **서문**

停雲[2], 思親友也. 罇湛[3]新醪, 園列初榮, 願言[4]不從, 歎息彌襟.

「먹구름(停雲)」은 친한 벗을 생각하는 시이다. 술동이에는 새로 빚은
막걸리가 괴어 있고 정원에는 갓 핀 꽃들이 줄지어 있지만 바라는 바
를 따르지 못해 탄식이 가슴에 가득하다.

◆ ───

1 동진(東晉) 안제(安帝) 원흥(元興) 3년이다.
2 정운(停雲) : 비 오기 전에 뭉쳐 있는 먹구름이다. '정(停)'은 뭉쳐 흩어지지 않는다는 뜻
   이다. 이 시제로 말미암아 '정운(停雲)'은 '친구를 그리워함'이라는 뜻을 갖게 되었다.
3 침(湛) : 괴다, 가득하다의 뜻이다.
4 언(言) : 어조사이다.

靄靄[5]停雲,	가득하게 먹구름이 끼더니,
濛濛[6]時雨.	자욱하게 제때의 비가 내린다.
八表[7]同昏,	온 세상이 모두 어두워지고,
平路伊阻.	평탄하던 길도 막혀 버렸다.
靜寄東軒,	고요히 동쪽 난간에 기대어,
春醪獨撫.	봄 막걸리를 홀로 든다.
良朋悠邈,	좋은 벗은 아득히 멀어,
搔首延佇.	머리 긁적이며 내내 서성인다.

停雲靄靄,	먹구름이 가득하게 끼더니,
時雨濛濛.	제때의 비가 자욱하게 내린다.
八表同昏,	온 세상이 모두 어두워지고,
平陸成江.	평탄하던 땅도 강이 되었다.
有酒有酒,	술이 있어 술이 있어,
閒飮東牕.	한가히 동쪽 창가에서 마신다.
願言懷人,	바라는 바는 그리운 사람인데,
舟車靡從.	배와 수레로도 따를 수 없구나.

東園之樹,	동쪽 정원의 나무들,
枝條載榮.	가지에 막 꽃이 피었다.

---

5 애애(靄靄) : 구름이나 안개가 가득 낀 모양이다.
6 몽몽(濛濛) : 비가 자욱하게 내리는 모양이다.
7 팔표(八表) : 팔방의 끝, 즉 온 세상을 일컫는다.

16

競用新好,	갓 핀 아름다움으로 다투며,
以招余情.	내 마음을 끈다.
人亦有言,	사람들이 또한 하는 말이 있으니,
日月于征.	세월은 간다고.
安得促席,	어떻게 하면 자리를 가까이하여,
說彼平生.	저 평소의 생각을 말할 수 있을까.

翩翩飛鳥,	훨훨 날던 새들,
息我庭柯.	내 뜰의 나뭇가지에서 쉰다.
斂翮閒止,	날개깃을 거두고 한가롭게 머물며,
好聲相和.	고운 소리를 서로 주고받는다.
豈無他人,	어찌 다른 사람이 없으리오만,
念子實多.	그대를 생각함이 진실로 간절하다.
願言不獲,	바라는 바를 이루지 못하니,
抱恨如何.	품은 한이 어떻겠는가.

❖―감상

도연명의 40세를 전후로 하여 동진(東晉)에서는 백성들의 민란과 실권자들의 반란이 빈번하였다. 402년(도연명 38세)에 환현(桓玄)[8]은 반란을

---

8 환현(桓玄) : 동진 초국(譙國) 출신으로 자가 경도(敬道)이다. 도독형강팔주군사(都督荊江八州軍事), 형강이주자사(荊江二州刺史) 등을 역임하면서 세력을 키우다가 반란을 일으켰다. 동진의 제10대 황제인 안제(安帝, 397~418년 재위)로부터 선위를 받아 국호를 초(楚)라 하고 연호를 영시(永始)라고 하였으나 바로 유유(劉裕)에게 주살되었다.

일으켜 도성인 건강(建康)을 함락시켰고, 403년에는 안제(安帝)를 폐위하고 자신이 즉위하였다. 404년에 유유(劉裕)[9]에 의해 환현이 쫓겨나고 안제는 복위되었지만 이미 혼란은 수습하기 어려웠다.

이 시는 이런 시대적 상황과 연관이 있다. 도연명은 이러한 세태를, "온 세상이 모두 어두워지고, 평탄하던 길도 막혀 버렸다", "온 세상이 모두 어두워지고, 평탄하던 땅도 강이 되었다" 등으로 암시하고 있다. 혼란한 세상에서 뜻이 맞는 벗을 만나 마음속의 답답함을 펴고 싶지만 그럴 수 없는 상황을 안타까워한 것이다.

◆———

9 유유(劉裕) : 남조(南朝) 송(宋)의 창업주인 무제(武帝)로, 자는 덕여(德輿)이다. 동진 안제 때 손은(孫恩), 환현 등의 반란을 평정하고 후진(後秦) 등을 멸한 공으로 송공(宋公)에 봉해지고 공제(恭帝)에게 선양 받아 송나라를 개국하였다.

2
「계절의 운행(時運)」^{1수 및 서문}

❖─해제

404년¹ 도연명의 나이 40세에 지은 시이다. 서문에, "늦봄에 나들이한 시이다"라고 밝혔듯이 전원생활을 하는 가운데 늦봄에 나들이하면서 느낀 감회를 서술한 것이다.

❖─서문

時運, 游暮春也. 春服旣成,² 景物斯和, 偶景³獨遊, 欣慨交心.

「계절의 운행(時運)」은 늦봄에 나들이한 시이다. 봄옷이 이미 만들어졌고 경치도 화창한데 그림자를 벗 삼아 혼자 노니니 즐거움과 비탄이

1　동진 안제 원흥(元興) 3년이다.
2　춘복기성(春服旣成) : 『논어・선진(論語・先進)』편의, 증점(曾點)이 공자와 나눈 대화를 끌어 쓴 것이다. 공자가 증점에게 평소의 바람을 묻자, '늦봄에 새로 만든 봄옷을 입고 어른 5, 6명과 아이 6, 7명이 함께 어울려 기수에서 목욕하고 무우에서 바람 쐬고 노래하며 돌아오는 것(莫春者, 春服旣成, 冠者五六人, 童子六七人, 浴乎沂, 風乎舞雩, 詠而歸)'이라고 대답하였다.
3　영(景) : 그림자이다. 동진(東晋)에 이르러 갈홍(葛洪)이 경(景)과 구별하여 영(影)으로 썼다. 『집운・경운(集韻・梗韻)』.

마음에 교차한다.

邁邁[4]時運,　　흐르는 계절의 운행으로,
穆穆[5]良朝.　　온화한 좋은 아침이 되었다.
襲我春服,　　나의 봄옷을 걸치고,
薄言東郊.　　곧바로 동쪽 들로 나간다.
山滌餘靄,　　산에는 남아 있던 노을 걷혔으나,
宇曖微霄.　　하늘은 엷은 구름으로 희미하다.
有風自南,　　바람이 남쪽에서 불어와,
翼彼新苗.　　저 새싹들을 어루만져 주는구나.

洋洋平澤,　　드넓게 평평한 못에서,
乃漱乃濯.　　양치도 하고 씻기도 한다.
邈邈遐景,　　아득한 먼 경치를,
載欣載矚.　　즐기면서 바라본다.
稱心而言,　　마음에 맞아서 말하노니,
人亦易足.　　사람이란 역시 만족하기 쉬운 법.
揮[6]玆一觴,　　이 한잔의 술을 비우며,
陶然自樂.　　거나하게 홀로 즐긴다.

4　매매(邁邁) : 지나가는 모양이다.
5　목목(穆穆) : 온화한 모양이다.
6　휘(揮) : 술잔을 비우고 찌꺼기를 땅에 뿌린다는 뜻에서 술을 마시는 것을 가리킨다.

延目中流,　　강 가운데로 눈길을 보내니,

悠悠淸沂.　　그리운 것이 맑은 기수로다.

童冠齊業,[7]　아이와 어른들 함께 공부하던 이들과,

閒詠以歸.　　한가로이 노래하며 돌아오겠다고 하였지.

我愛其靜,　　나는 그 고요함을 좋아하여,

寤寐交揮.[8]　자나 깨나 항상 분발한다.

但恨殊世,　　다만 한스러운 것은 시대가 달라져,

邈不可追.　　까마득히 좇을 수 없음이로다.

斯晨斯夕,　　새벽이나 저녁이나,

言息其廬.　　이 오두막에서 쉰다.

花藥分列,　　꽃을 피운 약초들은 줄지어 자라고

林竹翳如.[9]　숲을 이룬 대나무들이 무성하다.

淸琴橫膝,　　청아한 소리의 거문고는 무릎에 걸쳐 있고,

濁酒半壺.　　탁주는 반병쯤 된다.

黃唐[10]莫逮,　황제와 요임금 시절에 미칠 수 없으니,

慨獨在余.　　비탄만이 그저 나에게 남아 있다.

7 　동관제업(童冠齊業) : 19쪽 본 시 주(注) 2 참조.

8 　휘(揮) : '발휘하다'의 뜻에서, 증점의 한가롭고 고요한 경지를 본받고자 분발하겠음을 나타낸다.

9 　예여(翳如) : 무성하고 빽빽한 모양이다.

10 　황당(黃唐) : 황제(黃帝)와 당(唐)에 봉해진 요(堯)임금으로, 태평성대를 이루었던 옛날의 성군(聖君)이다.

❖ 감상

서문에서 "즐거움과 비탄이 마음에 교차한다"고 하였듯이 봄기운으로 생기 가득한 자연에 나와서 느끼는 즐거움과 시대가 잘못되어 가는 것에 대한 개탄을 함께 서술하고 있다.

제1장과 제2장은 나들이 나와서 느끼는 즐거움을 서술하였고, 제3장과 제4장은 공자와 증점의 대화를 연상하면서 옛날의 태평성대와는 너무나 달라진 현실을 개탄하고 있다. 제3장 마지막 연의 "다만 한스러운 것은 시대가 달라져, 까마득히 좇을 수 없음이로다"라는 말은 무욕(無欲)과 안분(安分)의 이치를 체득한 증점과 같은 사람이 존재하지 않는 현실에 대한 아쉬움이다. 제4장 마지막 연의 "황제와 요임금 시절에 미칠 수 없으니, 비탄만이 그저 나에게 남아 있다"는 것은 요순시대와는 아주 다른 현실에 대한 비탄이다. 은거해 살면서도 시대를 염려하는 도연명의 현실주의적 자세를 보여주고 있다.

3
「무궁화(榮木)」 1수 및 서문

❖─해제

404년[1] 도연명의 나이 40세에 지은 시이다. 무성하게 피었다가 쉽게 지는 무궁화 꽃을 보고, 나의 삶도 이렇듯이 허망하게 사라질 것이니 늙기 전에 공을 세워야겠다는 포부를 피력한 내용이다.

❖─서문

榮木, 念將老也. 日月推遷, 已復九夏[2]. 總角[3]聞道, 白首無成.

「무궁화(榮木)」는 장차 늘어 감을 염려한 시이다. 세월이 옮겨 가 벌써 또 여름이 되었다. 어려서 도를 들었는데 흰머리가 되도록 이룬 것이 없다.

采采[4]榮木,　　무성한 무궁화나무,

1　동진 안제 원흥(元興) 3년이다.
2　구하(九夏) : 90일[구순(九旬)]의 여름을 일컫는다.
3　총각(總角) : 양쪽으로 빗어 올려 귀 뒤로 묶은 머리 모양으로 미성년의 남자아이를 가리
　킨다.

結根于玆.　　여기에 뿌리를 맺었다.

晨耀其華,　　아침에 그 화려함을 자랑하더니,

夕已喪之.　　저녁에 벌써 시들었다.

人生若寄,　　인생이란 붙여 사는 것 같으니,

顦顇有時.　　노쇠해질 때가 있으리.

靜言孔念,　　차분하게 깊이 생각하니,

中心悵而.　　마음속 서글퍼진다.

采采榮木,　　무성한 무궁화나무,

於玆託根.　　여기에 뿌리를 걸쳤다.

繁華朝起,　　많은 꽃이 아침에 피어나더니,

慨暮不存.　　슬프게도 저녁에는 남아 있지 않다.

貞脆由人,　　견고함과 연약함은 사람에 달려 있고,

禍福無門.⁵　　화와 복은 정해진 문이 없다지.

匪道曷依,　　도가 아니면 무엇을 의지하며,

匪善奚敦.　　선이 아니면 어느 것을 힘쓰겠는가.

嗟予小子,　　아! 나라는 사람은,

稟玆固陋.　　이렇게 고루한 자질을 타고났네.

4　채채(采采) : 무성한 모양이다.

5　화복무문(禍福無門) : 『춘추좌전(春秋左傳)』「양공(襄公) 23년」에, "화와 복은 정해진 문이 없고, 오직 사람이 불러오는 것이다(禍福無門, 唯人所召)"라고 하였다.

徂年旣流,	지난 세월은 이미 흘러갔는데,
業不增舊.	학업은 옛날보다 늘지를 않았다.
忘彼不舍,⁶	저 그치지 말아야 할 것은 잊어버리고,
安此日富.⁷	이 나날이 느는 것에 안주한다.
我之懷矣,	나의 심사여,
怛焉內疚.	슬프게 안으로 괴롭구나.

先師遺訓,	공자께서 남기신 가르침을,
余豈云墜.	내가 어찌 저버리겠는가.
四十無聞,	40에도 알려짐이 없다면,
斯不足畏.⁸	이는 두려워할게 없다고 하셨지.
脂我名車,	나의 좋은 수레를 기름 치고,
策我名驥,	나의 좋은 말을 채찍질하여,
千里雖遙,	천리가 비록 멀지만,
孰敢不至.	어찌 감히 가지 않으리.

◆────

6 불사(不舍): '그치지 말아야 할 것'은 공을 이루는 일을 가리킨다. 『순자 · 권학(荀子 · 勸學)』에, "공(을 이룸)은 그치지 않는 데에 달려 있다(功在不舍)"라고 하였다.

7 일부(日富): '나날이 느는 것'은 술에 취하는 것을 가리킨다. 『시경 · 소아 · 소완(詩經 · 小雅 · 小宛)』에, "저 혼미하여 무지한 이들은, 취하는 데에만 한결같아 나날이 늘어간다(彼昏不知, 壹醉日富)"라고 하였다.

8 『논어 · 자한(論語 · 子罕)』에, "40, 50이 되었는데도 알려진 것이 없다면, 이는 또한 두려워할게 없다(四十五十而無聞焉, 斯亦不足畏也已)"라고 하였다.

❖ **감상**

무궁화를 보고 느낌을 받아 지은 시로 서문과 4장으로 구성되어 있다. 제1장에서는 화려하게 피었다가 쉽게 지는 무궁화를 보고 인생의 유한함을 느끼고 인생에 대한 무상감이 일어난다. 제2장에서는 앞 장에서 보인 무상감을 넘어서, 견고함과 연약함, 화와 복은 인간의 의지와 노력에 달린 것임을 깨닫고 도를 추구하고 선을 힘쓸 것을 다짐하고 있다. 제3장은 이러한 다짐을 바탕으로 현재의 자신을 냉정히 돌아보는 내용이다. 학업을 소홀히 하고 술만 즐기는 자신을 반성하면서 다음의 각오를 준비하고 있다. 제4장에서는 공자의 말씀을 상기하면서 더 늙기 전에 공을 이루기 위해 나설 것임을 밝히고 있다.

쉽게 시드는 무궁화가 시인에게 분발심을 일으킨 것이다. 이전 사람들이 종종 인생무상에서 출발하여 급시행락(及時行樂)으로 이어지던 경우와 달리 무상감을 진취적 열의로 반전시킨 것이 도연명의 훌륭한 점이다. 그 해 2월에 유유가 환현을 몰아내었는데 이때 벼슬길에 나서서 유경선(劉敬宣)[9]의 참군(參軍)이 되었다.

---

9   유경선(劉敬宣) : 남조(南朝) 진송(晉宋) 시기의 인물로 자가 만수(萬壽)이다. 자의참군(諮議參軍), 건위장군(建威將軍) 등을 역임하였다. .

4

「장사공에게 증정함(贈長沙公)」^{1수 및 서문}

❖ **해제**

419년[1] 도연명의 나이 55세에 지은 시이다. 도연명의 7촌 조카인 장사공(長沙公) 도연수(陶延壽)[2]가 심양(潯陽)으로 도연명을 찾아왔는데 작별하게 되자 이 시를 써 주었다.

❖ **서문**

余於[3]長沙公爲族, 祖同出大司馬, 昭穆[4]旣遠, 以爲路人. 經過潯陽, 臨別贈此.

◆ ────

1 동진 공제(恭帝) 원희(元熙) 원년(元年)이다.

2 327년에 도연명의 증조인 도간(陶侃)이 소준(蘇俊)의 반란을 진압한 공으로 장사군공(長沙郡公)에 봉해졌다. 도연명 당시에 도간의 5세손(五世孫)인 도연수가 장사군공의 작위를 이어 받았다.

3 어(於) : '여(與)'와 같은 용법이다.[왕숙민(王叔岷), 『도연명시전증고(陶淵明詩箋證考)』(臺北 : 藝文印書館 , 1975), p.25.]

4 소목(昭穆) : 조상의 신위(神位)를 모시는 순서를 가리킨다. 『예기 · 제통(禮記 · 祭統)』에, "제사에 소목이 있다. 소목이란 것은 부자 · 원근 · 장유 · 친소의 차례를 분별하여 혼란이 없게 하는 것이다(夫祭有昭穆. 昭穆者, 所以別父子遠近長幼親疏之序, 而無亂也)"라고 하였다. 여기서는 친족의 서열, 즉 촌수를 가리킨다.

내가 장사공과 친족으로, 조상이 함께 대사마(大司馬: 도간)에게서 나왔지만 촌수 관계가 이미 멀어져 길 가는 남같이 되었다. 심양을 들렀는데 작별에 임하여 이 시를 준다.

同源分流,	같은 근원에서 나뉘어 내려오며,
人易世疎.	사람도 바뀌고 세대도 멀어졌다.
慨然寤⁵歎,	슬프게 탄식하며,
念玆厥初.	그 처음을 생각한다.
禮服遂悠,	예복의 단계는 마침내 멀어지고,
歲月眇徂.	세월이 아득히 지났구나.
感彼行路,	저기 길 가는 사람같이 된 것에 느낌이 생겨,
眷然躊躇.	돌아보며 머뭇거린다.
於⁶穆令族,	아! 훌륭한 친족이여,
允構斯堂.⁷	조상의 공적을 잘 이었도다.
諧氣冬暄,	온화한 기상은 겨울 햇볕 같고,
映懷圭璋.⁸	빛나는 마음은 귀한 옥 같도다.

◆ ──────

5 오(寤) : '이(而)'와 같은 용법이다.[왕숙민, 앞의 책, p.26.]

6 오(於) : 감탄사이다.

7 윤구사당(允構斯堂) : 후손이 조상의 공적을 잘 잇는 것을 이른다. 『서경·대고(書經·大誥)』에, "만약 아버지가 집을 지으려 하여 이미 설계를 해놓았으면, 그 아들이 기초를 다지려 하지 않겠는가. 하물며 기꺼이 집을 지으려 하는 자이겠는가(若考作室, 旣底法, 厥子乃弗肯堂. 矧肯構)"라고 하였다.

8 규장(圭璋) : 예식에 쓰는 귀한 옥으로, 여기서는 고귀한 인품을 비유한다.

爰⁹采春華,　성대함은 봄꽃과 같고,

載¹⁰警秋霜.　경계함은 가을 서리와 같다.

我曰欽哉.　내가 말하노니 삼갈지어다.

實宗之光.　진실로 종족의 영광이니.

伊余云遘,¹¹　내가 만났을 때,

在長忘同.　윗사람임에도 친족인 줄 몰랐지.

笑言未久,　웃고 이야기하기 오래지 않아,

逝焉西東.　떠나서 동서로 나뉘게 되었구나.

遙遙三湘,¹²　멀고 먼 삼상과,

滔滔九江.¹³　넘실대는 구강이로다.

山川阻遠,　산천이 막혀 있고 멀지만,

行李¹⁴時通.　심부름꾼이라도 때때로 통하세.

何以寫心,　어떻게 이 마음 다 말할 수 있을까,

貽茲話言.¹⁵　이 좋은 말을 주노라.

進簣雖微,　"한 삼태기의 흙을 더함이 비록 적지만,

◆———

9 　원(爰) : 어조사이다.

10 　재(載) ; 어조사이다.

11 　이(伊), 운(云) 모두 어조사이다.

12 　삼상(三湘) : 소상(瀟湘), 자상(潚湘), 원상(沅湘)의 세 강인데, 장사공이 있는 곳을 일컫는다.

13 　구강(九江) : 도연명 자신이 있는 곳을 일컫는다.

14 　행리(行李) : 심부름꾼이다.

終焉爲山.[16]	끝내는 산을 이룬다"고 하였지.
敬哉離人,	조심할지어다. 떠나는 사람이여,
臨路淒然.	길에 나서서 슬퍼하네.
款襟或遼,	흉금을 털어놓을 날이 혹 멀지라도,
音問其先.	소식이나마 먼저 보내세.

❖─감상

집안 어른의 입장에서 도연명은 장사공이 가문의 영예를 잘 지키는 점을 칭송하고 또 앞으로 삼가서 더욱 훌륭한 일을 이룰 것을 당부하고 있다. 친족에 대한 사랑과 염려가 절실하게 드러나 있는 시이다.

◆──

15 화언(話言) : '화(話)'는 '선(善)'의 뜻이다. 『시경ㆍ대아ㆍ억(詩經ㆍ大雅ㆍ抑)』에, "명철한 사람들은 좋은 말을 일러주면 덕을 따라서 실천한다(其維哲人, 告之話言, 順德之行)"라고 하였다.

16 『논어ㆍ자한(論語ㆍ子罕)』에, "비유하자면 산을 만드는 데 흙 한 삼태기를 완성하지 못하고 그치는 것도 내가 그치는 것이고, 비유하자면 땅을 고르는 데 비록 한 삼태기의 흙을 덮더라도 진전하는 것도 내가 나아간 것이다(譬如爲山, 未成一簣, 止吾止也, 譬如平地, 雖覆一簣, 進吾往也)"라고 하였다.

5
「정채상에게 드리는 답시(酬丁柴桑)」¹수

❖─해제

418년¹ 도연명의 나이 54세에 지은 시이다. 정채상은 채상(柴桑)의 현령을 지낸 사람으로 이름과 행적은 미상이다. 54세에 쓴 「여러 사람들이 함께 주씨 집안 선영의 잣나무 밑에서 놀면서(諸人共遊周家墓栢下)」에서 말한 '여러 사람' 중의 하나로 추정된다. 도연명은 46세에 남촌(南村)으로 이사하였고 이사한 뒤에 지방 관리들과도 교유하였는데 이때에 쓴 시이다.

有客有客,²	손님이여 손님이여,
爰³來爰止.	여기에 와서 여기에 머문다.
秉直司聰,	성품은 곧고 맡은 일에는 총명하여,
于惠百里.⁴	백 리에 은혜를 베푸시네.

◆───

1 동진 안제 의희(義熙) 14년이다.
2 유객유객(有客有客):『시경 · 주송 · 유객(詩經 · 周頌 · 有客)』에서, "손님이여 손님이여, 흰 그 말이로다(有客有客, 亦白其馬)"라고 한 구절을 그대로 인용하였다. 유(有)는 어조사이다.
3 원(爰): '어시(於是)'의 뜻이다.

殤勝如歸,[5]	좋은 뜻 받아들이기는 집에 돌아가듯 하며,
聆善若始.	선을 듣기는 처음인 듯 반긴다.

匪惟諧也,	마음만이 맞을 뿐 아니라,
屢有良由[6]	자주 좋은 유람도 가졌지.
載言載眺,	말을 나누고 경치를 보면서,
以寫我憂.	나의 근심을 풀어낸다.
放歡一遇,	한번 만남에 기쁨을 다하여,
旣醉還休.	취한 뒤에야 그만두었지.
實欣心期,	실로 마음 맞는 것을 좋아하여,
方從我游.	바야흐로 나를 따라 노니네.

❖─감상

정채상은 다스림도 훌륭하고 마음도 서로 맞아서 거슬림 없는 교유가
되었음을 기뻐하는 내용이다. 친구를 대하는 데에 진지한 태도를 살필
수 있는 교유시의 하나이다.

◆────

4 백 리(百里) : 현령은 대략 백 리를 관할하였다. 따라서 '백 리(百里)'는 현을 가리키고, 나
  아가 현령을 이르는 말로도 쓰인다.
5 '손(殤)'은 '먹다'의 뜻에서 '받아들임'을 나타내고, '귀(歸)'는 '귀가(歸家)'의 뜻에서 자
  연스러움을 나타낸다.
6 유(由) : 유(游), 유(遊)의 통용자이다.

6

「방참군에게 보내는 답시(4언)[答龐參軍(四言)]」^{1수 및 서문}

❖─해제

424년¹ 도연명의 나이 60세에 지은 시로 서문과 6장으로 되어 있다.
같은 제목으로 4언시와 5언시의 두 수가 있는데 5언시는 424년 봄에
지은 것이고 4언으로 된 이 시는 그 해 겨울에 다시 만나 주고받은 것
이다.

 당시에 방참군은 위군장군(衛軍將軍) 사회(謝晦)²의 막료로 강릉에
있었다. 사회의 명을 받고 도성인 건강(建康)에 심부름 갈 때 심양에 들
러 도연명을 만났고 이때 서로 시를 주고받았다.

❖─서문

龐爲衛軍參軍, 從江陵使上都³, 過潯陽見贈.

방참군이 위군장군의 참군이 되어 강릉에서 도성으로 사신 가다가 심

---

1   송(宋) 문제(文帝) 원가(元嘉) 원년이다.
2   사회(謝晦) : 진송(晉宋) 시기의 진군(陳郡) 출신으로 자가 선명(宣明)이다. 태위주부(太
    尉主簿), 숙위총통(宿衛總統), 위군장군(衛軍將軍) 등을 역임하였다.
3   상도(上都) : 도성의 뜻으로 당시의 건강[建康 : 지금의 남경(南京)]을 가리킨다.

양에 들렀을 때 시를 받았다.(그래서 답하는 시이다.)

衡門⁴之下,　가로 막대 문의 초가집 안에,

有琴有書.　거문고가 있고 책이 있다.

載彈載詠,　타기도 하고 읽기도 하니,

爰得我娛.　이에 나의 즐거움을 얻었다.

豈無他好,　어찌 다른 좋아함이 없으리오만,

樂是幽居.　이 고요한 생활을 즐긴다.

朝爲灌園,　아침에는 정원에 물 주고,

夕偃蓬廬.　저녁에는 쑥대로 인 초가집에서 쉰다.

人之所寶,　사람들이 보배로 여기는 것은,

尙或未珍.　오히려 진귀하지 않은 듯하네.

不有同愛,　함께 좋아하는 것이 없는데,

云胡以親.　어떻게 친해질 수 있겠는가.

我求良友,　내가 좋은 벗을 찾다가

實覯懷人.　진실로 그리워하던 사람을 만났네.

歡心孔洽,　기쁜 마음이 매우 흡족하니,

棟宇惟隣.　집을 이웃하게 된 때문이었지.

4 　형문(衡門) : 나무 하나를 가로로 걸쳐 문을 대신한 집으로, 가난한 은자(隱者)의 거처를
　　가리킨다. 『시경·진풍·형문(詩經·陳風·衡門)』에, "가로 막대 문 안에 머물며 쉴 수 있
　　다. 샘물이 졸졸 흐르니 굶주림에도 즐길 수 있다(衡門之下, 可以棲遲. 泌之洋洋, 可以樂
　　飢)"라고 하였다.

伊余懷人,	내가 그리워하던 사람은,
欣德孜孜.	덕을 좋아하여 힘쓴다.
我有旨酒,[5]	나에게 맛있는 술이 있어,
與汝樂之.	그대와 함께 즐긴다.
乃陳好言,	이에 좋은 말을 나누고,
乃著新詩.	이에 새로운 시를 짓는다.
一日不見,[6]	하루라도 보지 못하면,
如何不思.	어찌 생각나지 않겠는가.

嘉遊未斁,[7]	아름다운 교유가 싫증나지 않았는데,
誓[8]將離分.	장차 헤어지게 되었지.
送爾于路,	길에서 그대를 전송할 때에,
銜觴無欣.	술잔을 들고도 즐거움이 없었지.
依依舊楚,[9]	그립게도 옛 초(楚) 땅으로 간 그대,
藐藐西雲.	아득한 서쪽의 구름이었네.
之子之遠,	그대 멀어질 때,

◆

5 『시경·소아·녹명(詩經·小雅·鹿鳴)』, "나에게 맛있는 술이 있어, 훌륭한 손님을 대접하고 즐겁게 한다.(我有旨酒, 嘉賓式燕以敖.)"
6 『시경·왕풍·채갈(詩經·王風·采葛)』, "하루라도 보지 못하면, 세 달이나 된 듯하다.(一日不見, 如三月兮.)"
7 역(斁): 싫어하다.
8 서(誓): 어조사이다.
9 구초(舊楚): 강릉(江陵)을 가리킨다.

良話曷¹⁰聞.	훌륭한 말 어느 때나 들을까 했었지.¹¹
昔我云別,	전에 우리가 헤어질 때,
倉庚載鳴,	꾀꼬리가 막 울기 시작하였는데,
今也遇之,	지금 그대를 만남에,
霰雪飄零.¹²	싸락눈이 휘날린다.
大藩有命,	변방에서 명령이 있어,
作使上京.	사신이 되어 도성에 가시는구나.
豈忘宴安,	어찌 편안함을 잊었으리오만,
王事靡寧.¹³	나랏일이 안정되지 않았구려.

慘慘寒日,	매섭게 추운 날에,
蕭蕭其風.	차디찬 바람이로다.
翩彼方舟,¹⁴	흔들리는 저 배는,
容裔¹⁵江中.	강 가운데로 천천히 떠가리.
勗哉征人,	힘쓸지어다. 길 떠나는 이여,
在始思終.	처음에 끝을 생각할지어다.

◆———

10 갈(曷) : '어느 때[하시(何時)]'이다.

11 이웃에 살다가 헤어지게 되었던 과거를 회상하는 내용이다.

12 『시경·소아·채미(詩經·小雅·采薇)』, "전에 내가 떠날 때 버들이 한들거리더니, 지금 돌아옴에 눈이 내리며 휘날린다.(昔我往矣, 楊柳依依, 今我來思, 雨雪霏霏.)"

13 『시경·소아·사모(詩經·小雅·四牡)』, "나랏일이 견고하지 않은지라, 앉아 쉴 틈도 내지 못한다.(王事靡盬, 不遑啓處.)"

14 방주(方舟) : 두 척의 배를 나란히 묶은 것이다.

15 용예(容裔) : 천천히 가는 모양이다.

敬玆良辰,	이 좋은 때에 조심하여,
以保爾躬.	그대의 몸을 잘 돌보시게.

❖ **감상**

방참군은 교유한 지 2년밖에 안 된 친구이다. 제2장에서는 그와 가까워졌던 까닭을 밝히고 있다. 바로 '함께 좋아하는 것(同愛)'이 있어서, 즉 취향이 같았기 때문이다. 제4장에서는 지난날 방참군이 강릉으로 떠날 때 그러한 교제를 나눌 수 없게 된 것을 떠가는 구름에 의탁하여 안타까워하던 일을 회상하고 있다. 제6장의 후반부에서 친구에 대한 충후한 정을 담아 힘쓸 것을 당부하고 평안을 기원하는 것으로 시를 맺고 있다. 왕숙민이 이 시를 평하여, "도연명이 일생 동안 몸가짐이 고요하고 담백하였으며 우정이 독실했던 것을 이 시에서 개관할 수 있다"[16]라고 하였듯이 친구에 대한 절실한 정을 살필 수 있는 시이다.

◆———

16 "陶公一生, 立身之恬淡, 友情之篤厚, 此詩可以槪觀."[왕숙민, 앞의 책, p.43.]

7
「농사를 권장함(勸農)」 1수

❖─해제

403년[1] 도연명의 나이 39세에 지은 시이다. 「계묘년 초봄에 농막에서 옛날을 생각하면서(癸卯歲始春懷古田舍)」 2수와 내용이나 풍격이 유사하여 비슷한 시기에 지은 것으로 추정된다. 6장으로 이루어진 장편으로 농사에 힘쓸 것을 권하는 내용이다.

悠悠上古,	아득한 먼 옛날,
厥初生民,[2]	그 처음에 사람들이 생겨났지.
傲然[3]自足,	득의하여 스스로 만족하고,
抱樸含眞.	순박함과 참됨을 지녔었지.
智巧旣萌,	지혜와 기교가 싹터 버리자,
資待靡因.	필요로 하는 것을 얻을 길이 없었네.
誰其贍之,	누가 그것을 넉넉하게 하였던가,

---

1 동진 안제 원흥(元興) 2년이다.
2 생민(生民): '사람이 생겨남', '인류', '사람을 낳음', '백성' 등의 여러 가지 뜻이 있다. 여기서는 '사람이 생겨남'의 뜻이다.
3 오연(傲然): 만족하여 뽐내는 모양이다.

實賴哲人.	바로 훌륭한 분 덕택이었지.

哲人伊何,	훌륭한 분이 누구인가,
時惟后稷.	그분이 바로 후직이셨다.
贍之伊何,	넉넉하게 한 것이 무엇이었나,
實曰播植.	바로 씨 뿌리고 심는 일이었다.
舜旣躬耕,	순(舜)임금은 몸소 밭을 갈았고,
禹亦稼穡.	우(禹)임금도 또한 농사지었다.
遠若周典,	멀리 『서경·주서』 같은 데에도,
八政始食.[4]	여덟 가지 정책에서 먹는 것을 우선으로 하였지.

熙熙[5]令德,	빛나는 훌륭한 덕,
猗猗[6]原陸.	무성한 들판.
卉木繁榮,	초목은 번성하고,
和風淸穆.	부드러운 바람은 맑고 온화했다.
紛紛士女,	수많은 남녀들은,
趨時競逐.	때에 맞춰 다투어 따라나섰다.
桑婦宵興,	뽕 따는 여인들은 어두울 때 일어났고,
農夫野宿.	농부들은 들에서 잤다.

◆———

4 팔정(八政) : 『서경·주서·홍범(書經·周書·洪範)』에, "농사는 여덟 가지 정책으로 하니, …… 여덟 가지 정책은 첫째가 '먹는 것'이다(農用八政, …… 八政, 一曰食)"라고 하였다.

5 희희(熙熙) : 빛나는 모양이다.

6 의의(猗猗) : 아름답고 무성한 모양이다.

氣節易過,	절기는 쉽게 지나가고,
和澤難久.	(봄의) 온화함과 (비의) 적셔줌은 오래가기 어렵네.
冀缺携儷,[7]	기결은 아내를 데리고 들에 나갔고,
沮溺結耦.[8]	장저와 걸익은 짝을 지어 밭을 갈았다.
相彼賢達,	저 현명하고 통달한 사람들을 보아도,
猶勤壟畝,	오히려 논밭에서 힘썼는데,
矧伊衆庶,	하물며 우리 뭇 백성들이,
曳裾拱手.	옷자락을 끌며 팔짱 끼고 있을 것인가.
民生在勤,	사람의 생계는 근면에 달려 있으니,
勤則不遺.[9]	근면하면 결핍되지 않는다고 하였지.
宴安自逸,	편안히 지내며 그냥 놀기만 하면,
歲暮奚冀.	세모에 무엇을 기대하랴.
儋石不儲,[10]	한두 섬도 쌓아 놓지 않으면,
饑寒交至.	굶주림과 추위가 함께 이르리.

---

7 『춘추좌전(春秋左傳)』「희공(僖公) 33년」에, "그의 아내가 들로 밥을 내가는데 공경하여 상대를 대하기를 손님과 같이 하였다(其妻饁之, 敬, 相待如賓)"라고 하였다.

8 『논어·미자(論語·微子)』에, "장저와 걸익이 나란히 하여 밭을 갈았다(長沮桀溺, 耦而耕)"라고 하였다.

9 유(遺): '궤(匱)'의 오자이다. 『춘추좌전(春秋左傳)』「선공(宣公) 12년」, "백성의 생계는 근면에 달려 있으니, 근면하면 결핍되지 않는다.(民生在勤, 勤則不匱.)"

10 담석(儋石): 담(儋)은 두 섬이고 '석(石)'은 한 섬으로 모두 용량의 단위이다. 『후한서·선병전(後漢書·宣秉傳)』에, "받는 녹봉으로 매번 친척들을 거두어 길러 주었고 그중에 고아나 쇠약한 이들에게는 논밭을 나눠 주어 자신은 한두 섬의 저축도 없었다(所得祿奉, 輒以收養親族, 其孤弱者, 分與田地, 自無儋石之儲)"라는 기록이 있다.

顧余儔列,	돌아보건대 우리 백성들이,
能不懷愧.	부끄러움을 갖지 않을 수 있겠는가.

孔耽道德,	공자는 도덕을 심히 좋아하여,
樊須是鄙,[11]	번수를 비루하다고 하였고,
董樂琴書,	동중서는 거문고와 책을 즐겨,
田園不履.[12]	전원을 밟지도 않았지.
若能超然,	만약 크게 뛰어나서,
投迹高軌,	높은 경지에 자취를 남길 수 있다면,
敢不斂衽,	감히 옷깃을 여미고,
敬贊德美.	덕의 아름다움을 경건하게 찬미하지 않으랴.

❖—감상

농사에 힘쓸 것을 자신을 포함한 여러 사람들에게 권한 시이다. 제1장
에서, 사람들에게 지혜와 기교가 생기면서 사욕을 부림으로써 생활에
필요한 것이 부족하게 되었음을 지적하였다. 제2장에서는 이것을 염

---

11 『논어 · 자로(論語 · 子路)』에, "번지가 농사짓는 것을 배우고자 하니 공자가 '나는 늙은
농사꾼만 못하다'라 하였고, 채전 가꾸는 것을 배우고자 하니 공자가 '나는 늙은 채전꾼
만 못하다'라고 하였다. 번지가 나가자 공자가 '서민이로다. 번수는'이라고 하였다(樊遲
請學稼, 子曰, 吾不如老農. 請學爲圃, 曰吾不如老圃. 樊遲出, 子曰, 小人哉, 樊須也)"라는 기록
이 있다.

12 『한서 · 동중서전(漢書 · 董仲舒傳)』에, "젊어서 『춘추(春秋)』를 공부하는데 커튼을 내린
채 익히고 외웠다. 거의 3년 동안 뜰을 내다보지 않았으니 그가 정심하여 노력한 것이 이
와 같았다(少治春秋, 下帷講誦. 蓋三年不窺園, 其精勤如此)"라고 하였다.

려한 고대 성인들이 농사를 중시하여 후직은 파종을 가르쳤고 순임금, 우임금도 제위에 오르기 전에 직접 농사지었음을 언급함으로써 우리 백성들도 농사에 부지런해야 할 것임을 당부하고 있다.

제5장에서는 제목의 의미를 살려, 농민들에게 근면의 덕목을 강조하고 농사에 힘쓸 것을 권하고 있다. 이러한 권고는 도연명 자신이 직접 농사지으면서 말한 것이기 때문에 더욱 설득력이 있다. 제6장에서 공자가 번수를 비루하다고 한 것이나 동중서가 '전원을 밟지도 않은 것'에 대하여 일견 찬양하는 듯하지만, 제2장의 "순임금은 몸소 밭을 갈았고, 우임금도 또한 농사지었다. 멀리 『서경 · 주서』 같은 데에도, 여덟 가지 정책에서 먹는 것을 우선으로 하였지"라고 읊은 구절과 연계하여 볼 때 우회적 비판의 뜻을 담고 있음을 알 수 있다. 왕정장(王定璋)은 도연명의 이런 태도에 대하여, "선현과 성인들을 숭상하였지만 맹종하지는 않았다. …… 공자를 앙모하였지만 공자가 노동을 경시한 점이나 농사일을 부끄럽게 여긴 점 등에는 찬동하지 않았다"[13]라고 평하였다. 자신은 공자나 동중서처럼 높은 경지에 자취를 남길 수 없으리니 열심히 농사나 짓겠다는 의도를 언외에 드러내고 있다.

몸소 농사지으며 도를 지켜 나갔던 옛날의 은자들에 대한 찬양과 흠모에서, 도연명이 직접 농사지으면서 느낀 자부심이 드러난다. 그 전형적 인물인 기결이나 장저, 걸익 등이 전원에서 살아가는 도연명의 모델이었다.

◆────

13 "崇尙先賢聖哲, 但不盲從. …… 仰慕孔子, 但孔子輕賤勞動, 恥事耕作, 並不贊同."[왕정장(王定璋), 『陶淵明懸案揭秘』, 四川大學出版社, 1996, p.36.]

8

「아들에게 자(字)를 지어 주면서[命子]」1수

❖─해제

412년[1] 도연명의 나이 48세에 지은 시이다. 10장으로 된 장편인데 제8
장에서, "너를 '엄(儼)'이라고 이름 지었으니, 너에게 '구사(求思)'라고
자를 지어 준다"라고 하였듯이 장자 엄이 20세가 되어 관례(冠禮)를 행
하고 자를 지어 줄 때[2] 쓴 시이다. 장자가 성년이 되는 상황에서 자신이
이루지 못한 포부를 자식이 이루기를 바라는 기대와 당부를 기탁한 내
용이다.

悠悠我祖,　　아득한 우리 조상은,
爰自陶唐.[3]　요임금으로부터 비롯되었다.
邈焉虞賓,[4]　멀리는 순임금의 빈객이었고,

◆────

1　동진 안제 의희(義熙) 8년이다.
2　『예기·곡례(禮記·曲禮)』, "남자가 스무 살이 되면 관례를 하고 자를 지어 준다.(男子
　二十, 冠而字.)"
3　도당(陶唐): 요(堯)임금의 칭호이다. 『설문해자(說文解字)』 단옥재(段玉裁) 주에, "요임
　금이 처음에 도구에 살았는데 뒤에 당후가 되어 그 때문에 도당씨라고 하였다(堯始居於
　陶丘, 後爲唐侯, 故曰陶唐氏)"라고 하였다.

歷世重光.	세대를 지나며 거듭 빛났지.
御龍[5]勤夏,	어룡씨는 하(夏)나라에 봉사했고,
豕韋[6]翼商.	시위씨는 상(商)나라를 도우셨다.
穆穆[7]司徒,[8]	훌륭하신 사도 도숙(陶叔) 시기에,
厥族以昌.	우리 종족이 번창하였지.

紛紛戰國,	어지럽던 전국시대는,
漠漠衰周.	적막하게 쇠약해진 주나라였지.
鳳隱於林,	봉황은 숲에 숨었고,
幽人在丘.	은자는 산에 있었다.
逸虬遶雲,	날쌘 규룡은 구름을 어지럽히고,
奔鯨駭流[9].	달리는 고래는 물결을 놀라게 하였지.
天集有漢,	하늘이 한나라를 이루어 주고,
眷余愍侯.[10]	우리 민후 도사(陶舍)를 돌봐 주셨다.

4　우빈(虞賓) : 요(堯)의 아들인 단주(丹朱)를 가리킨다. 우(虞)는 순(舜)임금의 선대(先代)
　가 세운 나라 이름으로 뒤에는 순임금을 가리키게 되었는데, 순임금이 선양을 받고 요의
　아들을 빈객으로 대우하였다.

5　어룡(御龍) : 요의 후손이 하(夏)나라 때 일컬어진 명칭이다.

6　시위(豕韋) : 요의 후손이 상(商)나라 때 일컬어진 명칭이다.

7　목목(穆穆) : 장엄한 모양이다.

8　사도(司徒) : 주(周)나라 초기에 사도의 벼슬을 지낸 도숙(陶叔)을 가리킨다.

9　전국시대(戰國時代)의 혼란과 진시황의 폭정을 비유한다.

10　민후(愍侯) : 한(漢) 고조(高祖) 시기에 우사마(右司馬)의 벼슬을 지낸 도사(陶舍)의 시호
　이다. 연(燕)과 대(代)를 토벌한 공으로 개봉후(開封侯)에 봉해졌다.

於赫愍侯,	아 빛나는 민후시여,
運當攀龍.[11]	운수가 용을 잡고 오르게 되셨지.
撫劍風邁,	검을 잡고 바람처럼 내달리며,
顯茲武功.	이 무공을 드러내시었다.
書誓山河,	(한고조께서) 산과 강에 맹세를 쓰니,
啓土開封.	개봉에 봉지를 여시게 되었다.
亹亹丞相,[12]	힘쓰신 승상 도청(陶靑)이시여,
允迪前蹤.	진실로 부친의 발자취를 따르셨다.

渾渾[13]長源,	세차게 굽이치는 긴 근원이요,
蔚蔚洪柯.	무성한 큰 나무로다.
群川載導,	여러 강들이 여기에서 이끌리고,
衆條載羅.	많은 가지들이 여기에서 퍼졌다.
時有語黙,	때때로 나섬과 물러남이 있었고,
運因隆寙.	운도 따라서 오르내렸지.
在我中晉,[14]	우리 동진 시기에,
業融長沙.[15]	공적이 장사공에게서 빛났지.

---

11 반룡(攀龍) : 명철한 제왕을 만나 공을 이루는 것을 가리킨다. 양웅(揚雄)의 『법언(法言)』
   에 "용의 비늘을 잡고 봉황의 날개에 붙는다(攀龍鱗, 附鳳翼)"라고 하였다.
12 승상(丞相) : 한(漢) 경제(景帝) 시기에 승상을 지낸 도청(陶靑)을 가리킨다. 부친인 도사
   (陶舍)의 개봉후(開封侯)를 계승하였다.
13 곤곤(渾渾) : 큰물이 세차게 굽이쳐 흐르는 모양이다.
14 중진(中晉) : 진(晉)나라 중세(中世)라는 말에서, 건강에 도읍한 동진을 가리킨다.

桓桓[16]長沙,	헌걸찬 장사공이시여,
伊勳伊德.	공을 이루시고 덕을 세우셨다.
天子疇[17]我,	천자께서 우리 장사공께 자문하심에,
專征南國.	독단하여 남부 지방을 정벌하셨다.
功遂辭歸,	공이 이루어지자 하직하고 물러나시니,
臨寵不忒.	총애를 받고도 어그러짐이 없었다.
孰謂斯心,	누가 일러 이러한 마음을,
而近可得.	요즈음에 얻을 수 있다고 하겠는가.
肅矣我祖,[18]	엄숙하셨던 우리 조부께서는,
愼終如始.[19]	마지막을 조심하기를 처음처럼 하시어,
直方三臺,[20]	곧고 바름이 여러 관서에 알려지고,
惠和千里.	천 리를 은혜롭게 화합하셨네.
於皇仁考,[21]	아아 어지셨던 선친께서는,
淡焉虛止.	담담하게 마음을 비우고 고요하셨네.

◆

15 장사(長沙) : 장사군공(長沙郡公)에 봉해진 도간(陶侃)을 가리키는 말로 도연명의 증조부이다.

16 환환(桓桓) : 굳센 모양이다.

17 주(疇) : '주(籌)'와 통하여 '계획을 세우다', '상의하다'의 뜻이다.

18 아조(我祖) : 도연명의 조부 도무(陶茂)는 무창태수(武昌太守)를 역임하였다.[『진서·도잠전(晉書·陶潛傳)』]

19 『노자(老子)·제64장』, "마지막을 조심하기를 처음처럼 하면 일을 그르침이 없다(愼終如始, 則無敗事)"라고 하였다.

20 삼대(三臺) : 한(漢)나라 시기에 상서[尙書: 중대(中臺)], 어사[御史: 헌대(憲臺)], 알자[謁者: 외대(外臺)]의 삼대를 두었으니, 중앙의 주요 관서를 가리킨다.

寄跡風雲,[22]　벼슬길에 자취를 맡기기도 하셨으나,

冥兹慍喜.[23]　이런 섭섭함과 기뻐함에 초연하셨지.

嗟余寡陋,　아! 나는 덕이 없고 고루하여,

瞻望弗及.　우러러보아도 미칠 수가 없구나.

顧慚華鬢,　다만 허연 귀밑머리에 부끄러워져,

負影隻立.　그림자를 뒤로하고 홀로 서 있다.

三千之罪,[24]　3천 가지 죄 가운데,

無後爲急.[25]　후사 없는 것이 가장 다급한 것이라 했지.

我誠念哉,　내가 진실로 염원하였더니,

呱聞爾泣.　'와' 하는 너의 우는 소리 듣게 되었다.

卜云嘉日,　거북점에 좋은 날이라 하였고,

占亦良時.　시초점도 좋은 때라 하였지.

---

21 인고(仁考) : 도연명의 선친 도일(陶逸)은 안성태수(安城太守)를 역임하였다.[도주(陶
　　澍), 『정절선생집(靖節先生集)』권2,「연보고이 상(年譜攷異上)」(臺北, 華正書局, 1987, 8月
　　版), p.7.]

22 시운(時運)을 타는 것을 가리킨다.

23 『논어 · 공야장(論語 · 公冶長)』에, "영윤인 자문이 세 번 벼슬에 나가 영윤이 되었으나 기뻐
　　하는 기색이 없었고 세 번 그것을 그만두면서도 섭섭해하는 기색이 없었다.(令尹子文, 三
　　仕爲令尹, 無喜色, 三已之, 無慍色.)"

24 『효경 · 오형(孝經 · 五刑)』에, "오형(五刑)의 종류가 3천 가지인데, 죄가 불효보다 더 큰 것
　　이 없다.(五刑之屬三千, 而罪莫大於不孝.)"

25 『맹자 · 이루(孟子 · 離婁)』에, "불효에 세 가지 있는데 후사가 없는 것이 큰 것이다(不孝
　　有三, 無後爲大)"라고 하였다.

名汝曰儼,　너를 '엄(儼)'이라고 이름 지었으니,

字汝求思.²⁶　너에게 '구사(求思)'라고 자를 지어 준다.

溫恭朝夕　아침저녁으로 온화하고 공손할 것이니,

念玆在玆²⁷　이것을 생각하고 여기에 마음 둘지어다.

尙想孔伋,²⁸　위로 공급을 생각하면서,

庶其企而.　미칠 수 있기를 바랄지니라.

厲夜生子,　문둥이가 밤에 아이를 낳고,

遽而求火.²⁹　서둘러서 불을 찾았다지.

凡百有心,　모든 이가 그런 마음 가지고 있으니,

奚特于我.　어찌 홀로 나만이 그렇겠느냐.

旣見其生,　이미 네가 태어난 것을 보았으니,

實欲其可.　실로 네가 잘 되기를 바란다.

人亦有言,　사람들이 또한 한 말이 있듯이,

◆────

26 『예기·곡례 상(禮記·曲禮上)』, "불경하지 말고 엄숙하여 사색하는 듯이 하라(毋不敬,
儼若思)"에서 차용한 것이다. '구사(求思)'는 또 공자의 손자인 공급(孔伋)의 자가 자사
(子思)인 점을 염두에 두고 지은 것이다. 그래서 다음에서 "위로 공급을 생각하면서, 미
칠 수 있기를 바랄지니라(尙想孔伋, 庶其企而)"라고 하였다.

27 『서경·대우모(書經·大禹謨)』, "이것을 생각하고 여기에 마음 둘지어다.(念玆在玆.)"

28 공급(孔伋): 공자의 손자이다. '급(伋)'은 '잘 생각하다[선사(善思)]'의 뜻이라고 하였
다.[『설문해자』 단옥재 주.]

29 『장자·천지(莊子·天地)』, "문둥이가 한밤중에 자기 아이를 낳고서 급히 불을 가져다
비춰 보았다. 다급한 마음에 자기를 닮았을까 두려워하였기 때문이다.(厲之人夜半生其
子, 遽取火而視之. 汲汲然唯恐其似己也.)"

48

斯情無假.　　이 심정엔 거짓이 없단다.

日居月諸,[30]　세월이 지나면서,

漸免于孩.　　점차 어린아이를 벗어났지.

福不虛至,　　복은 그냥 오지 않지만,

禍亦易來.　　화는 역시 쉽게 닥친다.

夙興夜寐,[31]　일찍 일어나고 늦게 잠자리에 들어,

願爾斯才.　　네가 인재가 되기를 원한다.

爾之不才,　　네가 인재가 되지 못한다 해도,

亦已焉哉.　　또한 그만일 뿐이지만.

❖ 감상

위로는 조상에 대한 자긍심을 가질 것과 아래로는 힘써 노력하여 가문을 빛낼 것을 기원하고 있다. 자신은 고루하고 또 이미 늙었으니, 자식이나마 인재가 되어 그 뜻을 이루어 주기를 바라는 기대가 간절하다.

　제1장에서 제6장까지는 시조인 요임금에서부터 부친에 이르기까지 조상들의 공적과 덕을 찬양하였고 제7장부터 장자 엄에 대한 당부의 말을 남기고 있다. 특히 제8장과 제10장에서 이름과 자에 담긴 뜻

---

30 『시경·패풍·일월(詩經·邶風·日月)』 "해와 달이 동방에서 나온다.(日居月諸, 出自東方)." '거(居)'와 '저(諸)'는 어조사이다.

31 『시경·소아·소완(詩經·小雅·小宛)』, "일찍 일어나고 늦게 자서, 너를 낳아준 부모를 욕되게 하지 마라.(夙興夜寐, 無忝爾所生.)"

을 명심하여 부지런히 힘쓸 것을 당부하고 있다.

이 시는 전고의 사용에서 특히 유가(儒家) 경전을 많이 인용하고 있는 것이 특징이다. 도연명이 인생의 후반기에는 도가 사상으로 삶의 철학을 삼았지만 자식에 대한 훈계에서는 가족과 사회를 중시하는 유가의 가르침을 강조했음을 살필 수 있다.

9
「돌아온 새(歸鳥)」[1]수

❖─해제

405년[1] 도연명의 나이 41세에 지은 시로, 귀거래한 직후의 심정들이
잘 드러나 있다. 405년 11월에 귀거래하였고 그 해 겨울에 지어 「고향
집에 돌아옴(歸園田居)」5수의 시들과 의경(意境)이 비슷하다.

翼翼[2]歸鳥,	한가히 날며 돌아온 새,
晨去於林.	새벽에 숲을 떠났었지.
遠之八表,	멀리는 팔방의 끝까지 갔었고,
近憩雲岑.	가까이는 구름 낀 봉우리에 쉬었네.
和風弗洽,	부드러운 바람이 흡족하지 못해,
翻翮求心.	날개를 뒤채어 돌아갈 마음 추구했다.
顧儔相鳴,	짝을 돌아보며 서로 지저귀고,
景庇清陰.	그림자를 서늘한 그늘에 감췄다.

◆───

1 동진 안제 의희(義熙) 원년이다.
2 익익(翼翼) : 한가로이 나는 모양이다.

翼翼歸鳥,　　한가히 날며 돌아온 새,

載翔載飛.　　솟기도 하고 날기도 한다.

雖不懷游,　　비록 나돌아 다니기를 생각지 않으리오만,

見林情依.　　숲을 보고 마음이 기운다.

遇雲頡頏,　　구름을 만나 오르내리고,

相鳴而歸.　　서로 지저귀며 돌아왔다.

遐路誠悠,　　먼 길이 정말 아득하였지만,

性愛無遺.　　본디 좋아하는 것이니 버릴 수 없었지.

翼翼歸鳥,　　한가히 날며 돌아온 새,

相林徘徊.　　숲을 보며 배회한다.

豈思天路,　　어찌 하늘 끝 길을 생각하리오,

欣及舊棲.　　기쁘게 옛 보금자리로 돌아왔다.

雖無昔侶,　　비록 옛 벗은 없지만,

衆聲每諧.　　뭇 소리가 모두 조화롭다.

日夕氣淸,　　해 저물녘 공기가 맑으니,

悠然其懷.　　느긋한 그 감회로다.

翼翼歸鳥,　　한가히 날며 돌아온 새,

戢羽寒條.　　차가운 (겨울) 가지에 날개를 접었다.

遊不曠林,　　노니는 것은 숲을 벗어나지 않고,

宿則森標.　　잠자는 것은 숲의 나뭇가지 끝이다.

晨風淸興,　　새벽바람이 맑게 일어나니,

好音時交.　아름다운 소리를 때때로 주고받는다.
矰繳奚施.　주살이 어찌 미치리오.
已卷安勞.　이미 날개 거두었으니 어찌 수고하겠는가.

❖ 감상

지난 시절에 멀리 나가 벼슬하던 일을 회고하면서, 전원으로 돌아온 자신의 심정을 새장에 갇혀 있다가 자연으로 돌아온 새에 비유하여 자유스러움과 한가로움을 구체화해 내고 있다.

제1장에서는, 멀리까지 나돌아 다녔으나 세속과 어긋나 귀거래의 심정을 갖게 되었음을, "부드러운 바람이 흡족하지 못해, 날개를 뒤채어 돌아갈 마음 추구했다"라고 비유적으로 나타내고 있다. 제2장에서는, 본디 좋아했던 전원에 돌아와 누리는 즐거움을, 새의 자유스러운 비상에 의탁하여 표현하였다. 제3장에서는, 마음에 어긋났던 벼슬길에서의 교제를 그치고 전원에서 어울리는 순박한 교제를 갖게 된 만족감을 "비록 옛 벗은 없지만, 뭇 소리가 모두 조화롭다"로 나타내고 있다. 제4장에서는, 춥더라도 절조를 변치 않고 주살이 미치지 않는 자유의 세계를 지킬 것임을 천명하고 있다.

새장에 갇혀 있다가 자연의 품으로 돌아온 새가 느끼는 안도감이 바로 시인이 벼슬길에 머물다가 귀거래 하여 느낀 심정이다.

10
「몸과 그림자와 정신(形影神)」3수 및 서문

❖―**해제**

413년[1] 도연명의 나이 49세에 지은 3수의 연작시이다. 당시에 이름을 날리던 혜원법사(慧遠法師)는 현세에 선을 쌓아야 불멸하는 정신이 다시 태어나는 내세에서 보답을 받는다고 선전하면서 윤회 사상을 전파하였다. 그는 「형진신불멸론(形盡神不滅論)」이라는 글에서, "정신이란 것은 …… 사물에 감촉되어 생긴 것이고 운수를 빌려 작용하는 것이다. 사물에 감촉되지만 사물이 아니니 사물은 변화되어도 사라지지 않고, 운수를 빌리지만 운수가 아니니 운수가 다하여도 끝나지 않는다"[2]라고 하여 육체는 죽어 없어져도 정신은 끝없이 윤회한다고 주장하였다. 이를 비판하기 위해 쓴 시이다.

음주를 통한 급시행락의 추구를 주장하는 '몸[형(形)]'과 선을 행하여 죽은 뒤에 이름을 남길 것을 강조하는 '그림자[영(影)]'와 순응자연의 가르침을 전하는 '정신[신(神)]'의 세 입장을 설정하고 '정신'의 주장을 최고의 경지로 내세운 내용이다.

◆――――――――

1 동진 안제 의희(義熙) 9년이다.
2 "神也者, …… 感物而生, 假數而行. 感物而非物, 故物化而不滅, 假數而非數, 故數盡而不窮."

貴賤賢愚, 莫不營營³以惜生, 斯甚惑焉. 故極陳形影之苦, 言神辨自然以釋之, 好事君子, 共取其心⁴焉.

귀한 이나 천한 이, 현명한 이나 어리석은 이 모두가 애쓰며 생에 연연해하지 않는 이가 없는데 이는 매우 미혹된 것이다. 그래서 몸과 그림자의 괴로움을 다 드러내고, 정신이 자연의 이치를 따져서 풀어 준 것을 말하노니, 관심 있는 군자들은 함께 그 뜻을 취할 것이다.

◆──────

3 영영(營營) : 분주한 모양, 조급하여 불안해하는 모양이다.
4 심(心) : '지(志)'의 뜻이다.[왕숙민, 앞의 책, p.75.]

「몸이 그림자에게 줌(形贈影)」

天地長不沒,	천지는 장구하여 사라지지 않고,
山川無改時.	산천은 바뀔 때가 없다.
草木得常理,	초목은 한결같은 이치를 얻어,
霜露榮悴之.	서리와 이슬에 번성하고 시든다.
謂人最靈智,	사람이 가장 영묘하고 지혜롭다고 하나,
獨復不如玆.	유독 이들만도 못하구나.
適見在世中,	우연히 나타나 세상에 존재하다가,
奄去靡歸期.	갑자기 떠나서 돌아올 기약이 없다.
奚覺無一人,	어떻게 한 사람 없어진 것을 깨닫겠으며,
親識豈相思.	친척이나 알던 이들도 어찌 생각해 주겠나.
但餘平生物,	그저 평소에 쓰던 물건만 남아 있어,
擧目情悽洏.[1]	눈을 들어보니 마음이 슬퍼져 눈물이 흐른다.
我無騰化[2]術,	나에겐 신선 되어 오를 도술이 없으니,
必爾不復疑.	반드시 그러할 것[3]임을 다시 의심하지 않는다.

◆

1 처이(悽洏) : 슬퍼하며 눈물을 흘리다.
2 등화(騰化) : 신선이 되어 선경으로 날아가는 것이다. 동진(東晉) 갈홍(葛洪)의 『포박자 · 논선(抱朴子 · 論仙)』에, "최상의 도사는 몸을 날려 허공으로 오르니 이를 '천선(天仙)' 이라 하고 중간의 도사는 명산에 노니니 이를 '지선(地仙)'이라 한다. 최하의 도사는 먼 저 죽고 나서 뒤에 육체를 떠나 신선이 되니 이를 시해선(屍解仙)'이라고 한다(上士擧形 升虛, 謂之天仙. 中士游於名山, 謂之地仙. 下士先死後蛻, 謂之屍解仙)"라고 하였다.
3 '우연히 나타나 세상에 존재하다가, 갑자기 떠나서 돌아올 기약이 없음'이다.

願君取吾言,　　바라건대 그대[그림자]는 내 말을 들어,

得酒莫苟辭.　　술을 얻었으면 구차하게 사양하지 마시게.

❖─감상

무상한 인생에서 음주를 통한 즐거움을 추구하고 고민을 잊는 것이 현명한 태도라는 속인의 입장을 대변한 내용이다. 천지와 산천은 영원하고 초목은 순환하는데 만물의 영장이라는 사람은 죽으면 그것으로 끝이다. 장생불사의 신선설도 믿을 게 못 되니 음주가 무상감을 잊을 수 있는 유일한 방법이다. 이런 이유로 음주에 빠지는 것이 속인들의 일반적 행태이다. 도연명은 '몸'으로 이러한 사람들의 유형을 제시함으로써 '정신의 풀이[신석(神釋)]'를 위한 전제로 내세운 것이다.

　제1수에서 한 가지 주의할 점은, 급시행락을 추구하는 속인의 입장에서도 신선 추구의 부질없음을 지적한 것이다. 신선 추구는 곧 삶에 대한 집착이니 '악착같이 생에 연연해'하는 대표적인 행태이다. 신선 추구에 대해서는 제2수와 제3수에서도 일관되고 단호하게 배척하고 있다.

「그림자가 몸에게 대답함(影答形)」

存生¹不可言,　삶을 영속하는 것은 장담할 수 없고,

衛生每苦拙.　삶을 유지하기조차 항상 힘들고 서툴다.

誠願遊崑華,²　진실로 곤산과 화산에 노닐고 싶지만,

邈然玆道絶.　아득히 그 길은 끊어져 있다.

與子相遇來,　그대[몸]와 만난 이래로,

未嘗異悲悅.　일찍이 슬픔과 기쁨을 달리한 적이 없었지.

憩蔭若暫乖,　그늘에 쉴 때 잠시 떨어지는 듯했지만,

止日終不別.　햇빛에 머물면 내내 헤어지지 않는다.

此同旣難常,　이렇게 함께하는 것도 이미 한결같기 어려우니,

黯爾³俱時滅.　서글프게 때를 같이하여 사라지리라.

身沒名亦盡,　몸이 없어지고 이름 또한 사라질 텐데,

念之五情熱.　이를 생각하면 온갖 감정이 들끓는다.

立善有遺愛,　선을 이루면 전해지는 인애를 남기리니,

胡可不自竭.　어찌 스스로 힘을 다하지 않겠는가.

酒云能消憂,　술이 근심을 없앨 수 있다고 하지만,

方此詎不劣.　이것[선을 이룸]에 비하면 어찌 보잘것없지 않

겠는가.

◆────

1　존생(存生) : 장생불사(長生不死)를 가리킨다.

2　유곤화(遊崑華) : 신선(神仙) 추구를 의미한다.

3　암이(黯爾) ; 서글프고 절망적인 모양이다.

제1수에서 몸이 인생에 대한 무상감을 극복하기 위해 음주를 통한 급시행락을 권유하자, 제2수에서는 그림자가 후세에 이름을 남기도록 선을 행할 것을 권하고 있다. 즉 현생은 허망하고 장생을 추구하는 것도 불가능하니 음주에 탐닉하지 말고 선을 이루어 죽은 뒤에 이름을 남길 것을 주장한 것이다. 공적을 이루기 위해 노력할 것을 가르치는 유가(儒家)의 입장과 내세를 위해 선행을 할 것을 강조하는 불가(佛家)의 입장을 동시에 대변하고 있다.

이 시에는 몸과 그림자 사이의 공통점도 보인다. 인생무상을 피력한 점과 신선 추구를 비판한 점이 그것이다. 다른 점은 인생의 무상감에 대하는 해결 방식이니 몸은 음주를, 그림자는 입선을 주장하고 있다. 결국은 양자 모두 서문에서 말한, 애쓰며 생에 연연해하는 자들이다.

「정신의 풀이(神釋)」

大鈞¹無私力,	조물주는 사사로이 힘쓰는 것이 없으니,
萬物自森著.	만물이 저절로 성대히 드러난다.
人爲三才中,	사람이 삼재[천·지·인] 가운데 하나가 된 것은,
豈不以我故.	어찌 나[정신] 때문이 아니겠는가.
與君雖異物,	그대들[몸, 그림자]과 비록 다른 존재이지만,
生而相依附.	나면서 서로 의지하고 붙어 지냈지.
結託善惡同,	한 몸이 되어 좋고 나쁜 것을 함께하였으니,
安得不相語.	어찌 그대들에게 말해 주지 않을 수 있으랴.
三皇²大聖人,	삼황은 위대한 성인이셨으나,
今復在何處.	지금은 또 어디에 있는가.
彭祖³愛永年,	팽조는 장수를 좋아하여,
欲留不得住.	남아 있고자 하였으나 머물 수 없었지.
老少同一死,	늙은이나 젊은이나 똑같이 한 번은 죽고,
賢愚無復數.⁴	현명한 이건 어리석은 이건 다시 따질 것 없다.
日醉或能忘,	날마다 취하면 혹시 잊을 수는 있겠지만,
將非促齡具.	아마도 수명을 재촉하는 도구나 아닌지.

◆——

1 대균(大鈞) : 대자연이 만물을 만드는 것을 도공이 녹로[균(鈞)] 위에서 질그릇을 만드는 것에 비유한 말로, 자연의 조화, 나아가 조물주를 가리킨다.
2 삼황(三皇) : 복희(伏義), 신농(神農), 황제(黃帝)이다.
3 팽조(彭祖) : 전설상의 인물인 전갱(籛鏗)이란 사람으로 전욱(顓頊)의 손자이며 하(夏)나라를 거쳐 은(殷)나라 말기까지 800년을 살았다고 한다.

立善常所欣,	선을 이루는 것도 항상 좋아하는 일이나,
誰當爲汝譽.	누가 장차 그대를 위해 칭송하리오.
甚念傷吾生,	심한 염려는 우리의 삶을 해치니,
正宜委運去.	진정 자연의 운행에 맡겨 살아가야 하리.
縱浪⁵大化⁶中,	큰 변화 가운데에 자유자재하면서,
不喜亦不懼.⁷	기뻐하지도 않고 또 두려워하지도 않으리.
應盡便須盡,	끝날 때가 되어서는 바로 끝나야 할 것이니,
無復獨多慮.	다시는 홀로 많은 근심을 하지 말 것이다.

❖ 감상

자연의 다른 이름인 '대균(大鈞)'은 사사로운 의지를 개입시키지 않으면서 만물이 저절로 번성하게 한다. 이는 노자가 "천지는 사사로이 친애하지 않는다(天地不仁)"[8]라고 한 말이나, 장자가 "하늘은 사사로이 (만물을) 덮어 줌이 없고 땅은 사사로이 (만물을) 실어 줌이 없다(天無私

---

4 『열자·양주(列子·楊朱)』, "살아서는 현우·귀천이 있으니 이는 다른 것이지만, 죽으면 썩어서 없어지니 이는 같은 것이다. …… 10년을 산 사람도 죽고 100년을 산 사람도 죽으며, 인자나 성인도 죽고 흉악한 이나 어리석은 이도 죽는다.(生則有賢愚貴賤, 是所異也, 死則有臭腐消滅, 是所同也. … 十年亦死, 百年亦死, 仁聖亦死, 凶愚亦死.)"

5 종랑(縱浪) : 마음대로 떠돌아 다니다. 방랑하다.

6 대화(大化) : 『열자·천서(列子·天瑞)』, "사람이 태어나서 죽을 때까지 큰 변화가 넷이 있으니, 어린이, 젊은이, 늙은이, 죽는 것이다.(人自生至終, 大化有四, 嬰孩也, 少壯也, 老耄也, 死之也.)"

7 『장자·대종사(莊子·大宗師)』, "옛날의 진인은 태어나는 것을 기뻐하지 않고 죽는 것을 싫어하지 않았다.(古之眞人, 不知悅生, 不知惡死.)"

8 『노자(老子)·제5장』.

覆, 地無私載)"[9]라고 한 이치의 시적 표현이다.

사사로움이 없는 대자연의 운행 속에서 만물은 스스로 태어나고 스스로 변화한다. 속인들의 음주에 대한 탐닉은 몸이나 해치고 유가나 불가에서 가르치는 선을 이루는 일 또한 부질없으며 도교의 장생(長生) 추구는 불가능한 것이다. 노장의 가르침인 순응자연[위운(委運)]의 이치를 깨닫고 자연의 흐름에 따라 살아갈 것이요 심한 염려와 많은 근심으로 자신을 괴롭히지 말라는 정신의 당부이다.

도연명의 이상은 '정신'의 경지에 있었지만 현실에서는 '몸'과 '그림자'의 입장을 벗어나지 못하였다. 이 3수에서 보인 세 가지 주장은 모두가 도연명이 평생에 걸쳐 형편이나 처지에 따라 선택했던 인생관이자 생활 자세였다. 현실적으로는 '몸'의 입장에서 술을 통한 급시행락을 추구하면서 고민을 잊고자 하였고 어느 때에는 '그림자'의 입장이 되어 공을 이루어 후세에 이름을 남기고 싶은 심정을 보였으며, 고요히 앉아 인생의 이치를 관조할 때에는 '정신'의 입장이 되어 순응자연의 이치를 터득하고 달관의 경지에 들었던 것이다. 이 3수의 시는 과거·현재의 실상과 자신의 이상을 돌아보면서 합성해 낸 자화상으로, 도연명을 이해하는 데에 관건이 되는 시라고 하겠다.

---

9 『장자·대종사(莊子·大宗師)』.

11
「9월 9일에 한가로이 지내면서(九日閑居)」 1수 및 서문

❖—해제

419년[1] 도연명의 나이 55세에 지은 시이다. 양(梁)나라 소명태자(昭明太子) 소통(蕭統)이 지은 「도연명전(陶淵明傳)」에, "일찍이 9월 9일에 집 주변의 국화 밭에 나가서 앉아 오랫동안 손에 가득 국화꽃을 들고 있었는데, 마침 왕홍이 술을 보내 주자 곧 마시고는 취해서 돌아왔다"[2] 라는 기록이 있고 『진서 · 도연명전(晋書 · 陶淵明傳)』에, "도잠(陶潛)이 9월 9일 중양절에 마실 술이 없었는데, 왕홍이 술을 보내 주었다"[3]라고 한 기록이 이 시의 내용과 부합된다. 『송서 · 왕홍전(宋書 · 王弘傳)』에 의하면 왕홍이 강주자사가 된 것은 418년이고 원희(元熙) 중에 부임했다 하니 419년 9월 9일에 지은 시로 추정된다.

❖—서문

余閒居, 愛重九[4]之名. 秋菊盈園, 而持醪靡由. 空服[5]九華[6], 寄懷於言.

1 동진 공제 원희(元熙) 원년이다.
2 "嘗九月九日, 出宅邊菊叢中坐, 久之滿手把菊, 忽值弘送酒至, 卽便就酌, 醉而歸."
3 "潛九九無酒, 弘送酒."

내가 한가로이 지내면서 '중구'라는 이름을 좋아한다. 가을 국화가 뜰에 가득한데 막걸리를 들 방법이 없다. 그저 국화꽃을 들고 말에 감회를 기탁한다.

世短意常多,　　인생은 짧은데 생각은 항상 많아,
斯人樂久生.　　이 세상 사람들은 오래 사는 것을 좋아한다.
日月依辰至,　　세월이 시절을 따라 이르니,
擧俗愛其名.　　온 세속이 그 이름을 사랑한다.
露凄暄風息,　　이슬은 차갑고 따뜻한 바람이 그치니,
氣澈天象明.　　공기는 맑고 하늘은 밝다.
往燕無遺影,　　떠난 제비는 그림자도 남기지 않았고,
來雁有餘聲.　　돌아온 기러기는 넉넉한 소리가 있다.
酒能祛百慮,　　술은 온갖 근심을 덜어 줄 수 있고,
菊爲制頹齡.　　국화는 노쇠하는 나이를 잡아 준다네.
如何蓬廬士,　　어찌하여 쑥대로 인 초가집의 선비는,
空視時運傾.　　그저 계절이 기우는 것만 보고 있는가.
塵爵恥虛罍,[7]　　먼지 앉은 잔은 빈 술 단지를 부끄럽게 하는데,

4　중구(重九) : 9월 9일 중양절(重陽節)을 가리킨다. '구(九)'는 '구(久)'와 통하여 사람들이 좋아하였다.

5　복(服) : '지(持)'와 같다.[왕숙민, 앞의 책, p.93.]

6　구화(九華) : '9월에 피는 꽃'이라는 뜻으로, 국화의 다른 이름이다.

7　『시경 · 소아 · 육아(詩經 · 小雅 · 蓼莪)』, "술병이 텅 비니 술 단지의 수치로다.(缾之罄矣, 維罍之恥.)"

寒花[8]徒自榮.　국화는 부질없이 저절로 피어난다.

斂襟獨閒謠,　옷깃 여미고 혼자 한가롭게 노래 부르니,

緬焉起深情.　아득히 깊은 생각이 일어난다.

棲遲[9]固多娛,　한가로운 생활에 진실로 즐거움 많으니,

淹留[10]豈無成.　묻혀 산다고 어찌 이루는 것이 없겠는가.

❖ 감상

구월 구일 중양절에 술이 없어 무료하게 국화나 따고 있지만 은거해 사는 삶이 즐겁고 가치가 있음을 서술하고 있다. 빈한하지만 이 생활을 벗어나지 않겠다는 각오와 전원생활의 자부심을 보인 시이다.

◆────

8 한화(寒花) : '추운 계절에 피는 꽃'이라는 뜻에서 국화를 가리킨다.

9 서지(棲遲) : '머물며 쉬다'라는 뜻에서 '한가로운 생활'을 가리킨다.[『시경 · 진풍 · 형문(詩經 · 陳風 · 衡門)』, "가로 막대 문 안에 머물며 쉴 수 있다.(衡門之下, 可以棲遲.)"]

10 엄류(淹留) : 물러나 침체되어 있다.

12
「고향집에 돌아옴(歸園田居)」5수

❖─해제

406년[1] 도연명의 나이 42세에 지은 시이다. 도연명은 41세인 405년에 귀거래 하였고 이듬해 봄에 직접 농사를 지으면서 여러 가지 감회를 읊었는데 그 대표적인 것이 이 다섯 수의 시이다.

---

1 동진 안제 의희(義熙) 2년이다.

「고향집에 돌아옴(歸園田居)」 ^{제1수}

少無適俗韻,　　젊어서부터 세속에 맞는 기질이 없었고,

性本愛丘山.　　본성이 원래 산을 좋아했다.

誤落塵網中,　　잘못하여 속세의 그물에 떨어졌더니,

一去三十年.　　단번에 30년이 지나갔구나.

羈鳥戀舊林,　　갇힌 새는 옛 숲을 그리워하고,

池魚思故淵.　　못의 고기는 옛 연못을 생각한다네.

開荒南野際,　　남쪽 들 가에서 황무지 개간하면서,

守拙歸田園.　　졸박함을 지키고자 전원으로 돌아왔다.

方宅十餘畝,　　사방 택지는 10여 무이고,

草屋八九間.　　초가집은 8, 9칸이 된다.

楡柳蔭後簷,　　느릅나무와 버드나무는 뒤 처마에 그늘을 드리우고,

桃李羅堂前.　　복숭아나무와 자두나무는 집 앞에 줄지어 있다.

曖曖遠人村,　　희미한 먼 마을에,

依依¹墟里煙.　　가물가물 오르는 촌락의 연기.

狗吠深巷中,　　개는 깊은 골목에서 짖고,

鷄鳴桑樹顚.　　닭은 뽕나무 꼭대기에서 운다.

戶庭無塵雜,　　집 뜰에는 속세의 번잡함이 없고,

1　의의(依依) : 어렴풋한 모양, 또는 그리워하는 모양이다.

虛室有餘閑.[2]	빈방에는 넉넉한 한가로움이 있다.
久在樊籠裏,	오랫동안 새장 속에 있다가,
復得返自然.	다시 자연으로 돌아올 수 있었네.

❖─감상

귀거래 한 뒤에 지난 일과 지금의 상황을 생각하면서 전원으로 돌아와 누리는 즐거움과 만족감을 담백하게 그리고 있다. 벼슬살이를 하던 시절의 심정은 새장에 갇힌 새와 연못에 가두어진 물고기의 심정이었다. 이에 한가로운 전원으로 귀거래 하니 갇혀 있던 새가 풀려난 것 같은 자유를 느낀다.

10여 무의 택지에 무성하게 자란 느릅나무와 버드나무, 복숭아나무와 자두나무가 있는 근경과 먼 마을에 밥 짓는 연기가 오르고 개와 닭의 울음소리가 들리는 원경이 어우러진 저녁 무렵의 고요한 농촌 풍경이 그림같이 묘사된 전원시이다. "개는 깊은 골목에서 짖고, 닭은 뽕나무 꼭대기에서 운다"는 표현은 농촌의 한가함을 더욱 드러나게 하고 있다. 결국 '속세의 그물'에 갇혀 있다가 자연으로 돌아와서 바뀐 것은, '번잡함이 없고', '한가로움이 있는' 외적 환경이자 또한 그로 인해 얻게 된 내적 심경을 나타내는 중의(重義)의 표현이다. 마찬가지로 마지막 구절의 '자연'도 자연계를 가리키는 구체적 의미와 자연 상태, 구속 없는 경지를 나타내는 추상적 의미를 동시에 지니고 있다.

◆────

2 『장자 · 인간세(莊子 · 人間世)』의 "빈 곳에서 순수함이 나와 상서로움이 머문다(虛室生白, 吉祥止止)"에서 의경(意境)을 따온 것이다.

「고향집에 돌아옴(歸園田居)」 제2수

野外罕人事,	교외에는 사람과의 교제 드물어,
窮巷寡輪鞅.	외진 마을에 수레와 말 오는 일이 적다.
白日掩荊扉,	한낮에도 사립문은 닫혀 있고,
虛室絶塵想.	빈방에는 속된 생각이 끊겼다.
時復¹墟曲中,	때때로 마을 안에서,
披草共來往.	풀 헤치고 함께 오가는데,
相見無雜言,	서로 만나서 잡된 말 나누지 않고,
但道桑麻長.	그저 뽕과 삼이 자라는 것만 말한다.
桑麻日已長,	뽕과 삼은 나날이 자라고,
我土日已廣.	내 땅은 나날이 넓어진다.
常恐霜霰至,	항상 두려운 것은 서리와 싸락눈이 내려,
零落同草莽.	시들어버려 잡초처럼 될까 함이네.

❖ 감상

세속의 복잡함에서 벗어나 전원의 한가로움을 만끽하며 농사에만 마음 쓰는 모습을 읊고 있다. 도연명은 10여 년간 벼슬길에 머물면서 많은 사람들과 접촉하였고 상관의 명에 따라 동서로 분주하였다. 그러한 번잡과 구속에서 벗어나 이제 자신의 뜻에 따라 전원에서 생활하게 되었으니 세속적 교제는 자연 멀어졌다.

◆———

1 시부(時復) : 때때로

'때때로 마을 안에서' 이하의 6구에는 전원에서 직접 농사짓는 모습이 그려져 있다. 뽕과 삼을 키우며 땅을 개간하는 것이 일과의 전부이니 그저 농사 잘되는 것만 생각할 뿐이다. 마지막 연은 다음의 제3수에서, "옷이야 젖어도 아쉬울 것 없으니, 그저 바라는 것[농사]이나 어그러짐이 없다면"이라는 바람과 같은 맥락으로 농사에 전념하는 모습이다. 평이한 표현으로 직접 농사짓는 농부의 일과를 담담히 그려 냄으로써 현실에 충실하고 분수에 편안해하며 삶의 이치를 깨닫고 자족할 줄 아는 달관의 경지를 보여주고 있다.

소계종(蕭繼宗)은 도연명의 이러한 태도를 평하여, "도연명은 전원으로 돌아가는 것으로 은일(隱逸)을 삼아 잡초 사이에서 몸소 농사지었다. 그러므로 농부를 만나면 뽕과 삼을 이야기하면서 처음부터 자신을 농부들과 다르게 여기는 뜻이 없었다. 맹호연(孟浩然)은 몸은 밭사이에 있으면서 높은 관직에 오르는 것을 잊지 않았다. 그러므로 마음속으로 농사짓는 이들을 대화의 상대로 여기지 않았다"[2]라고 하면서, 농부들로부터 방관자의 입장에 서 있었던 맹호연과의 차이를 부각시켰다. 도연명은 이러한 마음가짐을 지녔기 때문에 농부들에 대한 태도가 진지하였고 농부들과의 가식 없는 교제가 이루어질 수 있었다.

◆

2   "淵明以歸田爲隱, 躬耕草萊. 故遇野老, 卽話桑麻, 初無自異於衆之意. 浩然身在田間, 不忘騰擲. 故心以田夫野老爲不足與言."[소계종(蕭繼宗), 『맹호연시설(孟浩然詩說)』, 臺灣商務印書館, 1985, p.35.]

「고향집에 돌아옴(歸園田居)」 제3수

種豆南山下,	남산 아래에 콩을 심었더니,
草盛豆苗稀.	풀만 무성하고 콩 싹은 드물다.
晨興理荒穢,	새벽에 일어나 거친 밭을 매고,
帶月荷鋤歸.	달빛 띤 채 호미 메고 돌아온다.
道狹草木長,	길은 좁고 초목들이 자라나서,
夕露霑我衣.	저녁 이슬이 내 옷을 적신다.
衣霑不足惜,	옷이야 젖어도 아쉬울 것 없으니,
但使願無違.	그저 바라는 것[농사]이나 어그러짐이 없다면.

❖ 감상

콩을 심고 새벽에 나가 돌보며 달빛 띠고 밤에 돌아온다. 새벽부터 밤까지 부지런히 일하는 성실한 농사꾼의 모습이다. 도연명의 전원시가 사람들에게 감동을 주는 이유는 바로 '직접 농사지은 점'에 있다. 직접 농사짓는 것을 즐거워하였기 때문에 이 시에서 읊은 것처럼 하루 종일 밭에서 일을 할 수 있었다. 마지막 연에서, 부지런한 농사꾼으로서 자신의 바람은 농사가 잘되는 것뿐임을 밝히고 있다. 담원춘(譚元春)은 이 시를 평하면서, "도연명의 이런 경지와 이런 시어는 논밭에서 늙은 사람이 아니면 알지 못한다"[1]라고 하여, 도연명 시의 진실성이 바로 직접 농사지은 데에서 나온 것이라고 하였다.

◆───

1 담원춘(譚元春), 『고시귀(古詩歸)』 9권, "陶淵明此境此語, 非老於田畝不知." [中華書局 編輯部 編, 『도연명시문휘평(陶淵明詩文彙評)』(台灣中華書局, 1974), p.56.]

「고향집에 돌아옴(歸園田居)」 제4수

久去山澤游,	오랫동안 산수의 유람에서 벗어나,
浪莽[1]林野娛.	전원의 즐거움을 소홀히 하였었지.
試携子姪輩,	자식과 조카들 데리고,
披榛步荒墟.	덤불 헤치며 황폐해진 마을을 걸어본다.
徘徊丘壟間,	산간을 배회하다 보니,
依依昔人居.	옛사람들 살던 곳이 아련하구나.
井竈有遺處,	우물과 부뚜막은 남은 자리가 있고,
桑竹殘朽株.	뽕나무, 대나무는 썩은 그루터기만 남아 있네.
借問採薪者,	나무꾼에게 묻기를,
此人皆焉如.	"이 사람들 모두 어디로 갔소?"하니
薪者向我言,	나무꾼이 나에게 말하기를,
死沒無復餘.	"죽어서 더 이상 남아 있는 이가 없다오"한다.
一世異朝市,	한 세대면 도회지도 달라진다더니,
此語眞不虛.	이 말이 정말로 헛되지 않구나.
人生似幻化,	인생은 환상과 같은 것,
終當歸空無.[2]	끝내는 장차 빈 무(無)로 돌아가리니.

1　낭망(浪莽) : 드넓은 모양이다. 또는 '낭황(浪荒)'과 통하여 소홀히 하는 것이다.[왕숙민, 앞의 책, p.112.]

2　공무(空無) : 모든 사물은 독자적인 본성을 지니고 있는 것이 아니라는 불가의 공(空) 사상이다. 또는 허무의 경지를 이르기도 한다.

전원을 떠나 벼슬길에서 분주하였던 지난날에 대한 후회와 전원에서 생활하면서 겪게 된 작은 감회를 서술한 시이다. 한가한 틈을 타서 황폐해진 마을을 돌아보게 되었고 살던 사람들이 모두 죽었다는 소리에 인생의 유한함과 무상감을 느끼게 된 것이다.

「고향집에 돌아옴(歸園田居)」제5수

悵恨獨策還,	쓸쓸히 홀로 지팡이 짚고 돌아오면서,
崎嶇歷榛曲.	울퉁불퉁 덤불진 골짜기를 지났네.
山澗淸且淺,	산간의 계곡 물은 맑고 얕아서,
可以濯吾足.	내 발을 씻을 만하였다.
漉我新熟酒,	나의 새로 익은 술을 거르고,
隻鷄招近局.	닭 한 마리 잡아 이웃을 불렀지.
日入室中闇,	해 지고 집안이 어두워지니,
荊薪代明燭.	싸리나무로 밝은 촛불을 대신한다.
歡來苦夕短,	즐거워지자 밤이 짧은 것이 괴로운데,
已復至天旭.	벌써 다시 날은 밝아졌구나.

❖ 감상

산책에서 돌아와 쓸쓸한 마음에 술과 안주를 장만하고 이웃을 초대하여 술 한잔을 나누는 상황을 묘사한 시이다. 술로 인하여 마음이 다시 즐거워져 밤을 새워 술을 마시면서 구속 없는 전원생활을 즐긴 내용이다.

13
「사천에 나들이하면서(遊斜川)」[1수 및 서문]

❖—해제

421년[1] 도연명의 나이 57세에 지은 시이다. 사천에 나들이한 것을 읊은 내용인데 긴 서문이 있다. 도연명의 시 가운데 이 시와 「계절의 운행(時運)」이 전원생활 중에 누린 유람의 즐거움을 읊은 예이다.

❖—서문

辛酉[2]正月五日, 天氣澄和, 風物閒美, 與二三隣曲, 同遊斜川. 臨長流, 望曾城, 魴鯉躍鱗於將夕, 水鷗乘和以翻飛. 彼南阜者, 名實舊矣, 不復乃爲嗟歎, 若夫曾城, 傍無依接, 獨秀中皋, 遙想靈山[3], 有愛嘉名. 欣對不足, 率爾[4]賦詩. 悲日月之旣往, 悼吾年之不留. 各疏年紀鄕

---

1 송 무제(武帝) 영초(永初) 2년이다.

2 신유(辛酉): 도연명의 나이 57세의 해이다. 왕숙민본(王叔岷本)에는 '신축(辛丑)'으로 되어 있는데 신축년은 도연명의 나이가 37세로 서문이나 시에서 언급한 내용과 맞지 않는다. 〈서문〉에서 "세월이 이미 가버린 것이 슬프고 내 나이 머무르지 않는 것이 애달프다"라고 하였듯이 만년에 지은 시이다.

3 영산(靈山): 곤륜산(崑崙山)에 있는, 신선이 머문다는 층성산(曾城山)을 가리킨다. 이름이 같기 때문에 연상한 것이다.

4 솔이(率爾): 깊은 생각 없이 글을 빨리 짓는 모습이다.

里, 以記其時日.

신유년 정월 5일, 날씨는 맑고 온화하며 풍경은 아늑하고 아름다워 두세 이웃들과 함께 사천에 나들이 나왔다. 긴 물결을 대하고 층성산(曾城山)을 바라보는데 저녁 무렵에 방어와 잉어는 뛰어 오르면서 비늘을 번쩍이고 물새는 온화한 바람 타고 오르내리면서 난다. 저 남산[여산]은 명성과 실상이 오래되었으니 다시 감탄할 것 없겠으나 저 층성산의 경우는 곁에 이어진 것도 없이 홀로 언덕 가운데에 솟아 있어 멀리 영산을 연상시키니 또한 아름다운 이름이 사랑스럽다. 즐겁게 대하는 것으로 부족하여 서둘러 시를 지었다. 세월이 이미 가버린 것이 슬프고 내 나이가 머무르지 않는 것이 애달프다. 각기 나이와 마을을 적고 날짜를 기록한다.

開歲[5]倏五日,[6]　새해 들어 어느덧 닷새나 지났고,
吾生行歸休.[7]　나의 삶도 장차 쉴 곳으로 돌아가려 한다.
念之動中懷,　이를 생각하니 마음속이 동요되어,
及辰爲茲遊.　때에 맞춰 이 나들이를 하게 되었다.

◆

5　개세(開歲) : 새해가 시작됨, 또는 정월(正月)을 특별히 이르는 말이다.
6　오일(五日) : 왕숙민본에는 '日'이 '十'으로 되어 있는데 도주(陶澍)는, "지금 '開歲倏五日'이라고 하면 서문의 '正月五日'과 말뜻이 서로 연관된다(今作開歲倏五日, 則與序中正月五日語意相貫)"라고 하여, '日'이 원래 글자임을 주장하였다.[도주(陶澍), 앞의 책, 권2, p.9.]
7　「귀거래혜사(歸去來兮辭)」, "만물이 제때를 얻은 것이 즐거운데, 나의 삶은 장차 쉴 곳으로 돌아가려 함을 느낀다.(善萬物之得時, 感吾生之行休.)"

氣和天惟澄,	날씨는 온화하고 하늘은 맑은데,
班坐依遠流.	나란히 앉아 긴 물결을 향했다.
弱湍馳文魴,	약한 여울엔 문채 나는 방어가 내달리고,
閒谷矯鳴鷗.	아늑한 계곡엔 우는 물새들이 날아오른다.
迴澤散游目,	먼 늪으로 한가로이 눈길을 보내고,
緬然睇曾丘.	아득히 층성산을 바라본다.
雖微九重秀,	비록 아홉 겹의 빼어남은 없지만,
顧瞻無匹儔.	둘러보니 짝할 것이 없다.
提壺接賓侶,	술병 들고 같이 온 이들을 상대하며,
引滿更獻酬.	술잔에 가득 따라 번갈아 주고받는다.
未知從今去,	모르겠구나! 지금 이후에,
當復如此不.	장차 또 이와 같을 수 있을지.
中觴縱遙情,	술 마시는 가운데 고원한 심정을 펼치며,
忘彼千載憂.[8]	저 천년의 근심을 잊는다.
且極今朝樂,	우선 오늘의 즐거움을 다할 것이니,
明日非所求.	내일은 추구할 바가 아니다.

❖ **감상**

초봄에 이웃들과 유람 나와 경치를 즐기면서 술을 드니 마음속 근심
이 모두 사라지고 급시행락을 만끽하게 되었음을 표현하고 있다. 20

◆────

8 「고시십구수(古詩十九首)」, "사는 햇수는 백 년도 차지 않는데, 항상 천 년의 근심을 품고
있구나.(生年不滿百, 常懷千載憂.)"

구로 된 시는 4구씩 다섯 단락의 층을 이루고 있다.

첫 단락은 서문에서, "세월이 이미 가버린 것이 슬프고 내 나이가 머무르지 않는 것이 애달프다"라고 한 말을 이어 서술한 도입부이다. 만년에 이르러 다시 새해를 맞이하니 인생에 대한 감회가 새로워져 이웃들과 유람 나오게 되었음을 서술하였다. 둘째 단락에서는 사천 주변의 근경을 묘사하였는데, 초봄의 온화한 날씨에 만물이 생동하는 것을 보고 앞에서 느꼈던 무상감을 잊고 자연의 일부가 된 경지이다. 셋째 단락에서는 멀리 보이는 층성산의 원경을 묘사하고 있다. 벗들과 어울리는 중에 '먼 늪', '층성산' 등은 시인과 하나가 된 자연이니 상대하는 모든 것들과 간격이 없는 물아일체(物我一體)의 상태이다. 넷째 단락에서는 함께 유람 나온 이웃들과 술을 주고받으며 느끼는 즐거움을 묘사하고 있다. 마지막 단락에서는 술로 근심을 잊고 급시행락을 추구하고자 하는 모습을 보이고 있는데, 벗들과 어울리는 즐거움 속에서도 인생무상의 비감이 내재되어 있다.

명(明)의 낙정지(駱庭芝)는 이 시를 평하여, "이런 사람들이 있어 몸을 잊고 명예와 이욕을 도외시하며, 수레와 조각배로 그 사이에서 왕래하니, 아 즐거울 만하다"[9]라고 하였다.

---

9 「사천변(斜川辨)」, "有如此人, 忘形骸, 外聲利, 藍輿扁舟, 往來於其間, 吁可樂哉."[中華書局編輯部 編, 앞의 책, 1974, p.61.]

14

「주속지, 조기, 사경이 세 사람에게 보임
(示周續之¹祖企²謝景夷³三郎)」¹수

❖─ 해제

416년⁴ 도연명의 나이 52세에 지은 시이다. 416년에 단소(檀韶)⁵가 강주자사(江州刺史)로 부임하여 여산에 은거해 있던 주속지에게 관아로 나와 예를 강론해 줄 것을 청하였다. 주속지가 이에 응하여 나가자 도연명이 이 시를 써서 그의 일관되지 못한 행위를 비판한 것이다.

負痾頹簷下,	낡은 처마 아래 병들어 있으니,
終日無一欣.	종일토록 한 가지 즐거움도 없다.
藥石有時間,	약과 침으로 가끔 차도가 있으면,

◆────

1 주속지(周續之) : 남조(南朝) 진송(晉宋) 시기 안문(雁門) 출신으로 자가 도조(道祖)이다. 유유민(劉遺民)과 함께 여산에 은거하면서 도연명과 더불어 '심양삼은(潯陽三隱)'으로 불리던 인물이다.
2 조기(祖企) : 내력이 자세하지 않다.
3 사경이(謝景夷) : 내력이 자세하지 않다.
4 동진 안제 의희(義熙) 12년이다.
5 단소(檀韶) : 남조 진송(晉宋) 시기 고평(高平) 출신으로 자가 영손(令孫)이다. 유유(劉裕)를 따라 환온(桓溫), 노순(盧循)의 토벌에 참여하여 공을 세웠고 강주자사(江州刺史)를 역임하였다.

念我意中人.	내 마음속의 사람들을 생각한다.
相去不尋常,	서로의 거리가 가깝지 않아,
道路邈何因.	길이 아득하니 어떻게 만날까.
周生述孔業,	주 선생이 공자의 학설을 강술하자,
祖謝響然臻.	조기와 사경이가 메아리가 호응하듯 이르렀다지.
道喪向千載,	도가 사라진 지 천 년이 가까워 오는데,
今朝復斯聞.	오늘 아침에 다시 이에 대해 들었구나.
馬隊非講肆,	말 시장은 강론할 곳이 아닌데도,
校書亦已勤.	책의 교감까지도 너무나 부지런하시다지.
老夫有所愛,	이 늙은이가 좋아하는 일 있으니,
思與爾爲隣.	그대들과 이웃이 되기를 생각함이네.
願言誨諸子,	바라건대 그대들에게 이르노니,
從我穎水[6]濱.	영수의 물가로 나를 따르시게나.

❖ **감상**

주속지의 행위에 대해 당시 사람들은 '통은(通隱)[7]'이라고 불렀으나 도연명은 은자로서의 일관된 자세를 유지할 것을 권하며 풍자하고 있다.[8] 그러면서도 초지를 굽힌 그들의 행위를 해학의 방법으로 비판하

◆───

6 영수(穎水) : 요임금 시기에 허유(許由)와 소부(巢父)가 은거했던 곳으로, 은자의 거처를 가리킨다.
7 통은(通隱) : 마음이 트인 은사라는 뜻이다.

였기 때문에 그 권고가 완곡함에 그칠 수 있었다.

　청(淸)나라 온여능(溫汝能)은 "말은 비록 해학적이나 마음은 본디 정성스럽고 절실하다. 옛사람들의 우정이 구차하지 않았음을 여기에서 볼 수 있다"⁹라고 평하였다.

◆

8　소통(蕭統), 「도연명전」, "당시에 주속지가 여산에 들어가 혜원법사(慧遠法師)를 섬겼다. …… 뒤에 자사 단소가 주속지에게 주로 나와 줄 것을 간절히 청하자, 학사인 조기, 사경이와 더불어 세 사람이 함께 성북에서 예를 강론하고 더욱이 교수(校讐)까지 하였다. 머무르던 공관이 말 시장에 가까웠기 때문에 도연명이 이렇게 시를 써서 보낸 것이다.(時周續之入廬山, 事釋慧遠. …… 後刺史檀韶苦請續之出州, 與學士祖企, 謝景夷三人, 共在城北講禮, 加以讐校. 所住公廨, 近於馬隊, 是以淵明示其詩云.)"

9　"語雖詼諧, 意本肫切. 古人交誼不苟, 於此可見."『도시휘평(陶詩彙評)』[中華書局編輯部 編, 앞의 책, 1974, p.65.]

15
「걸식(乞食)」[1]수

❖─해제

426년[1] 도연명의 나이 62세에 지은 시이다. 만년의 곤궁에 대한 서술
이 「깨달음이 있어서 지음(有會而作)」과 흡사하여 비슷한 시기에 지은
시로 추정된다.

飢來驅我去,	굶주림이 와서 나를 몰아대지만,
不知竟何之.	끝내 어디로 가야 할지 모르겠다.
行行至斯里,	걷고 걸어 이 마을에 이르러,
叩門拙言辭.	문을 두드리고는 말을 더듬는다.
主人解余意,	주인이 내 뜻을 헤아리고,
遺贈豈虛來.	보태 주니 어찌 헛되이 온 것이리오.
談諧終日夕,	이야기가 어우러져 저물녘을 지내며,
觴至輒傾杯.	술잔이 이르자 바로 잔을 기울인다.
情欣新知勸,	심정이 새로 알게 된 이의 권고에 즐거워져,

---

1 송 문제(文帝) 원가(元嘉) 3년이다.

言詠遂賦詩.	담소하고 읊조리다 마침내 시를 짓게 되었다.
感子漂母惠,[2]	그대의 빨래 아낙 같은 은혜에 감사하지만,
愧我非韓才.	내가 한신 같은 인재가 아닌 것이 부끄럽소.
銜戢知何謝,	마음에만 머금고 어떻게 감사해야 할지를 알 겠소만,
冥報以相貽.	죽은 뒤의 보답으로라도 갚으리이다.

❖─감상

도연명은 노년에 갈수록 더욱 빈곤하였다. 62세에 지은 「깨달음이 있어서 지음(有會而作)」에서 "배고픔은 삼순구식(三旬九食)에 버금가고, 더운 철에도 겨울옷을 질리게 입는다(惄如亞九飯, 當暑厭寒衣)"라 하였고, 이 시에서는 "굶주림이 와서 나를 몰아대지만, 끝내 어디로 가야 할지 모르겠다. 걷고 걸어 이 마을에 이르러, 문을 두드리고는 말을 더듬는다"라고 하였듯이 결국은 굶주림에 쫓겨 구걸에 나서기까지 하였다. 모르는 사람[신지(新知)]에게 갚을 기약 없는[명보(冥報)] 부탁이니 구걸인 것이 분명하다.

소식(蘇軾)은 이 시를 두고, "도연명은 벼슬하고 싶으면 벼슬하여 구하는 것을 혐의로 여기지 않았고, 은거하고 싶으면 은거하여 떠나는 것을 고상함으로 여기지 않았다. 배고픈 경우에는 남의 문을 두드려 걸식하였고, 넉넉한 경우에는 닭 잡고 밥을 지어 손님을 초대하였다.

---

2 표모혜(漂母惠) : 한신(韓信)이 굶주리던 시절에 밥을 챙겨 주던 아낙이 있었는데, 한신이 후에 크게 보답하겠다고 하였다.[『사기 · 회음후열전(史記 · 淮陰侯列傳)』]

옛날이나 지금이나 그를 훌륭하게 여기는 것은 그 진솔함을 높이 여기기 때문이다"[3]라고 하였다. 맹자가 공자를 칭송한 말로 도연명을 칭송한 것이다.[4]

---

3 「서이간부시집후(書李簡夫詩集後)」, "陶淵明欲仕則仕, 不以求之爲嫌, 欲隱則隱, 不以去之爲高. 飢則叩門而乞食, 飽則鷄黍而迎客. 古今賢之, 貴其眞也."

4 『맹자·공손추 상(孟子·公孫丑上)』, "벼슬할 만하면 벼슬하고 그만둘 만하면 그만두었으며 오래 머물 만하면 오래 머물고 빨리 떠날 만하면 빨리 떠난 것은 공자였다.(可以仕則仕, 可以止則止, 可以久則久, 可以速則速, 孔子也."

16

「여러 사람들이 함께 주씨 집안 선영의 잣나무 밑에서 놀면서(諸人共遊周家墓栢下)」1수

❖─ 해제

418년[1] 도연명의 나이 54세에 지은 시이다. 『진서 · 도연명전(晉書 · 陶淵明傳)』에, "주와 군에서 사람 만나는 일 끊고 고향 친구인 장야, 왕래하던 양송령, 방준 등을 혹 술이 있으면 초대하였다"[2]라고 하였는데, 「원가행 체의 초나라 곡조로 방주부와 등치중에게 보여줌(怨詩楚調示龐主簿鄧治中)」의 제목에 보이는 방주부 등과 왕래한 것이 54세이니 대개 이때 그들과 교제하면서 지은 것으로 추정된다.

今日天氣佳,	오늘은 날씨가 좋은 데다,
淸吹與鳴彈.	맑은 관악기와 울리는 현악기 소리로다.
感彼栢下人,	저 잣나무 아래에 묻힌 이들에 감개를 갖게 되니,
安得不爲歡.	어찌 즐기지 않을 수 있겠는가.
淸歌散新聲,	맑은 노래는 새로운 소리를 펼치고,
綠酒開芳顔.	녹색의 좋은 술은 아름다운 얼굴을 펴 준다.

---

1 동진 안제 의희(義熙) 14년이다.
2 "旣絶州郡覯謁, 其鄕親張野, 及周旋人羊松齡, 龐遵, 或有酒邀之."

未知明日事,　　아직 내일의 일은 모르겠고,

余襟良已殫.　　나의 회포는 이미 다 풀렸네.

❖ 감상

좋은 계절에 친지의 선영에 모여 음악과 술로 즐기는 모습과 감회를 읊은 시이다. 도연명의 증조인 도간은 당시에 명망이 있던 주방(周訪)[3] 과 가까이 지내면서 두 집안이 대대로 인척 관계를 이어갔다. 자신의 세계(世系)와 관련이 있는 주씨 집안의 선영에 들러 즐거운 한때를 가진 것이다. 마지막 연에서 "아직 내일의 일은 모르겠고, 나의 회포는 이미 다 풀렸네"라고 하여 급시행락의 심사를 드러내고 있다.

◆────

3 주방(周訪) : 동진 여남(汝南) 출신으로 자가 사달(士達)이다. 반란을 진압한 공으로 심 양현후(瀋陽縣侯)에 봉해지고 안남장군(安南將軍), 양주자사(梁州刺史) 등을 역임하 였다.

17
「원가행 체의 초나라 곡조로 방주부와 등치중에게 보여줌(怨詩[1]楚調示龐主簿[2]鄧治中[3])」1수

✤─ 해제

418년[4] 도연명의 나이 54세에 지은 시이다. 노년기에 들어, 힘들게 살아온 지난 시절을 회고하면서 앞으로의 마음가짐을 밝힌 내용이다.

天道幽且遠,	하늘의 도는 깊고도 멀며,
鬼神茫昧然.	귀신의 일은 까마득히 어둡다.
結髮[5]念善事,	젊은 시절에 착한 일을 생각하였고,
僶俛[6]六九年.	힘쓰면서 살아온 것이 54년이다.
弱冠逢世阻,	약관의 나이에 세상의 험난함 만났고,
始室[7]喪其偏.	서른 살에는 짝을 잃었다.

◆────

1 원시(怨詩) : 초(楚)나라의 곡조로, 한대(漢代)에 이르러 악부체(樂府體)의 상화가사(相和歌辭) 가운데 하나가 되었다. 원시행(怨詩行), 원가행(怨歌行)이라고도 한다.
2 방주부(龐主簿) : 방준(龐遵)으로 자가 통지(通之)이다. 주부(主簿)는 문서 담당관이다.
3 등치중(鄧治中) : 이름과 자, 사적이 미상이다. 치중(治中)은 지방에 둔 수령의 보좌관으로 여러 부서의 문서를 담당하였다.
4 동진 안제 의희(義熙) 14년이다.
5 결발(結髮) : 상투를 트는 것으로 성년이 됨을 이르는 말이다.
6 민면(僶俛) : 부지런히 힘쓰는 모양이다.

炎火屢焚如,	뜨거운 불볕은 자주 태울 듯하였고,
螟蜮恣中田.	벼 멸충들은 밭 가운데에서 날뛰었지.
風雨縱橫至,	비바람이 멋대로 불어 대,
收斂不盈廛.[8]	수확한 것이 살림살이도 채우지 못했네.
夏日長抱飢,	여름날엔 내내 굶주림 안은 채 지내고,
寒夜無被眠.	추운 밤에는 덮고 잘 이불도 없다.
造夕思鷄鳴,	저녁이 되면 닭 울기를 생각하고,
及晨願烏[9]遷.	새벽에 이르면 해가 옮겨 가기를 바란다.
在己何怨天,	나에게 달렸으니 어찌 하늘을 원망하리오만,
離憂悽目前.	근심을 만나니 눈앞이 처량하다.
吁嗟身後名,	아아! 죽은 후의 명예는,
於我若浮煙.[10]	나에게는 뜬구름 같은 것.
慷慨獨悲歌,	개탄하며 홀로 슬피 노래하노니,
鍾期[11]信爲賢.	종자기는 정말로 훌륭했었다.

◆━━━━

7 시실(始室) : '시실지년(始室之年)'으로 남자의 나이 서른 살을 가리킨다.[『예기·내칙 (禮記·內則)』, "서른이 되어 아내를 얻고 비로소 남자의 일을 다룬다.(三十而有室, 始理男 事.)"]

8 전(廛) : 한 가장(家長)이 받는 터를 가리킨다. 나아가 '한 집안을 유지하는 바탕'의 뜻을 갖게 되었다.

9 오(烏) : 태양이 세 발 달린 까마귀[삼족오(三足烏)]가 산다는 신화에서 나와, 태양을 상 징하게 되었다.『산해경·대황동경(山海經·大荒東經)』.

10 『논어·술이(論語·述而)』, "의롭지 못하면서 부유하고 또 존귀한 것은 나에게 뜬구름과 같다.(不義而富且貴, 於我如浮雲.)"

11 종기(鍾期) : 춘추시대 초(楚)나라 사람인 종자기(鍾子期)로, 백아(伯牙)의 거문고 소리 를 듣고 그 심정을 잘 헤아렸다고 한다.

❖ **감상**

일생을 착하게 살고자 노력하였는데도 험난한 세상을 만나 가난의 고통과 액운의 불행을 겪게 되니 천도와 귀신이 의심스러울 뿐이다. 이는 백이(伯夷)와 안회(顏回)가 겪었던 것처럼 정도가 행해지지 않는 현실과 불우한 자신의 처지에 대한 개탄에서 비롯된 것이다.

"여름날엔 내내 굶주림 안은 채 지내고, 추운 밤에는 덮고 잘 이불도 없다"는 직접적인 묘사나, "저녁이 되면 닭 울기를 생각하고, 새벽에 이르면 해가 옮겨 가기를 바란다"는 함축적 표현 등 가난에 대한 묘사가 절실하다. 저녁이 되면 추위 때문에 따뜻한 낮을 기다리지만, 아침이 되면 굶주림 때문에 잠들어 잊을 수 있는 밤을 기다린다는 표현에서는 연민을 넘어 차라리 해학을 느낄 정도이다. 하늘을 원망하지 않겠다고 하지만 탄식이 금해지지 않는다. 그러나 이러한 탄식과 절망이 마지막 단락에서 반전된다. 즉 아무리 고통스럽고 힘들어도 절개를 굽히고 명예를 좇는 일은 하지 않을 것이니, 백아를 알아주었던 종자기처럼 그대들이 이러한 심정을 알아주기를 바란다는 뜻을 밝히고 있다.

18

「방참군에게 보내는 답시(5언)[答龐參軍(五言)]」1수 및 서문

❖─해제

424년¹ 도연명의 나이 60세에 지은 시이다. 방참군이 424년 봄에 위군
장군(衛軍將軍) 사회(謝晦)의 참군으로 부임할 때 작별하면서 지어 준
시이다.

❖─서문

三復來貺, 欲罷不能. 自爾隣曲, 冬春再交, 款然良對, 忽成舊游. 俗諺
云, 數面成親舊. 況情過此者乎.

人事好乖, 便當語離. 楊公所歎, 豈惟常悲.² 吾抱疾多年, 不復爲文.
本旣不豊, 兼老病繼之. 輒依周禮往復之義,³ 且爲別後相思之資.

◆────

1 송 문제(文帝) 원가(元嘉) 원년이다.
2 『회남자 · 설림훈(淮南子 · 說林訓)』, "양주가 갈림길을 만나 통곡하였는데, 그것이 남쪽
  으로 갈 수도 있고 북쪽으로 갈 수도 있기 때문이었다.(楊子見逵路而哭之, 爲其可以南, 可
  以北.)"
3 『예기 · 곡례 상(禮記 · 曲禮上)』, "예는 오고 감을 숭상한다. 갔는데 오지 않는 것은 예가
  아니며 왔는데 가지 않는 것도 예가 아니다.(禮尚往來. 往而不來, 非禮也. 來而不往, 亦非
  禮也.)"

보내 주신 시를 세 번이나 반복해 읽었으니 그만두려 해도 그럴 수 없었습니다. 그대와 이웃이 된 이후로 겨울과 봄이 두 번 교차했는데 정답게 잘 지내다 보니 홀연 오랜 사귐처럼 되었습니다. 속담에 이르기를, "자주 만나면 친구가 된다"고 하였는데 하물며 정이 이[자주 만나는 것]보다 더한 경우이겠습니까.

사람의 일이란 어긋나기 쉬워 곧 헤어진다는 말을 해야 하였습니다. 양주(楊朱)가 탄식한 것이 어찌 다만 평범한 슬픔이었겠습니까. 나는 병을 가진 지 여러 해가 되어 다시 글을 짓지 않았습니다. 본디 튼튼하지 못했던 데다 아울러 노병까지 이어졌습니다. 문득 주례(周禮)의 '보내고 받는' 도리를 따르고 또 헤어진 후 서로 생각하는 자료로 삼고자 합니다.

相知何必舊,	서로 아는데 어찌 꼭 오래여야만 하겠소,
傾蓋⁴定前言.	수레 덮개 기울인 일이 정녕 전에 있던 말입니다.
有客賞我趣,	객이 있어 나의 취향을 좋아하여,
每每顧林園.	매번 산림 속 전원으로 찾아왔었지요.
談諧無俗調,	담소가 어우러짐에 속된 이야기가 없었고,
所說聖人篇.	좋아하는 것은 성인의 글들이었습니다.

◆ ─────

4   경개(傾蓋) : "길에서 만나 수레 덮개를 기울이고 이야기를 나누다"라는 뜻에서 처음 만나거나 사귀는 것을 가리킨다. 나아가 처음 만났는데도 뜻이 맞는 것을 가리킨다. [『공자가어 · 치사(孔子家語 · 致思)』, "공자가 담나라에 가다가 길에서 정자를 만났다. 수레 덮개를 기울이고 하루 종일 이야기를 나누면서 매우 친해졌다.(孔子之郯, 遭程子於塗. 傾蓋而語終日, 甚相親.)"]

或有數斗酒,	간혹 몇 말의 술이 생기면,
閑飮自歡然.	한가로이 마시면서 절로 즐거워하였지요.
我實幽居士,	나는 실로 은거해 사는 이라서,
無復東西緣.	다시 동서로 나다닐 연고가 없다오.
物新人唯舊,	물건은 새로워야 하지만 사람은 오래여야만
	한다고,
弱毫夕所宣.⁵	글로 이전에 말했던 것입니다.
情通萬里外,	마음은 만 리 밖까지 통하지만,
形跡滯江山.	몸과 자취는 강산으로 막히게 되었습니다.
君其愛體素,⁶	그대여 바라건대 몸조심할 것이니,
來會在何年.	다음의 만남은 어느 해에나 있을까요.

❖ 감상

서문에서, "그대와 이웃이 된 이후로 겨울과 봄이 두 번 교차했는데 정답게 잘 지내다 보니 홀연 오랜 사귐처럼 되었습니다"라고 한 말이나 첫 연에서, "서로 아는데 어찌 꼭 오래여야만 하겠소, 수레 덮개 기울인 일이 정녕 전에 있던 말입니다"라고 한 구절에서, 방참군과는 얼마 되지 않은 사귐이지만 뜻이 맞아 좋은 친구가 되었음을 알 수 있다. 둘째 연에서는, "객이 있어 나의 취향을 좋아하여, 매번 산림 속 전원으

---

5 『서경 · 반경 상(書經 · 盤庚上)』, "사람은 옛사람을 구하지만, 그릇은 옛것을 구하지 않고 새것을 구한다.(人惟求舊, 器非求舊, 惟新.)"

6 체소(體素) : 옥체(玉體)와 같은 뜻으로 상대방에 대한 경칭이다.

로 찾아왔었지요"라고 하여 취향이 같았기 때문에 자주 어울렸음을
밝혔고, 이어서 담소가 속되지 않았고 함께 글을 이야기하고 술을 즐
겼다고 하였다. 마지막 연의 몸조심하라는 당부와 다음 만남에 대한
바람에서 친구에 대한 간절한 정을 느낄 수 있다.

19

「5월 초하루 아침에 지어 대주부의 시에 화답함
(五月旦作和戴主簿)」1수

❖─해제

413년[1] 도연명의 나이 49세에 지은 시이다. 「정신의 풀이(神釋)」와 의경(意境)이 흡사하여 비슷한 시기에 지은 것으로 추정된다. 자연의 이치를 터득하고 그에 따라 살아가는 달관된 모습이 잘 드러나 있는 시이다.

虛舟縱逸棹,　　빈 배로 빠른 노를 마구 저어가듯,

回復遂無窮.　　계절의 순환은 아예 끝이 없구나.

發歲始俛仰,　　새해가 시작된 것이 금방이었는데,

星紀[2]奄將中.　　해의 운행이 어느덧 중반에 접어들었다.

南窗罕悴物,　　남쪽 창가에는 시든 것 드물고,

北林榮且豊.　　북쪽 숲은 무성하고 울창하다.

神淵寫時雨,　　깊은 연못에 제때의 비가 쏟아지고,

晨色奏景風.[3]　　새벽 경치에 남풍이 불어온다.

旣來孰不去,　　오고나서 누구인들 떠나지 않겠는가,

◆──

1　동진 안제 의희(義熙) 9년이다.

2　성기(星紀) : 황도(黃道) 12궁(宮)의 하나로 해의 운행을 가리킨다.

3　경풍(景風) : 남풍(南風)을 가리킨다.

人理固有終.	인생의 이치는 원래 끝이 있는 법.
居常待其盡,	한결같음을 지키며 그 끝남을 기다릴 것이니,
曲肱豈傷沖.[4]	팔 베고 사는 것이 어찌 조화를 해치랴.
遷化或夷險,	변화해 가면서 혹은 평탄하기도 하고 혹은 험난하기도 하지만,
肆志無窊隆.	내 뜻대로 하니 낮고 높은 것이 없다.
卽事[5]如以[6]高,	지금의 일이 이렇게 너무나도 고상한데,
何必升華嵩.	어찌 꼭 화산이나 숭산에 올라 신선을 배우리오.

❖ 감상

가벼운 배를 타고 빠르게 노를 젓듯이 계절이 신속하게 변하는 것을 보면서 인생의 이치를 생각한다. 태어나면 죽게 되는 것이 인생이니 자신의 뜻을 거스르며 부귀를 좇기보다는 가난하더라도 뜻에 맞게 살아갈 것이다. 내가 존재하는 지금 이곳이 가장 중요함을 알고 신선을 추구하는 부질없는 짓을 말 것이다. 그때그때에 성실할 것이며 만족할 줄을 알아야 한다는 깨달음이 드러나 있다.

「귀거래혜사(歸去來兮辭)」의 마지막에서, "그런대로 자연의 변화를 따라 끝남으로 돌아갈 것이니, 저 천명을 즐김에 다시 무엇을 의심하랴(聊乘化以歸盡, 樂夫天命復奚疑)"라고 한 구절이 한 편의 시로 재구성된 느낌이다.

◆———

4　충(沖) : 조화[화(和)]이다.[왕숙민, 앞의 책, p.153.]
5　즉사(卽事) : 그 자리에 벌어진 일, 당장에 보고 들은 일이다.
6　이(以) : '이(已)'와 통하여 '너무'의 뜻이다.

20
「연일 오는 비에 혼자 술을 마시며(連雨獨飮)」1수

❖─해제

404년[1] 도연명의 나이 40세에 지은 시이다. 생사의 문제, 삶의 가치의 문제 등 인생의 본질에 대한 통찰력과 깨달음을 얻고 자연의 일부로 존재하면서 그 결에 따라 살아가는 모습을 보여주고 있다.

運生會歸盡,	(자연의) 운행 속에 사는 것들은 결국 죽음으로 돌아가니,
終[2]古謂之然.	옛날부터 그렇다고 말해 왔지.
世間有松喬,[3]	세상에 적송자와 왕자교가 있었으나,
於今定[4]何閒.	지금은 정작 어디에 있는가.
故老贈余酒,	노인장이 나에게 술을 주면서,

◆────

1 동진 안제 원흥(元興) 3년이다.
2 종(終): '종(從)'과 통하여, '……로부터'의 뜻이다.
3 송교(松喬): 적송자(赤松子)와 왕자교(王子喬)이다. 적송자는 전설상의 신선으로 신농(神農) 시기에 우사(雨師)를 맡았으며 요임금이 스승으로 삼았다고 한다. 왕자교는 주(周) 영왕(靈王)의 태자로 이름이 진(晉)이었는데 신선이 되었다고 한다.
4 정(定): '정(正)'과 통하여, '정작'의 뜻이다.

乃言飮得仙.	"마시면 신선이 될 수 있다"고 하신다.
試酌百情遠,	시험 삼아 마셔 보니 온갖 감정 멀어지고,
重觴忽忘天.	잔을 거듭하니 홀연 하늘도 잊게 된다.
天豈去此哉,	하늘이 어찌 여기에서 떠나갔겠는가,
任眞無所先.	참됨에 맡겨 앞세우는 바가 없는 것이지.
雲鶴有奇翼,	구름 속의 학은 신기한 날개가 있어,
八表須臾還,[5]	세상 밖을 순식간에 갔다 오겠지만,
自我抱玆獨,	나는 이 유일한 가치[임진(任眞)]를 간직한 채로,
僶俛四十年.	힘써 온 지가 40년이다.
形骸久已化,	육체는 오래전부터 이미 변해 가지만,
心在復何言.[6]	마음이 그대로이니 다시 무엇을 말하겠는가.

❖─ 감상

'참됨에 맡김[임진(任眞)]'은 자연의 결에 따라 살아가는 지인(至人)의 경지이다. 이 시는 도연명이 임진의 경지에 이르렀음을 보여주고 있는데 제4연과 제5연이 시의 핵심이다. "시험 삼아 마셔 보니 온갖 감정 멀어지고, 잔을 거듭하니 홀연 하늘도 잊게 된다"라는 것은 술을 통하여 여러 생각이 사라지고 물아일체 경지에 들었음을 밝힌 것이다. "하늘도 잊게 된다[망천(忘天)]"의 '천(天)'은 천지 만물을 포괄하는 의미

◆───

5 신선을 추구하는 자들을 풍자한 것이다.
6 『장자 · 지북유(莊子 · 知北遊)』, "옛사람들은 밖은 변하지만 안은 변하지 않았다.(古之人, 外化而內不化)."

로, 천지 만물과 일체가 되어 피아의 구별을 의식하지 않는 상태이다. 사람이 대기 중에 존재하는 것이나, 물고기가 물속에서 노니는 것처럼 한 덩어리가 되어 의식하지 못하는 '망(忘)'의 경지이다.

제5연의 "하늘이 어찌 여기에서 떠나갔겠는가, 참됨에 맡겨 앞세우는 바가 없는 것이지"라는 구절은 앞 연의 뜻을 이어 '망천(忘天)'의 경지를 정의한 것이다. 즉 '망천(忘天)'은 하늘이 나에게서 멀어져 망(忘)이 된 것이 아니라 일체가 되어 의식하지 못하는 단계에 이른 것이다. 이것이 도연명이 말하고 있는 "참됨에 맡겨 앞세우는 것이 없는" 경지, 즉 자연의 이치를 깨닫고 그 운행에 따라 살아가는 것이다. 그러므로 몸은 비록 자연의 변화를 따라 노쇠해 가지만 마음은 언제나 한결같음을 유지할 수 있으니,[7] 신선을 추구하는 등의 부질없는 짓을 할 필요가 없음을 암시한 것이다.

---

7 정복보(丁福保), 『도연명시전주(陶淵明詩箋注)』(臺北, 藝文印書舘, 1977, 五版), p.67. "이것이 바로 장자의, '땔나무는 다해도 불은 전해진다'는 뜻이다.(此卽莊子, '薪窮火傳'之意.)"

21
「이사(移居)」2수

❖─해제

410년[1] 도연명의 나이 46세에 지은 시이다. 47세에 지은 「은진안과 헤어짐(與殷晉安別)」에서, "지난해 남쪽 마을에 살게 되어, 얼핏 잠깐 동안의 이웃이 되었었지(去歲家南里, 薄作少時隣)"라고 한 구절로 보아 46세에 이사했음을 알 수 있다.

◆─────

1 동진 안제 의희(義熙) 6년이다.

昔欲居南村,	옛날에 남촌에 살고자 했던 것은,
非爲卜其宅.	택지를 점친 때문이 아니었다.
聞多素心人,[1]	소박한 마음을 지닌 이들이 많다고 들어,
樂與數晨夕.	그들과 아침저녁으로 자주 만나고 싶었다네.
懷此頗有年,	이 마음을 먹은 지 꽤 여러 해가 되었는데,
今日從茲役.	오늘에야 이 일을 해내게 되었구나.
弊廬何必廣.	보잘것없는 집이 어찌 넓을 필요 있겠는가.
取足蔽牀席.	침상과 자리를 가리는 데에서 만족을 취한다.
隣曲時時來,	이웃들은 때때로 찾아와서,
抗言談在昔.	소리 높여 옛날 일을 담론한다.
奇文共欣賞,	뛰어난 문장은 함께 감상하고,
疑義相與析.	의심나는 뜻은 서로 따져 본다.

❖ 감상

남촌으로 이사하여 소박한 마음을 가진 사람들과 수시로 만나 옛일을 이야기하고 글을 논하는 즐거움을 묘사하고 있다. '소박한 마음의 사람들'은 도연명이 항상 교제하고 싶었던 사람들이었기 때문에 그런 사람들이 많은 남촌을 택한 것이다. 공자가, "마을은 인후한 것이 아름답다. 마을을 택하는데 인후한 곳을 골라 살지 않는다면 어떻게 지

◆────

1 소심인(素心人) : 은진안 등을 가리킨다.

혜로울 수 있겠는가"[2]라고 한 지혜로움이나,『춘추좌전』에서, "택지를 점치는 것이 아니고, 이웃을 점친다"[3]라고 한 가르침이 드러난 시이다. 마지막 연의 "뛰어난 문장은 함께 감상하고, 의심나는 뜻은 서로 따져 본다"는 말은 공자가 일컬은, "군자는 글로 벗을 모으고, 벗으로 인을 돕는다"[4]는 말을 연상시킨다. 도연명은 남촌에서 뜻이 통하는 벗들과 글을 논하며 어울리는 가운데 담박하고 진지한 교유를 가질 수 있었다.

◆———

2 『논어 · 이인(論語 · 里仁)』, "里仁爲美, 擇不處仁, 焉得知."
3 『춘추좌전(春秋左傳)』「소공(昭公) 3년」, "택지를 점치는 것이 아니고 이웃을 점친다.(非宅是卜, 唯隣是卜.)"
4 『논어 · 안연(論語 · 顔淵)』, "君子, 以文會友, 以友輔仁."

春秋多佳日,	봄가을엔 좋은 날이 많아,
登高賦新詩.	높은 곳에 올라 새로운 시를 짓는다.
過門更相呼,	문 앞을 지날 적엔 번갈아 불러서,
有酒斟酌之.	술을 주고받는다.
農務各自歸,	농사일로 각자 돌아가지만,
閒暇輒相思.	한가하면 곧 서로 생각한다.
相思則披衣,	생각나면 옷 걸치고 찾아가니,
言笑無厭時.	담소가 싫증 날 때가 없다.
此理將不勝,	이러한 이치를 장차 이루 다 누릴 수 없는데,
無爲忽去玆.	까닭 없이 홀연 이곳을 떠나겠는가.
衣食當須紀,	입고 먹는 것 마땅히 경영해야 하니,
力耕不吾欺.	힘써 짓는 농사가 나를 저버리지 않으리.

❖ 감상

좋은 계절에 농사의 한가한 틈을 타서 서로 만나 시를 짓고 술 마시며 담소하는 즐거움과 열심히 농사지으면서 이 교제가 계속되기를 바라는 소박한 바람을 표현하고 있다. 평범한 일상 속에서 나누는 순수한 정과 교유 중에 누리는 즐거움이 넘친다. 그것은 바로 담백함과 진지함에서 가능한 것이었다.

22
「유채상의 시에 화답함(和劉柴桑)」[1]수

❖─해제

409년[1] 도연명의 나이 45세에 지은 시이다. 유채상은 유유민(劉遺民)[2]
으로, 402~403년에 채상령(柴桑令)을 지낸 뒤 여산에 은거하다가 410
년에 죽었다.

  도연명은 유유민, 주속지 등 당시 여산에 은거하던 은자들과 교제
하면서 여러 차례 시를 주고받았다. 이 시는 유유민이 여산에서 혜원
(慧遠)이 결성한 백련사(白蓮社)에 참여할 것을 권하자 답한 것이다.

山澤久見招,	산림에서 부름 받은 지 오래인데,
胡事乃躊躇.	무슨 일로 이렇게 주저하는가.
直爲親舊故,	바로 친구들 때문이니,
未忍言索居.	차마 떠나 살겠다고 말할 수 없네.
良辰入奇懷,	좋은 철에 특별한 생각이 들어,

---

1 동진 안제 의희(義熙) 5년이다.

2 유유민(劉遺民) : 동진 팽성(彭城) 출신으로 자가 중사(仲思)이다. 이름은 정지(程之)이
   고 유민(遺民)은 그의 호이다. 여산에 은거하면서 혜원(慧遠)의 백련사(白蓮社)에 참여
   하였다.

挈杖還西廬.	지팡이 들고 서쪽 집에 돌아왔다.
荒塗無歸人,	거친 길에는 돌아가는 사람 없고,
時時見廢墟.	때때로 폐허만이 눈에 뜨인다.
茅茨已就治,	초가 지붕을 이미 다 이었으니,
新疇復應畬.	새 밭을 다시 개간해야지.
谷風³轉凄薄,	동풍이 오히려 차갑게 와 닿지만,
春醪解飢劬.	봄 막걸리로 허기와 피로를 푼다.
弱女⁴雖非男,	막걸리가 비록 좋은 술은 못 되나,
慰情良勝無.	마음을 위로하는 데는 진정 없는 것보다 낫다.
栖栖⁵世中事,	경황없는 세속의 일은,
歲月共相疎.	세월 갈수록 멀어진다.
耕織稱其用,	경작과 길쌈은 쓰기에 맞게 할 뿐,
過此奚所須.	그보다 더해서 어디에 필요하리오.
去去百年⁶外,	세월 흘러 죽은 후에는,
身名同翳如.⁷	몸과 이름이 함께 사라질 텐데.

◆——

3 곡풍(谷風) : '곡(谷)'은 생장(生長)의 뜻을 지닌 '곡(穀)'과 통하여 '동풍(東風)'을 가리킨
   다.[이아 · 석천(爾雅 · 釋天)]
4 약녀(弱女) : 막걸리를 비유한 말이다.
5 서서(栖栖) : 바삐 서두르는 모양이다.
6 백년(百年) : 사람의 수명을 크게 백 년으로 보아 사람의 평생, 또는 죽음을 가리킨다.
7 예여(翳如) : 사라져 보이지 않는 모양이다.

전원에서 생활하는 것이 자신의 지향이니 산에 들어가 은거할 생각이 없음을 분명히 하고 있다. 지붕 이는 일, 밭 개간하는 일을 제때에 해야 하는 전원의 생활은 힘들기도 하지만 즐거운 마음으로 부지런히 해 나간다. 좋은 술 고집하지 않으니 봄 막걸리로 허기와 피로를 풀 수 있고 농사와 누에치는 것은 필요한 정도에서 만족을 얻는다. 즉 분수에 편안하고 부유함을 추구하지 않는 달관이다.

명(明)의 장자열(張自烈)은 "막걸리가 비록 좋은 술은 못 되나 마음을 위로하는 데는 진정 없는 것보다 낫다"라고 읊은 구절에 대해, '고기를 먹는 데 황하의 방어를 고집하지 않는 뜻'[8]이라고 하여 만족할 줄을 알았던 도연명의 자세를 칭송하였다.

◆──

8 "食魚, 不必河魴之意." 『전주도연명집(箋註陶淵明集)』[中華書局編輯部 編, 앞의 책, 1974, p.88. 이 평어(評語)는 『시경·진풍·형문(詩經·陳風·衡門)』에서, "형문의 아래에서 머물러 쉴 수 있다. 샘물이 졸졸 흐르니 굶주림에도 즐길 수 있다. 어찌 물고기를 먹는데 하수의 방어를 고집하리오. 어찌 아내를 얻는 데 제나라의 강씨를 고집하리오(衡門之下, 可以棲遲. 泌之洋洋, 可以樂飢. 豈其食魚, 必河之魴. 豈其取妻, 必齊之姜)"라고 읊은 내용에 근거한 것이다.]

23
「유채상에게 드리는 답시(酬劉柴桑)」1수

❖─해제

409년¹ 도연명의 나이 45세에 지은 시이다. 「유채상의 시에 화답함(和劉柴桑)」과 비슷한 시기로, 유유민과 교유할 때에 지은 시이다. 이 시에서는 가족 간의 화목을 중시했던 모습을 살필 수 있다.

窮居寡人用,²	궁벽하게 사니 사람과의 왕래 드물어,
時忘四運周.	때때로 사계절이 돌아가는 것도 잊는다.
櫚³庭多落葉,	집 뜰에 낙엽이 많아지자,
慨然知已秋.⁴	쓸쓸하게 이미 가을이 되었음을 안다.
新葵鬱北牖,	새로 핀 해바라기는 북쪽 창가에 무성하고,
嘉穟養南疇.	아름다운 곡식은 남쪽 논에서 자라난다.

◆────

1 동진 안제 의희(義熙) 5년이다.
2 인용(人用) : 사람에게 필요한 일, 즉 '인사(人事)', 인간관계를 가리킨다.
3 려(櫚) : '려(閭)'와 통하여, '문(門)'을 가리킨다.
4 『회남자 · 설산훈(淮南子 · 說山訓)』, "잎이 하나 지는 것을 보고 해가 장차 기우는 것을 알고 병 속의 얼음을 보고 세상이 추워지는 것을 안다.(見一葉落, 而知歲之將暮, 睹瓶中之氷, 而知天下之寒.)"

今我不爲樂,	지금 내가 즐거움을 누리지 않는다면,
知有來歲不.	내년이 있을지를 알겠는가.
命室携童弱,	집사람에게 일러 어린것들 데리고,
良日登⁵遠遊.	좋은 날에 바로 먼 곳으로 놀러 가리라.

❖ 감상

낙엽이 많아진 것을 보고서야 가을이 되었음을 아는 자연인이 된 상황에서, 가을 농사는 잘되었고 좋은 계절을 맞았으니 가족들을 데리고 나들이하고자 하는 심정을 서술하고 있다. 가족에 대한 다정다감이 드러난 시이다.

◆

5   등(登): '등시(登時)'와 같아 '즉시'의 뜻이다.

24
「곽주부의 시에 화답함(和郭主簿)」2수

❖─해제

403년[1] 도연명의 나이 39세에 지은 시이다. 도연명은 37세 겨울에 모친상(母親喪)을 당해 거상(居喪)하면서부터 40세까지 한가한 생활을 하였다. 이 시는 이 기간 중에 지은 것이다. 도연명은 29세에 장자 엄(儼)을 얻었고 37세에 8년의 차이로 막내아들 동(佟)을 얻었는데, "어린 아들이 내 곁에서 놀며, 말을 배우는데 아직 발음이 잘 안 된다오"라고 한 내용으로 보아 동이 3세경일 때인 39세에 지은 것으로 추정된다.

◆───
1   동진 안제 원흥(元興) 2년이다.

「곽주부의 시에 화답함(和郭主簿)」제1수

藹藹¹堂前林,	무성한 집 앞의 나무들,
中夏貯淸陰.	한여름에 서늘한 그늘을 간직하고 있네.
凱風²因時來,	남풍은 때에 따라 불어오고,
廻飆³開我襟.	회오리바람은 나의 옷깃을 열어 주네.
息交遊閒業,⁴	교제를 멈추고 한가로운 일에 노니니,
臥起弄書琴.	누웠다 일어났다 하며 책과 거문고를 즐긴다오.
園蔬有餘滋,	밭의 채소는 넉넉하게 자라 있고,
舊穀猶儲今.	묵은 곡식은 아직도 남아 있네.
營己良有極,	자신을 꾸려 감에 진실로 표준이 있으니,
過足非所欽.	지나치게 넉넉한 것은 바라는 바가 아니네.
舂秫作美酒,	수수 찧어 좋은 술 담가 놓고,
酒熟吾自斟.	술 익으면 내가 직접 따라 마신다오.
弱子戱我側,	어린 아들이 내 곁에서 놀며,
學語未成音.	말을 배우는데 아직 발음이 잘 안 된다오.
此事眞復樂,	이 일이 진정 또한 즐거우니,
聊用忘華簪.	그저 이것으로 화려한 벼슬을 잊는다오.
遙遙望白雲,	아득히 흰 구름 바라보니,

◆——

1 애애(藹藹) : 무성한 모양이다.

2 개풍(凱風) : '따뜻한 바람'이라는 뜻에서 남풍(南風)을 가리킨다.

3 회표(廻飆) : 휘몰아치는 회오리바람을 가리킨다.

4 한업(閒業) : 경전(經典) 이외의 육예(六藝) 등을 가리킨다.

懷古一何深.　　옛사람 생각이 어찌 이리 깊은지요.

❖─감상

전원생활의 여유로움과 가족애를 그린 내용이다. 집 앞에는 서늘한 그늘을 드리워 주는 나무와 그 사이로 불어오는 시원한 바람이 있어 한여름에도 상쾌함을 느낀다. 이러한 전원에서 번잡한 교제를 끊은 채 책과 거문고를 벗하고 술을 즐긴다. 거기에다 어린 자식의 재롱과 말을 배우는 모습을 지켜보는 것은 가장 큰 즐거움이니, 「술 끊기(止酒)」에서 언급한, "큰 즐거움은 어린 자식에서 그친다(大歡止稚子)"의 구체적인 예이다.

전원이 주는 자유와 천륜의 즐거움은 높은 벼슬보다 더 즐겁고 가치 있는 일이다. 그러나 이러한 도리를 알 사람을 현실에서 만날 수 없기 때문에 옛사람에 대한 그리움이 일어난다고 마무리 짓고 있다.

「곽주부의 시에 화답함(和郭主簿)」 제2수

和澤周三春,	온화함과 윤택함이 세 달 봄에 두루 미치더니,
清凉素秋[1]節.	맑고 서늘한 가을철이 되었구나.
露凝無游氛,	이슬이 엉기니 떠도는 먼지가 없어,
天高風景澈.	하늘은 높고 풍경은 맑도다.
陵岑聳逸峯,	높은 등성이에 빼어난 봉우리 솟아 있어,
遙瞻皆奇絶.	멀리 바라보니 모두 뛰어나고 절묘하네.
芳菊開林耀,	향기로운 국화는 숲 속에 피어나 빛나고,
青松冠巖列.	푸른 소나무는 바위 위로 솟아 늘어서 있네.
懷此貞秀姿,	이런 곧고 빼어난 모습을 간직한 채,
卓爲霜下傑.	우뚝하게 서리 아래의 준걸이 되었구나.
銜觴念幽人,	잔 들고 은자들을 생각해 보니,
千載撫爾訣.	천년토록 너희들[송국(松菊)]의 비결을 지녔었지.
檢素不獲展,	평소의 뜻을 거둔 채 펴지 못하고,
厭厭[2]竟良月.	무료하게 이 좋은 달을 마치는구나.

❖ **감상**

다른 꽃들은 시들어 떨어지는 계절에 서리를 무릅쓰고 피어나는 국화
와 푸른 잎이 지지 않는 소나무의 기상을 칭송하고 있다. 자고로 날씨

---

1 소추(素秋) : 가을은 오행(五行)에서 금(金)에 속하여 '소추(素秋)'라고도 한다.
2 염염(厭厭) : 병들어 시들시들한 모양, 또는 게으름이 생겨 무료한 모양이다.

가 추울수록 빼어난 모습을 드러내는 국화와 소나무는 기개 있고 지조를 지닌 은자들의 상징이 되어 왔다. 도연명은 이들을 '서리 아래의 준걸[상하걸(霜下傑)]'이라고 하면서 어려움에 굽히지 않는 절개를 배우고자 하였다.

25

「무군장군 왕홍(王弘)[1]이 마련한 자리에서 객을 전송함

(於王撫軍座送客)」[1수]

❖―해제

421년[2] 도연명의 나이 57세에 지은 시이다. 왕홍이, 서양태수(西陽太
守)로 있다가 태자서자(太子庶子)의 직책을 맡아 상경하는 유등지(庾
登之)와 예장태수(豫章太守)로 부임하는 사첨(謝瞻)을 전송하는 자리
를 마련하였다. 이 자리에 도연명을 초대하였는데 송별의 정을 담아
지은 시이다. 북송(北宋) 사마광(司馬光)이 편찬한『자치통감(資治通
鑑)』의 기록에 의하면, 사첨이 예장태수가 된 것이 영초 2년(421)이라
고 하였다.[3]

秋日凄且厲,　　가을날이 싸늘하고 매서워지자,
百卉具已腓.　　온갖 풀들은 모두 벌써 시들었다.

---

1 왕홍(王弘) : 동진 초기의 승상이었던 왕도(王導)의 증손으로 자가 휴원(休元)이다. 청렴
하고 후덕한 인물로 선정을 폈다고 전해지는데 동진에서 무군장군(撫軍將軍), 강주자사
(江州刺史) 등을 역임하였고, 유유에게 인정받아 송에 들어와서도 사공(司空), 시중(侍
中) 등의 중책을 맡았다.
2 송 무제(武帝) 영초(永初) 2년이다.
3 "永初二年, 謝瞻爲豫章太守.".

爰以⁴履霜節,	이에 서리 밟는 계절에,
登高餞將歸.	높은 곳에 올라 장차 떠날 이들을 전송한다.
寒氣冒山澤,	찬 기운이 산과 늪을 덮었고,
游雲倏無依.	떠돌던 구름은 홀연 의지할 곳이 없어졌다.
洲渚四緬邈,	모래톱은 사방으로 아득한데,
風水互乖違.	바람과 물은 서로 엇갈리는구나.
瞻夕欣良讌,	저녁 경치 조망하며 좋은 잔치 즐기나,
離言聿云悲.	이별의 말에 끝내 슬퍼진다.
晨鳥暮來還,	새벽에 나간 새들은 저물면서 돌아오고,
懸車⁵斂餘暉.	저녁 해도 남은 빛을 거둔다.
逝止判殊路,	가고 머묾이 판연히 길을 달리하니,
旋駕悵遲遲.	수레 돌리며 쓸쓸히 머뭇거린다.
目送回舟遠,	눈으로 돌아가는 배가 멀어지는 것을 전송하지만,
情隨萬化遺.	감정도 만물의 변화 따라 버려지리라.

◆

4　이(以) : '어(於)'와 통하여 시간이나 장소를 나타내는 개사(介詞)이다

5　현거(懸車) : 지는 해를 비유하는 말로, 황혼이 되기 직전의 시간을 가리킨다.『회남자·천문훈(淮南子·天文訓)』에, "해가 양곡에서 나와 함지에서 목욕하고 부상을 스치는데 이것을 '신명'이라고 한다. …… 비천에 이르러 신녀(神女)를 멈추게 하여 그 말을 쉬게 하는데 이것을 '현거'라고 한다(日出于暘谷, 浴于咸池, 拂于扶桑, 是謂晨明. …… 至于悲泉, 爰止其女, 爰息其馬, 是謂縣車)"라고 하였다.

도연명의 시에서 보기 드물게 서경과 서정이 어우러진 시이다. 전반의
8구는 전송연이 벌어지는 주변의 경치를 묘사하였고 후반의 8구는 이
별에 임해 느끼는 정을 표현하고 있다. 마지막 연에 도연명 특유의 달
관이 드러나 있다. 멀어지는 배를 전송하며 인간의 이별도 자연의 운
행 중에 일어나는 한 변화이고 변화에 따라서 아쉬움도 가라앉을 것이
라는 달관이 그것이다.

26
「은진안과 헤어지면서(與殷晉安[1]別)」1수 및 서문

❖─해제

411년[2] 도연명의 나이 47세에 지은 시이다. 은경인은 남촌에 이사하여
사귀게 된 사이인데 유유의 참군이 되어 부임하게 되자 지어 준 송별
시이다.

❖─서문

殷先作晉安南府長史掾, 因居潯陽. 後作太尉參軍, 移家東下, 作此
以贈.

은경인이 이전에 진안의 남부군(南府郡)에서 장사의 속관이 되어 그로
인해 심양에 살게 되었다. 뒤에 태위의 참군이 되어 집을 옮겨 동쪽으
로 내려가게 되니 이 시를 지어 준다.

◆───

1 은진안(殷晉安) : 진군(陳郡) 출신의 은경인(殷景仁)으로 이름이 철(鐵)이고 자가 경인
   (景仁)이다. 진안군(晉安郡)의 관리를 지낸 적이 있어 은진안으로 불렸다. 태위행참군(太
   尉行參軍), 상서좌복야(尙書左僕射), 양주자사(揚州刺史) 등을 역임하였다.
2 동진 안제 의희(義熙) 7년이다.

遊好非久長,	어울리고 좋아함이 오래된 것도 아닌데,
一遇盡殷勤.	한번 만남에 은근한 정이 극진했다.
信宿酬淸話,	이틀을 함께 자며 고상한 대화 나누다 보니,
益復知爲親.	더더욱 가까워짐을 알겠다.
去歲家南里,	지난해 남쪽 마을에 살게 되어,
薄作少時隣.	얼핏 잠깐 동안의 이웃이 되었었지.
負杖肆游從,	지팡이 짚고 가서 마음대로 어울리고,
淹留忘宵晨.	머물면서 밤과 낮을 잊었다.
語黙自殊勢,	나섬과 머묾이 자연히 형편이 달라,
亦知當乖分,	역시 장차 헤어질 것을 알고 있었지만,
未謂事已及,	일이 벌써 닥쳐와,
興言在玆春.	떠남이 이 봄에 있을 줄은 생각하지 못했다.
飄飄西來風,	표연히 서쪽에서 오는 바람에,
悠悠東去雲.	아득히 동쪽으로 가는 구름이구나.
山川千里外,	산천으로 막힌 천 리 밖에서,
言笑難爲因.	담소를 이어가기 어렵겠구나.
良才不隱世,	훌륭한 인재는 세상에서 숨지 않고,
江湖多賤貧.	강호에는 빈천함이 많소이다.
脫³有經過便,	혹시 지나는 기회 있거든,
念來存故人.	생각해서 친구를 찾아 주오.

◆ ─────

3 탈(脫) : '당(儻)'과와 통하여, '혹시'의 뜻이다.

도연명은 46세에 남촌으로 이사하여 은경인과 이웃이 되었다. 시의 전반부에서는 은경인과 만나자마자 뜻이 통하여 진지한 정을 나눌 수 있었음을 밝히면서 교제에서 진지한 정을 갖는 것은 시간이 문제가 아니고 뜻이 통하는 데에 달려 있다고 하였다.

한 사람은 관직에 몸담아 있고 한 사람은 은거해 살아가니 헤어질 수밖에 없음을 알고 있었지만, 막상 헤어지게 되자 그 아쉬움이 간절함을 드러내고 있다. "표연히 서쪽에서 오는 바람에, 아득히 동쪽으로 가는 구름이구나"라고 한 구절은 이별에 임해 느끼는 감정을 부는 바람과 그에 밀려 떠가는 구름에 의탁한 표현이다.

마지막 연에서, 진지한 정을 간직한 채 훗날의 재회를 기대하는 것으로 마무리하였다. 은경인이 벼슬하는 것에 대해서는 「주속지, 조기, 사경이 세 사람에게 보임(示周續之祖企謝景夷三郞)」에서 보였던 풍자와 달리 "나섬과 머묾이 자연히 형편이 달라, 역시 장차 헤어질 것을 알고 있었"다라고 하면서 비난하는 내용이 없다. 주속지의 경우는 은일을 표방하고 실천했던 인물인데 어느 날 갑자기 자신의 태도를 바꾸었기 때문이다.

27
「양장사에게 증정함(贈羊長史)」1수 및 서문

✤─ **해제**

417년[1] 도연명의 나이 53세에 지은 시이다. 417년 유유(劉裕)가 후진 (後秦)을 공격하여 장안을 함락시키고 후진의 군주인 요홍(姚弘)을 사 로잡았다. 이에 강주자사이자 좌장군으로 있던 주령석(朱齡石)이 속관 인 장사 양송령(羊松齡)을 보내어 유유의 북벌 성공을 축하하도록 하 였다. 이에 도연명이 장안으로 떠나는 양송령에게 자신의 감회를 서술 하여 지어 준 시이다.

　도연명은 북벌 성공을 축하하러 떠나는 양송령에게 축하 아닌 개탄 의 뜻을 보임으로써 왕조 말기의 비탄을 함축적으로 드러내고 있다.

✤─ **서문**

左軍羊長史, 衘使秦川[2], 作此與之.

좌장군의 양장사가 명을 받아 진천으로 사신 가게 되어 이 시를 지어 준다.

◆───

1　동진 안제 의희(義熙) 13년이다.
2　진천(秦川) : 위수(渭水) 가의 평원지대를 이르는 지명으로, 여기에서는 장안을 가리킨다.

愚生三季後,　　어리석은 나는 삼대 말의 이후에 태어나,

慨然念黃虞.　　개탄하며 황제와 순임금을 생각한다.

得知千載外,　　천 년 전의 일을 알 수 있으려면,

正賴古人書.　　바로 옛사람의 책에 의지해야지.

聖賢留餘迹,　　성현들이 많은 자취를 남기셨으니,

事事在中都.　　사적이 모두 중원의 도성에 있네.

豈忘游心目,　　어찌 마음과 눈으로 유람하기를 잊었겠는가만,

關河不可踰.　　관문과 황하를 넘을 수 없었지.

九域甫已一,　　구주가 비로소 이제 하나 되었으니,

逝³將理舟輿.　　아! 장차 배와 수레를 손질해야겠네.

聞君當先邁,　　그대가 먼저 가게 되었다는 말을 듣고도,

負痾不獲俱.　　병을 가지고 있어 함께할 수 없구려.

路若經商山⁴,　　가는 길이 만약 상산을 지나거든,

爲我少躊躇.　　나를 위해 잠시 발길을 머뭇거려 주오.

多謝綺與甪,　　기리계와 녹리선생께 잘 안부 드릴 것이니,

精爽⁵今何如.　　혼백은 지금 어떠신지.

紫芝⁶誰復採,　　붉은 지초는 누가 다시 딸 것이며,

深谷久應蕪.　　깊은 골짜기는 오래되어 묵어 있으리.

◆――――――

3　서(逝) : 어기조사이다.

4　상산(商山) : 사호(四皓)가 은거했던 산이다. 사호는 진시황 시기에 포악한 정치와 세상의 혼란을 보고 섬서성(陝西省) 상산(商山)에 은거했던 상산사호[商山四皓 : 동원공(東園公), 하황공(夏黃公), 기리계(綺里季), 녹리선생(甪里先生)]이다.

5　정상(精爽) : '넋, 혼백'의 뜻이다.

120

馹馬無貰[7]患,	사마(馹馬) 타는 사람들은 재앙을 면하지 못하나,
貧賤有交娛.	빈천한 이들은 이어지는 즐거움이 있다 하였지.
淸謠結心曲,	맑은 노래[사호가]는 마음속에 맺혀 있는데,
人乖運見疎.	사람은 떠났고 시절도 멀어졌구나.
擁懷累代下,	여러 왕조 뒤에서 그리움 간직한 채,
言盡意不舒.	말은 다 했는데도 뜻은 펴지지 않는구나.

❖ 감상

416년에 유유는 대군을 이끌고 북벌에 나서 417년 장안을 수복하였다. 이때는 이미 유유가 동진을 탈취하고자 하는 야심이 드러난 시기였다. 이민족에게 빼앗겼던 땅을 100여 년 만에 수복하였으니 기쁠 만도 한데 도연명에게는 장안 수복의 기쁨보다 왕조 교체기의 혼란과 불의에 대한 고뇌가 더 컸다. 이에 진(秦), 한(漢)의 왕조 교체기에 상산에 숨었던 사호의 절의에 더욱 의미를 느낀 것이다. 현실에 대한 상심을 노골적으로 표현하지 못하고 사호를 경모하는 마음과 그들이 불렀던 「사호가」에 의탁함으로써 상심의 깊이를 더하고 있다.

◆ ——

6 자지(紫芝) : 상산의 사호(四皓)가 한고조 유방의 초빙을 거절하면서 지은 「사호가(四皓歌)」에 나오는 풀이름이다. 「사호가」는 「자지가(紫芝歌)」라고도 하는데 도연명 시에 드러나는 전체적 정신, 즉 안빈낙도, 현실 비판, 달관, 절개 견지(堅持) 등의 정신이 고스란히 들어 있다.["아득한 상산은 깊은 계곡이 구불구불하다. 빛나는 자줏빛 지초는 허기를 채울 만하다. 요순시대 멀어졌으니 우리는 장차 어디로 가야 하나. 네 마리 말이 끄는 높은 수레 탄 이들이여 그 근심이 매우 크다. 부귀하면서 남을 두려워하기보다는 가난하면서 내 뜻대로 사는 것이 나으리.(漠漠商山, 深谷逶迤, 曄曄紫芝, 可以療飢. 唐虞世遠, 吾將何歸. 馹馬高蓋, 其憂甚大. 富貴之畏人兮, 不若貧賤之肆志.)"]
7 세(貰) : '용서하다, 면하다'의 뜻이다.

28
「세모에 장상시의 시에 화답함(歲暮和張常侍)」1수

❖─해제

418년[1] 도연명의 나이 54세에 지은 시이다. 418년 12월에 유유가 안제를 폐위하고 공제를 세웠다. 이 일에 촉발되어 그 감회를 서술한 시이다.

市朝悽舊人,[2]	도성의 일이 옛사람을 슬퍼하게 하는데,
驟驥[3]感悲泉.[4]	세월의 빠름은 비천에 감개를 갖게 하네.
明旦非今日,	내일 아침은 오늘이 아니리니,
歲暮余何言.[5]	세모에 내가 무슨 말을 하겠는가.
素顔斂光潤,	희던 얼굴에 빛나던 윤기는 걷히고,
白髮一已繁.	흰머리만 온통 많아져 버렸구나.
闊哉秦穆談,	답답하구나 진목공의 말이여,
旅力豈未愆.[6]	힘이 어찌 어그러지지 않겠는가.

◆─────

1 동진 안제 의희(義熙) 14년이다.
2 구인(舊人) : 새로운 세력에 붙지 않은, 자기 같은 사람을 가리킨다.
3 취기(驟驥) : '달리는 천리마'의 뜻으로, 세월의 빠름을 비유한다.
4 비천(悲泉) : 전설상의 샘 이름으로, 해가 지는 곳이라고 한다.[114쪽 주 5 참조.]
5 유유의 행위에 대한 비탄의 뜻을 보인 것이다.

向夕長風起,	저녁 무렵 멀리서 오는 바람이 일고,
寒雲沒西山.	차가운 구름은 서산을 덮고 있다.
厲厲氣遂嚴,	매서운 기운이 마침내 호되지니,
紛紛飛鳥還.	어지러이 날던 새들도 돌아온다.
民生鮮常在,	사람의 삶이란 내내 존재함이 드문데,
矧伊愁苦纏.	하물며 이렇게 근심과 고통에 얽매이다니.
屢闕清酤至,	자주 맑은 술 생기는 일 없으니,
無以樂當年.	지금을 즐길 방법이 없구나.
窮通靡攸慮,	곤궁과 영달은 염려할 바 아니니,
顦顇由化遷.	초췌하게 변화 따라 옮겨가리.
撫己有深懷,	내 자신 돌이켜 보니 깊은 감회 있는데,
履運增慨然.	세모를 만나게 되어 감개함이 더해진다.

❖ 감상

418년 6월에 유유는 재상이 되었고 12월에는 안제를 살해한 뒤에 공제를 세웠다. 이 시는 이때의 심경을 암시한 내용으로, "내 자신 돌이켜 보니 깊은 감회 있는데, 세모를 만나게 되어 감개함이 더해진다"라고 은유적으로 표현하였다. 왕조 교체의 상황을 만나 개탄스러운데 더구나 해가 바뀌는 세모가 되어 처량감이 더욱 심해진다. 인생의 곤궁과 영달이 부질없음을 깨닫고 자연의 변화에 따를 것임을 천명한 내용이다.

◆ ───

6 진(秦) 목공(穆公)은, 어진이가 힘은 노쇠하였지만 그래도 그런 이를 쓰겠다고 하였다. 이 시구는 그의 말을 풍자한 것이다.[『서경ㆍ진서(書經ㆍ秦誓)』, "머리가 흰 어진 선비로 힘이 이미 노쇠하였지만 나는 그래도 가지고 있다.(番番良士, 旅力既愆, 我尚有之.)"]

29
「호서조의 시에 화답하여 고적조에게 보여줌
(和胡西曹示顧賊曹)」1수

❖―해제

404년[1] 도연명의 나이 40세에 지은 시이다. 「무궁화(榮木)」에서 보인 심정처럼 세상에 나와 일을 이루고자 하는 포부를 드러내고 있다. 모친상을 마친 후 벼슬길에 나서고자 할 때 지은 것이다. 결국은 시들 해바라기 꽃을 보면서 제때에 무언가를 이루고자 하는 마음을 피력하고 있다.

蕤賓[2]五月中,	율명으로 유빈인 5월,
清朝起南颸.	맑은 아침에 남풍이 일어난다.
不駛亦不遲,	빠르지도 않고 느리지도 않게,
飄飄吹我衣.	산들산들 내 옷에 불어 댄다.
重雲蔽白日,	겹친 구름이 흰 해를 가리자,
閒雨紛微微.	한가한 비가 이리저리 가늘게 내린다.
流目視西園,	눈을 돌려 서쪽 정원을 보니,

---

1 동진 안제 원흥(元興) 3년이다.
2 유빈(蕤賓) : 십이율의 일곱 번째인 양률(陽律)로 음력 5월을 가리킨다.

曄曄榮紫葵.	화려하게 붉은 해바라기가 피어 있다.
於今甚可愛,	지금은 매우 사랑스러우나,
奈何當復衰.	장차 또 시들 것이니 어찌할 것인가.
感物願及時,	경물에 느낌이 일어 제때에 일을 이루고 싶으나,
每恨靡所揮.	항상 발휘할 기회 없는 것이 한스럽다.
悠悠待秋稼,	간절히 가을 수확을 기다리나,
寥落將賒遲.	너무 떨어져 있어 아마 멀고 늦으리.
逸想不可淹,	달리는 생각 멈출 수 없어,
猖狂獨長悲.	미칠 듯이 혼자서 내내 슬퍼하네.

❖ 감상

한여름에 해바라기 꽃이 활짝 핀 것을 보고 느낌을 받아 포부를 실현하고 싶지만 기회가 주어지지 않아 초조해지는 심정을 기술하고 있다. "간절히 가을 수확을 기다리나, 너무 떨어져 있어 아마 멀고 늦으리"는 자기수양의 완성을 기다려 포부를 이루고 싶지만 때가 늦어질 것이 걱정임을 상징적으로 나타내고 있다. 이러한 마음가짐에서 이듬해 3월에 당시 건위장군(建威將軍)으로 강주자사를 맡고 있던 유경선(劉敬宣)[3]의 참군으로 나서게 되었다.[3]

---

3 「을사년 3월 건위참군(建威參軍)이 되어 서울에 사신 가는 길에 전계를 지나면서(乙巳歲三月爲建威參軍使都經錢溪)」라는 시제가 이를 설명해 준다.

30

「사촌 동생 중덕을 슬퍼함(悲從弟仲德)」1수

❖─해제

415년[1] 도연명의 나이 51세에 지은 시이다.

銜哀過舊宅,	슬픔을 머금은 채 그의 옛 집을 들르니,
悲淚應心零.	서글픈 눈물이 마음에 응하여 떨어지네.
借問爲誰悲,	묻노니 누구를 위해 서글퍼하는가,
懷人在九冥.[2]	그리운 사람이 구천에 있네.
禮服名群從,	예복으로는 사촌이라고 하지만,
恩愛若同生.	아끼고 사랑함은 동기간 같았지.
門前執手時,	문 앞에서 손잡고 헤어질 때,
何意爾先傾.	어찌 그대가 먼저 기울리라 생각했겠나.
在數竟不免,	운수에 달려 있어 끝내 벗어나지 못했으니,
爲山不及成.	산을 이루다가 완성하지 못했구나.
慈母沈哀疚,	자모께선 슬픔과 괴로움에 잠겨 계신데,

---

1 동진 안제 의희(義熙) 11년이다.
2 구명(九冥) : 저승, 즉 구천(九泉)을 가리킨다.

二胤¹纔數齡.	두 아이는 겨우 몇 살씩이구나.
雙位委空館,	부모의 위패가 빈방에 놓여 있는데,
朝夕無哭聲.	아침저녁으로 곡하는 소리도 없다.
流塵集虛坐,	날리던 먼지는 빈자리에 쌓이고,
宿草旅⁴前庭.	묵은 풀은 앞뜰에 멋대로 자란다.
階除曠遊迹,	섬돌에는 거닐던 발자취 없어졌고,
園林獨餘情.	동산의 숲에는 오직 정만이 남아 있다.
翳然⁵乘化去,	까마득히 변화 타고 가버렸으니,
終天不復形.	영원히 다시는 나타나지 않으리.
遲遲將回步,	느릿느릿 발걸음 돌리려 하니,
惻惻悲襟盈.	처량하게 슬픈 마음이 가득해온다.

❖─감상

죽은 사촌 동생을 애도하면서 드러나는 비애감이 절실하다. 도연명은
생사의 문제에서 어느 경우에는 노장적 달관을 보이기도 하지만 이 시
처럼 초조해하고 슬퍼하는 모습을 보이기도 하였다.

◆────

3 윤(胤) : 후사(後嗣), 즉 남아 있는 자식을 가리킨다.

4 려(旅) : '야생(野生)'의 뜻이다.

5 예연(翳然) : 사라져 보이지 않음, 자취도 없이 사라진 상태이다.

31

「처음으로 진군장군의 참군이 되어 곡아를 지나면서

(始作鎭軍參軍經曲阿[1])」1수

❖―해제

404년[2] 도연명의 나이 40세에 지은 시이다. 403년에 환현이 동진을 찬
탈하고 황제를 칭했는데, 404년에 유유가 진군장군(鎭軍將軍)이 되어
환현을 토벌하였다. 이때에 도연명이 유유의 참군으로 부임하면서 지
은 시이다.

弱齡寄事外,	젊은 나이에 세상사의 밖에 뜻을 두고,
委懷在琴書.	마음을 맡긴 것이 거문고와 책에 있었다.
被褐欣自得,	베옷 걸치고도 기꺼이 자득하였고,
屢空常晏如.	자주 끼니 걸러도 항상 편안하였다.
時來苟冥會,	때가 와서 우연히 기회가 맞아,
宛轡憩通衢.	고삐 돌려 넓은 길[벼슬길]에 말을 세우게 되었다.
投策命晨裝,	지팡이 던져두고 새벽 행장 꾸리게 하니,

◆―――――

1 곡아(曲阿) : 지금의 강소성(江蘇省) 단양시(丹陽市)에 있었던 현(縣)이다.
2 동진 안제 원흥(元興) 3년이다.

暫與園田疎.	잠시 전원과는 멀어지게 되었다.
眇眇³孤舟逝,	아득히 외로운 배가 떠나가는데,
綿綿⁴歸思紆.	살며시 돌아가고픈 생각이 얽힌다.
我行豈不遙,	내 갈 길이 어찌 멀지 않겠는가,
登降千里餘.	천여 리를 오르내리네.
目倦川塗異,	눈은 달라진 수로와 육로에 지치고,
心念山澤居.	마음은 산택의 거처를 생각한다.
望雲慙高鳥,	구름을 바라보며 높이 나는 새에게 창피해하고,
臨水愧游魚.	물가에 서서 노니는 물고기에게 부끄러워한다.
眞想初在襟,	참된 생각이 처음부터 마음속에 있었으니,
誰謂形迹拘.	누가 몸과 행적에 얽매일 것이라 하리오.
聊且憑化遷,	그런대로 우선은 변화를 따라가지만,
終返班生廬.⁵	끝내는 반고가 말했던 오두막으로 돌아가리라.

❖ 감상

40세에 지은 「무궁화(榮木)」에서, "나의 좋은 수레를 기름 치고, 나의 좋은 말을 채찍질하여, 천 리가 비록 멀지만, 어찌 감히 가지 않으리(脂我名車, 策我名驥, 千里雖遙, 孰敢不至)"라고 하면서 세상에 나설 뜻을 드러

◆ ──

3 묘묘(眇眇) : 아득히 먼 모양이다.
4 면면(綿綿) : 미약한 모양이다.
5 반생려(班生廬) : 반고(班固)의 「유통부(幽通賦)」에, "(부친께서) 마침내 스스로를 잘 지켜 원칙을 남기셨으니, 가장 어진 사람들이 사는 곳에 마을을 정해 주셨네(終保己而貽則兮, 里上仁之所廬)"라고 하였다.

내었다. 그러다가 기회가 닿아 낮은 직책이지만 참군이라는 벼슬길에 나서게 되었던 것이다. 그러나 시대 상황이나 맡은 직책 등이 모두 자신의 뜻을 펼 수 있는 여건이 아니었고 또 낯선 땅의 힘든 행역에 다시 귀거래의 바람이 일어난다. 마지막 연에서 '료차(聊且)'라는 허사의 운용이 특별하다. 현재 상황에 대한 아쉬움을 표현하는 '우선은'의 뜻을 갖는 '료(聊)'자와 '차(且)'자를 함께 사용함으로써 시인의 갈등을 강하게 드러내고 있다. 마지막 구의 '종(終)'으로 이상에서 보인 갈등을 반전시켜 자신의 지향을 밝히고 있다.

32

「경자년 5월 중에 도성으로부터 돌아오는데 규림에서
바람에 막혀 있으면서(庚子歲五月中從都還阻風於規林)」^{2수}

❖─해제

400년[1] 도연명의 나이 36세에 지은 시이다. 형주자사 환현의 막부에 있으면서 도성에 사자로 갔다가 귀로에 고향집을 들르는 길에 지었다.

고향 마을을 지척에 두고 바람에 막혀 있으면서 지난 일을 회상하고 앞으로의 바람, 즉 귀거래의 마음가짐을 표현한 내용이다. 특히 제2수에 그 뜻이 잘 나타나 있다.

---

1   동진 안제 융안(隆安) 4년이다.

「경자년 5월 중에 도성으로부터 돌아오는데 규림에서 바람에 막혀 있으면서(庚子歲五月中從都還阻風於規林)」제1수

行行循歸路,	가고 가며 귀로에 올라,
計日望舊居.	날짜 헤아리며 고향 집을 향한다.
一欣侍溫顏,[1]	첫 번째 기쁨은 온화한 모습을 뵙는 것이고,
再喜見友于.[2]	두 번째 즐거움은 형제들을 만나는 일이다.
鼓棹路崎曲,	노 저어 오는데 길은 험하고 굽이져,
指景限西隅.	해를 가리키니 서산에 걸려 있네.
江山豈不險,	강산이 어찌 험하지 않으리오만,
歸子念前塗.	돌아가는 나그네는 앞길을 염려한다.
凱風[3]負我心,	남풍이 내 마음을 저버려,
戢枻守窮湖.	노 거두고 외진 호숫가를 지키고 있네.
高莽眇無界,	높이 자란 풀들은 아득하게 끝이 없고,
夏木獨森疎.[4]	여름철의 나무들은 유독 빽빽하구나.
誰言客舟遠,	누가 나그네의 배가 멀다 하리오,
近瞻百里餘.	가까이에 보이니 백 리 남짓이로다.

◆

1 온안(溫顏) : 모친을 가리킨다.
2 우우(友于) : 『서경 · 군진(書經 · 君陳)』에서, "군진아! 너의 훌륭한 덕은 효도와 공손함이니, 효도하고 형제에게 우애하여 정사에 잘 시행하라(君陳. 惟爾令德孝恭. 惟孝, 友于兄弟. 克施有政)"라고 한 데에서 '우우(友于)'가 형제를 가리키게 되었다.
3 개풍(凱風) : '온화한 바람'이라는 뜻에서 남풍을 가리킨다.
4 삼소(森疎) : 빽빽하게 우거진 모양이다.

延目識南嶺,　　눈 들어 바라보니 남산을 알아보겠는데,

空歎將焉如.　　그저 앞으로 어찌할까를 탄식한다.

❖ 감상

귀향하면서 노모와 형제를 만나는 기대감과 배가 바람에 막혀 머물러 있는 안타까움을 서술하고 있다. 도연명이 참군 등의 낮은 벼슬로 강릉과 건강 사이를 심부름 다니면서 느낀 정신적 갈등이 행간에 배어 있다.

「경자년 5월 중에 도성으로부터 돌아오는데 규림에서 바람에 막혀 있으면서(庚子歲五月中從都還阻風於規林)」 제2수

自古歎行役,[1]	예로부터 객지로 일 나가는 것 탄식하더니,
我今始知之.	나는 이제야 비로소 그것을 알았다.
山川一何曠,	산천은 어찌 그리 드넓으며,
巽坎[2]難與期.	바람과 물은 예측하기 어려워라.
崩浪聒天響,	쏟아지는 물결은 하늘에 시끄럽게 울리고,
長風無息時.	멀리서 오는 바람은 쉴 때가 없구나.
久游戀所生[3],	오래 나돌다 보니 태어난 곳 그리운데,
如何淹在玆.	어찌하여 이곳에 멈추어 있는가.
靜念園林好,	고요히 동산 숲의 아름다움을 생각하니,
人間良可辭.	속세는 진실로 사양할 만하다.
當年詎有幾,	젊은 시절이 얼마나 되겠는가,
縱心復何疑.	마음에 맡겨 살 것이며 다시 무엇을 의심하랴.

◆━━━

1　행역(行役) : 『시경 · 위풍 · 척호(詩經 · 魏風 · 陟岵)』, "저 민둥산에 올라 아버지가 계신 곳을 바라본다. 아버지께서 말씀하기를, '아, 내 아들이 부역 가서 밤낮으로 쉬지 못하는 구나. 첫째로 몸조심할 것이고 부디 돌아올 것이며 머물지 말 것이다'라고 하시겠지.(陟 彼岵兮, 瞻望父兮, 父曰嗟, 予子行役, 夙夜無已. 上愼旃哉, 猶來無止.)"

2　손감(巽坎) : 『주역(周易)』에서 손괘(巽卦)는 바람, 감괘(坎卦)는 물을 상징한다. 또는 손 괘(巽卦)의 덕성은 손순(遜順)이고 감괘(坎卦)의 덕성은 험난(險難)인 점에서 순경과 역 경으로 보기도 한다.

3　소생(所生) : 낳아준 부모, 또는 태어난 곳을 가리킨다. 여기에서는 두 가지 뜻을 모두 가 지고 있다고 하겠다.

❖ 감상

제1연과 제2연은 풍파가 심한 세상에서 집을 떠나 겪게 되는 고충을 읊고 있다. 제3연의 "쏟아지는 물결은 하늘에 시끄럽게 울리고, 멀리서 오는 바람은 쉴 때가 없구나"라는 표현으로 세상의 혼란함을 상징하고 있다. 제4연은 제목에서 밝힌, "규림에서 바람에 막혀 있으면서"를 받아, 가족을 만나는 기대와 희열이 바람에 막혀 초조함으로 바뀌는 심사를 서술하고 있다. 마지막의 4구에서, 이제 세속의 일을 떠나 그리운 고향으로 돌아가 얼마 안 되는 인생을 내 뜻대로 살겠다는 각오를 서술하고 있다. 끝 구절의 '마음에 맡겨 살 것[종심(縱心)]'이라는 말이 도연명의 전원생활에 대한 갈망을 두드러지게 하고 있다.

33

「신축년 7월에 휴가 갔다 강릉으로 돌아갈 때 밤에 도구를 지나면서(辛丑歲七月赴假還江陵夜行塗口)」1수

❖─해제

401년[1] 도연명의 나이 37세에 지은 시이다. 역시 환현 밑에서 일하던 중에 휴가를 마치고 임지로 돌아가면서 지은 것으로, 전원에서 농사 지으며 참된 본성을 기르고 싶은 심정을 드러내고 있다.

閑居三十載,	한가로이 사는 30년 동안,
遂與塵事冥.	마침내 속세의 일과는 아득해졌었지.
詩書敦宿好,	『시경』과 『서경』은 옛날의 좋아하던 것이 심해지고,
林園無俗情.	산림의 동산에는 세속의 정이 없었지.
如何舍此去,	어찌하여 이런 것들을 버리고 떠나서,
遙遙至西荊.	아득히 서쪽 형주에 이르렀나.
叩枻新秋月,	초가을 달빛 아래 노를 저으며
臨流別友生.	강에 이르러 친구와 이별하였네.
凉風起將夕,	서늘한 바람이 저녁 무렵에 일어나니

◆───

1 동진 안제 융안(隆安) 5년이다.

夜景湛虛明.	달빛은 담담하고 투명하구나.
昭昭天宇闊,	밝고 밝은 하늘은 드넓고,
晶晶²川上平.	희고 흰 강물은 평평하다.
懷役不遑寐,	일 생각하느라 잠잘 겨를도 내지 못하고,
中宵尙孤征.	한밤중에 홀로 먼 길을 간다.
商歌³非吾事,	슬픈 노래로 벼슬 구하는 것은 나의 일 아니니,
依依⁴在耦耕.⁵	그리워함은 짝지어 밭 가는 데 있다.
投冠旋舊墟,	벼슬 버리고 고향으로 돌아가,
不爲好爵縈.	좋은 벼슬자리에 얽매이지 않으리라.
養眞衡茅下,	가로 막대 문의 초가 아래에서 참된 본성을 기르리니,
庶以善自名.	(참된 본성 기르기를) 잘하는 것으로 자부하고 싶을 뿐.

◆ ───

2　효효(晶晶): 깨끗하고 환한 모양이다.

3　상가(商歌): 슬픈 가락의 노래이다.[『회남자·도응훈(淮南子·道應訓)』, "영척이 수레 밑에서 소에게 꼴을 먹이고 있다가 제(齊) 환공(桓公)을 바라보고 슬퍼져서 쇠뿔을 두드리며 급히 슬픈 노래를 불렀다. 환공은 이 노래를 듣고 마부의 손을 잡고 말하기를, '이상하다. 저 노래를 부르는 자는 보통 사람이 아니다'라 하고 명하여 뒷수레에 태우도록 하였다.(甯戚飯牛車下, 望見桓公而悲, 擊牛角而疾商歌. 桓公聞之, 撫其僕之手曰, 異哉, 歌者, 非常人也. 命後車載之.)"]

4　의의(依依): 그리워하는 모양이다.

5　나란히 밭을 갈았던 장저와 걸익을 본받겠다는 의지이다.[『논어·미자(論語·微子)』, "장저와 걸익이 짝지어 밭을 가는데 공자가 지나다가 자로를 시켜 그들에게 나루를 묻게 하였다.(長沮桀溺, 耦而耕, 孔子過之, 使子路, 問津焉.)"]

한가한 전원생활을 버려두고 한밤중에도 길을 가야 하는 하급 관료 생활에 염증을 느끼며 전원으로 돌아가 참된 본성을 기르겠다는 다짐을 서술하고 있다. 추구하는 바는 슬픈 노래를 불러 제(齊) 환공(桓公)에게 벼슬을 얻었던 영척(甯戚)의 행동이 아니고 나란히 밭을 갈았던 장저와 걸익처럼 직접 농사짓는 데에 있음을 천명하고 있다.

원행패(袁行霈)는 "참된 본성 기르기는 도연명의 전 생애를 관통하는 인생철학이자 도연명이 덕을 진작시키고 수양에 힘쓴 인생 태도이다"[6]라고 하였는데, 도연명이 평생에 걸쳐 추구한 이상을 잘 지적하였다고 하겠다.

---

6 원행패(袁行霈), 「도연명적철학사고(陶淵明的哲學思考)」[『국학연구(國學研究)』(北京大學出版社, 1993)], p.11.

34
「계묘년 초봄에 농막에서 옛날을 생각하면서
(癸卯歲始春懷古田舍)」2수

❖─해제

403년[1] 도연명의 나이 39세에 지은 시이다. 「농사를 권장함(勸農)」과
내용이나 풍격이 유사하여 비슷한 시기에 지은 시로 추정된다.

<hr>

1 동진 안제 원흥(元興) 2년이다.

「계묘년 초봄에 농막에서 옛날을 생각하면서
(癸卯歲始春懷古田舍)」세1수

在昔聞南畝,   예전에 남쪽 밭에 대해 듣고도,

當年竟未踐.   당시에는 끝내 밟아 보지 못했다.

屢空旣有人,   자주 끼니 거르던 그런 사람 있었으니,

春興豈自免.   봄 일을 어찌 스스로 벗어날 수 있으리.

夙晨裝吾駕,   이른 새벽에 나의 수레를 준비하여,

啓塗情已緬.   길을 나서니 마음은 벌써 멀리 앞선다.

鳥哢歡新節,   새들은 지저귀며 새로운 계절을 즐거워하고,

泠風送餘善.   맑은 바람은 넉넉한 신선함을 보낸다.

寒竹[1]被荒蹊,   대나무가 거친 길을 뒤덮었고,

地爲罕人遠.   땅은 사람이 드물어 궁벽해졌네.

是以植杖翁,   그래서 지팡이 세워놓고 김매던 노인은,

悠然不復返.[2]   느긋하게 다시는 돌아오지 않았지.

卽理愧通識,   이치에 대해서는 통달한 이에게 부끄러우나,

所保詎乃淺.   내 한 몸 보전하는 일이 어찌 하찮은 것이리오.

◆ ───

1   한죽(寒竹): 대나무를 가리킨다. 겨울에도 시들지 않는 대나무의 특성을 드러내고자 '한
(寒)' 자를 더했다.

「농사를 권장함(勸農)」에서 공자와 동중서의 일화를 들어 나타내고자
한 뜻이 이 시에도 그대로 드러난다. "자주 끼니 거르던 그런 사람 있
었으니, 봄 일을 어찌 스스로 벗어날 수 있으리"라고 하여 항상 굶주렸
던 안회에 대해 은근한 비판의 논조를 보였고, "이치에 대해서는 통달
한 이에게 부끄러우나, 내 한 몸 보전하는 일이 어찌 하찮은 것이리오"
라고 하여 도를 실현하기 위해 천하를 돌았던 공자보다는 물러나 농
사지으며 혼란한 세상에서 명철보신(明哲保身)하였던 하조장인이 더
따를 만함을 암시하고 있다. 요약하자면 혼란한 세상에 처하여 농사
꾼 노릇이나 열심히 하련다는 각오를 서술하고 있다.

◆────

2 『논어·미자(論語·微子)』, "자로가 따라가다가 뒤처졌는데 지팡이로 삼태기를 멘 노인
   을 만나자 자로가 물었다. '그대는 선생님을 보았습니까?'라고 하자 노인이 말하기를,
   '사지를 부지런히 하지 않고 오곡을 분별하지 못하면서 누가 선생님인가?'라 하고 지팡
   이를 기대놓고 김을 매었다. 자로가 손을 마주잡고 서 있으니 자로를 머물게 하여 닭을
   잡고 기장밥을 지어 먹이고 그의 두 아들을 뵙게 하였다. 다음 날 자로가 떠나서 아뢰니
   공자가 '은자이다'라 하고 자로로 하여금 돌아가 만나보게 하였는데, 도착해 보니 떠나
   고 없었다.(子路從而後, 遇丈人, 以杖荷蓧, 子路問曰, 子見夫子乎. 丈人曰四體不勤, 五穀不分,
   孰爲夫子. 植其杖而芸. 子路拱而立, 止子路宿, 殺鷄爲黍而食之, 見其二子焉. 明日子路行以告,
   子曰隱者也. 使子路反見之, 至則行矣.)"

「계묘년 초봄에 농막에서 옛날을 생각하면서

(癸卯歲始春懷古田舍)」제2수

先師有遺訓,	선사께서 남기신 가르침이 있으니,
憂道不憂貧.[1]	도를 근심하지 가난을 근심하지 않는다고 하셨지.
瞻望邈難逮,	우러러보아도 아득하여 미치기 어려우니,
轉欲志長勤.	차라리 길이 힘쓸 것[농사]에 전념하고 싶다.
秉耒歡時務,	쟁기 잡고 제때의 일을 기쁘게 하고,
解顔勸農人.	얼굴에 웃음 가득 농부들을 격려한다.
平疇交遠風,	넓은 밭에는 멀리서 오는 바람이 어우러지고,
良苗亦懷新.	좋은 싹들은 또한 새로운 기운을 머금었다.
雖未量歲功,	비록 한 해의 농사를 예측할 수 없지만,
卽事多所欣.	당장의 일로도 기쁜 것이 많구나.
耕種有時息,	밭 갈고 씨 뿌리다가 때때로 쉬는데,
行者無問津.	길 가는 사람 중에 나루를 묻는 이가 없다.
日入相與歸,	해 지자 함께 돌아와,
壺漿勞近隣.	병 술로 이웃들을 위로한다.
長吟掩柴門,	길게 노래하며 사립문 닫은 채,
聊爲隴畝民.	그저 농사짓는 백성이나 되리라.

◆────

1 『논어·위령공(論語·衛靈公)』, "군자는 도를 근심하지 가난을 근심하지 않는다.(君子, 憂道不憂貧.)"

전체의 요지는 열심히 농사짓는 농민이 될 것을 다짐한 것이다. 제3구에서 "우러러보아도 아득하여 미치기 어려우니"라는 표현으로, 공자가 "군자는 도를 근심하지 가난을 근심하지 않는다"라고 한 말이 자신의 처지와는 맞지 않음을 암시하고 있다. 이어 제4구에서 '오히려', '차라리'의 뜻으로 해석되는 '전(轉)' 자의 사용으로 자신의 견해와 지향을 드러내고 있으니, 직접 농사짓는 것에 대한 마음가짐이 공자나 안회와는 다름을 완곡하게 전하고 있다. "길 가는 사람 중에 나루를 묻는 이가 없다"는 표현은 공자와 자로에게 질문을 받았던 하조장인보다 자신이 더욱 번거로움에서 벗어났음을 자부한 것이다.

또 이 시의 뛰어난 점은 몸소 농사짓는 모습이 진솔하게 표현된 데에 있다. 농사짓는 가운데 밭 갈고 씨 뿌리며 김매고 거두는 매 단계마다 힘들고 어려운 일이 많지만 그때그때의 일을 즐겁게 해내며 농부들과 어울려 하나가 된 모습, 즉 직접 농사짓는 농민의 모습이다.[2] 소식(蘇軾)은, "넓은 밭에는 멀리서 불어오는 바람이 어우러지고, 좋은 싹들은 또한 새로운 기운을 머금었다"라고 읊은 두 구절에 대해 다음과 같이 평하였다.

내가 농촌에 살면서 농사에 힘쓰는데 여름과 가을 사이에 약간 가물다 비

---

2 앞에서 담원춘(譚元春)이 「고향집에 돌아옴(歸園田居)」 제3수에 대해 말한, "도연명의 이런 경지와 이런 시어는 논밭에서 늙은 사람이 아니라면 알지 못한다(陶淵明此境此語, 非老於田畝不知)"라고 한 평은, 이 시에도 그대로 적용된다고 하겠다.

가 내렸다. 비 온 뒤 천천히 산책하니 맑은 바람은 상쾌하고 곡식 이삭은 다
투어 패며 먼지가 씻겨 푸르름이 넘실낸다. 이에 도연명의 시구가 사물을
잘 표현하였음을 깨달았다.[3]

소식도 직접 농사를 지었기 때문에 체험을 통하여 이 표현의 뛰어
남을 알 수 있었을 것이다.

---

3 "僕居田中, 稼穡是力, 夏秋之交, 稍旱得雨. 雨餘徐步, 清風獵獵, 禾黍競秀, 濯塵埃而
   泛新綠. 乃悟淵明之句, 善體物也."[도주(陶澍), 앞의 책 권3, p.17 재인용.]

35

「계묘년 12월 중에 지어 사촌 동생 경원에게 줌
(癸卯歲十二月中作與從弟敬遠)」[1수]

❖─ **해제**

403년[1] 도연명의 나이 39세에 지은 시이다. 모친상을 당해 거상하던 중의 상황과 심사를 읊어 사촌 동생 경원에게 준 것이다.

寢迹衡門下,	가로 막대 문 아래에 자취를 감추니,
邈與世相絕.	아득히 속세와는 단절되었다.
顧眄莫誰知,	둘러보니 누구도 아는 이 없고,
荊扉晝常閉.	사립문은 낮에도 항상 닫혀 있다.
淒淒歲暮風,	싸늘하게 세모의 바람이 일더니,
翳翳經日雪.	컴컴하게 하루 종일 눈이 내린다.
傾耳無希聲,	귀 기울여도 희미한 소리조차 없는데,
在目皓已潔.	눈앞은 하얗게 이미 순백이 되었다.
勁氣侵襟袖,	세찬 기운은 옷깃과 소매로 파고드는데,
簞瓢謝屢設.	밥 한 그릇과 물 한 바가지도 자주 챙기지 못한다.

◆───

1 동진 안제 원흥(元興) 2년이다.

蕭索空宇中,	쓸쓸한 빈집에,
了無一可悅.	아예 하나도 기뻐할 것이 없다.
歷覽千載書,	두루 천 년의 책을 살피면서,
時時見遺烈.	때때로 남겨진 절개를 본다.
高操非所攀,	높은 지조는 잡고 오를 바가 아니나,
謬得固窮節.	나름대로 곤궁에 굳센 절개는 얻었다.
平津苟不由,	평탄한 길을 비록 따르지 못하지만,
栖遲²詎爲拙.	은거해 사는 것이 어찌 졸렬하겠는가.
寄意一言³外,	한마디 말 이외에 뜻을 보내니,
玆契⁴誰能別.	이 합치됨을 누가 분별할 수 있겠는가.

❖─감상

가난하게 살면서 추운 세모를 맞게 되니 더욱 쓸쓸하다. 그러나 옛 현인들이 곤궁에서 지녔던 절개를 본받아 뜻을 변치 않을 것이니 경원이 이 심정을 알아줄 것을 바란다는 내용이다. 경원은 도연명보다 16세 아래인 사촌 동생으로 31세의 나이에 죽었다. 경원이 죽어 안장할 때 지은 제문인 「사촌 동생 경원 제문(祭從弟敬遠文)」에서, "채찍을 거두어 돌아오자 너는 나의 뜻을 알아주어, 항상 손잡고 함께하길 바랐으며

---

2 서지(栖遲) : 은거 생활을 가리킨다.[『시경 · 진풍 · 형문(詩經 · 陳風 · 衡門)』, "가로 막대 문 안에 머물며 쉴 수 있다. 샘물이 졸졸 흐르니 굶주림에도 즐길 수 있다.(衡門之下, 可以棲遲. 泌之洋洋, 可以樂飢.)"]
3 일언(一言) : '은거해 사는 것이 어찌 졸렬하겠는가(栖遲詎爲拙)'를 가리킨다.
4 자계(玆契) : '곤궁에 굳센 절개(固窮節)'를 지녔던 옛 현인들과 합치됨을 가리킨다.

저 속세의 의논은 제쳐 놓았지"[5]라고 하였듯이 나이 차이는 많았지만 뜻이 맞는 동생이었다. 따라서 마지막 구에서 말한 '누가'는 바로 동생 경원임을 알 수 있다.

---

5 "斂策歸來, 爾知我意, 常願携手, 眞彼衆議."

36

「을사년 3월 건위참군이 되어 도성으로 사신 가는 길에 전계를 지나면서(乙巳歲三月爲建威參軍使都經錢溪)」1수

❖─해제

405년[1] 도연명의 나이 41세에 지은 시이다. 건위장군 유경선(劉敬宣)의 참군이 되어 도성으로 사신 가다가 지은 시이다. 「무궁화(榮木)」에서 보인 마음가짐이 바탕이 되어 이듬해 3월에 다시 참군으로 나서게 되었다.

我不踐斯境,	내가 이곳을 밟지 않은 지도,
歲月好已積.	세월이 벌써 꽤나 지났구나.
晨夕看山川,	아침저녁으로 산천을 바라보니,
事事悉如昔.	모든 것이 다 옛날과 같다.
微雨洗高林,	가랑비에 높은 나무들이 씻기고,
清飈矯雲翮.	시원한 바람에 구름 속의 새가 날아오른다.
眷彼品物存,	저 모든 것들이 그대로 있는 것을 보니,
義風都未隔.	좋은 바람이 모두 막힘이 없었구나.
伊余何爲者,	그런데 나는 무엇을 하는 자이기에,

---

1 동진 안제 의희(義熙) 원년이다.

勉勵從茲役.	힘쓰며 이 일에 종사하는가.
一形似有制,	이 한 몸이 제약이 있는 듯하나,
素襟不可易.	본래의 마음은 바꿀 수 없네.
園田日夢想,	전원을 날마다 꿈속에 그리니,
安得久離析.	어떻게 오랫동안 떠나 있을 수 있겠는가.
終懷在歸舟,	마지막 생각은 돌아가는 배에 있으니,
諒哉宜霜柏.	진실로 서리 온 뒤의 송백이어야 하리라.

❖ 감상

도연명은 41세 3월에 건위참군이 되었다가 같은 해 8월에 팽택령이 되었으니 마지막 연에서 말한 것처럼 얼마 안 되어 고향으로 돌아왔음을 알 수 있다. 참군은 8월 이전에 그만두었을 것이다.

만물이 가랑비와 맑은 바람으로 생기를 얻는 것을 보고 본래 꿈꾸던 전원생활에 대한 그리움이 더욱 간절해짐을 느낀다. 이에 귀거래하여 송백 같은 기개를 유지하리라는 각오를 새로이 다진 내용이다.

37

「전에 살던 집에 돌아와서(還舊居)」1수

❖─해제

415년[1] 도연명의 나이 51세에 지은 시이다. 46세에 이사하고 6년이 지나 전에 살던 곳을 들러 보고 지은 것이다. 전에 살던 집은 상경(上京)의 옛집을 가리킨다.

疇昔家上京,	옛날에 상경에 살았는데,
六載去還歸.	6년 만에 떠났다가 다시 돌아왔다.
今日始復來,	오늘 비로소 다시 와 보니,
惻愴多所悲.	애통하게 슬퍼할 것이 많다.
阡陌不移舊,	밭두둑 길은 예전과 변함없건만,
邑屋或時非.	마을의 집들은 간혹 옛 모습이 아니네.
履歷周故居,	이리저리 걸으며 이전에 살던 곳 돌아보니,
隣老罕復遺.	이웃 노인들 더이상 남아 있는 이가 드물다.
步步尋往迹,	걷고 걸어 옛 자취 찾아보니,

◆────

1 동진 안제 의희(義熙) 11년이다.

有處特依依.	어떤 곳은 특별히 그리움 자아낸다.
流幻百年中,	흘러가고 변하는 백 년 동안에,
寒暑日相推.	추위와 더위가 날마다 서로 밀어 댄다.
常恐大化²盡,	항상 두려운 것은 큰 변화가 다하는 중에,
氣力不及衰.	기력이 쇠잔하지도 않아서 죽는 것이다.
撥置且莫念,	떨쳐 버리고 생각하지 말 것이니,
一觴聊可揮.	한잔의 술 그런대로 비울 만하다.

❖ 감상

도연명은 평생에 두 번 이사를 하였다. 처음으로 이사한 시기는 분명하지 않지만 시문을 통해 보건대 벼슬에 나서기 전인 30대 이전에 채상(柴桑)의 율리(栗里)에서 상경으로 옮긴 듯하다. 그가 30대 후반에 벼슬살이하면서 귀향한 집은 상경에 있었다.³ 44세에 집이 불에 타 임시 거처에서 살다가 46세에 이사한 곳이 남촌이다. 이후로는 내내 그곳에서 살다가 생을 마쳤다.

전에 살던 상경에 들러서 마을과 이웃들을 돌아보니 무상감이 일었고 나아가 죽음까지도 생각하게 된 것이다. 도연명은 자연의 변화에 따라 생사에 대한 집착을 버려야 한다는 노장적 달관을 보이다가도

---

2 대화(大化) : 열자(列子)는 인생에 네 단계의 큰 변화가 있는데 죽음이 그중의 하나라고 하였다. 『열자 · 천서(列子 · 天瑞)』, "人自生至終, 大化有四. 嬰孩也, 少壯也, 老耄也, 死之也."

3 이때에 「경자년 5월 중에 도성으로부터 돌아오는데 규림에서 바람에 막혀 있으면서(庚子歲五月中從都還阻風於規林)」 2수를 썼다.

이 시의 경우처럼 초조해하고 슬퍼하기도 하였다. 결국 한잔의 술로 마음을 달래고자 하는 것으로 마무리하고 있다.

38
「무신년 6월 중에 화재를 만남(戊申歲六月中遇火)」[1]수

❖─해제

408년[1] 도연명의 나이 44세에 지은 시이다. 화재로 집이 전소되자 배에서 임시 거처하면서 지은 것이다.

草廬寄窮巷,	초가집을 외진 마을에 의탁한 채,
甘以辭華軒.	기꺼이 화려한 수레를 사양하였다.
正夏長風急,	한여름에 큰 바람이 세차게 불어,
林室頓燒燔.	숲 속의 집이 갑자기 불타 버렸다.
一宅無遺宇,	온 집에 남은 칸이 없어,
舫舟蔭門前.	배로 문 앞을 가리고 산다.
迢迢[2]新秋夕,	기나긴 초가을 저녁에,
亭亭[3]月將圓.	훤하게 달은 둥글어져 간다.
果菜始復生,	과일과 채소는 다시 나기 시작하는데,

---

1 동진 안제 의희(義熙) 4년이다.
2 초초(迢迢) : 시간이 긴 모양이다.
3 정정(亭亭) : 밝은 모양이다.

驚鳥尚未還.	놀란 새들은 아직 돌아오지 않는다.
中宵竚遙念,	한밤중에 우두커니 서서 먼 옛날 생각하며,
一盼周九天.	한번 돌아보니 온 하늘이 두루 보인다.
總髮抱孤介,	머리 묶은 뒤로 고고한 절개를 지닌 채,
奄出四十年.	어느덧 40을 넘어섰다.
形迹憑化往,	몸과 행적은 변화를 따라가지만,
靈府⁴長獨閒.	마음은 언제나 홀로 한가하였지.
貞剛自有質,	곧고 굳음이 본래 바탕이 있었으니,
玉石乃非堅.	옥이나 돌은 오히려 굳은 게 아니지.
仰想東戶⁵時,	우러러 동호계자 시대 생각하거니와,
餘糧宿中田.	남겨진 곡식이 밭 가운데에서 묵었다지.
鼓腹無所思,	배 두드리며 염려하는 것 없었고,
朝起暮歸眠.	아침이면 일어나고 해 저물면 돌아와 잤다네.
旣已不遇茲,	이미 그런 시절 만나지 못했으니,
且遂灌我園.	그저 결국은 내 밭에 물이나 주리라.

❖ 감상

집이 전소된 뒤에 배 안에서 궁색한 생활을 꾸려가게 되자, 이에 양식

---

4 영부(靈府) : 영혼의 집이라는 뜻에서 마음을 가리킨다.

5 동호(東戶) : 전설에 나오는 태평시대의 군주인 동호계자(東戶季子)를 가리킨다.[『회남자 · 무칭훈(淮南子 · 繆稱訓)』, "옛날 동호계자 시대에 길에서는 떨어진 물건을 줍지 않았고 농기구와 남겨진 곡식들이 밭머리에 묵었다.(昔東戶季子之世, 道路不拾遺, 耒耟餘量, 宿諸畮首.)"]

이 넉넉하여 배 두드리며 살았다는 옛날의 태평성대에 대한 그리움이 일어난다. 결국 어찌할 수 없는 현실에 대한 체념으로 이어진다. 이러한 심정이 마지막 구의 '차(且)' 자에 집약되어 있다. "이미 그런 시절 만나지 못했으니, 그저 결국은 내 밭에 물이나 주리라"라는 말에는, 현실은 그렇지 못하다는 비판과 은거 생활이나 충실히 하려는 다짐이 함축되어 있다. 현재의 물주고 밭 가는 일에 대한 염려, 즉 농사를 걱정하는 현실적인 자세로 마무리되고 있다.

39

「기유년 9월 9일(己酉歲九月九日)」[1]수

❖─해제

409년[1] 도연명의 나이 45세에 지은 시이다. 인생에 대한 무상감이
나 무력감을 천운에 맡기고 술로 잊고자 하는 소극적 정서를 보이고
있다.

靡靡[2]秋已夕,   천천히 가을도 이미 저물어,

凄凄風露交.   싸늘하게 바람과 이슬이 교차한다.

蔓草不復榮,   덩굴 풀은 더 이상 번성하지 않고,

園林空自凋.   동산의 나무들도 속절없이 저절로 시든다.

清氣澄餘滓,   청명한 기운이 남은 찌꺼기를 씻어 내니,

杳然天界高.   아스라이 하늘은 높구나.

哀蟬無留響,   슬피 울던 매미는 남은 소리도 없는데,

叢雁鳴雲霄.   떼 지어 나는 기러기는 높은 하늘에서 운다.

萬化相尋繹,   온갖 변화가 서로 이어지니,

---

1   동진 안제 의희(義熙) 5년이다.
2   미미(靡靡) : 느린 모양이다.

人生豈不勞,	인생이 어찌 힘들지 않겠는가.
從古皆有沒,	예로부터 모두가 죽음이 있었으니,
念之中心焦.	이를 생각하면 마음속이 탄다.
何以稱我情,	무엇으로 내 마음을 위로할 것인가,
濁酒且自陶.	탁주로나마 우선 스스로 즐겨 보자.
千載非所知,	천 년 후의 일은 알 바 아니고,
聊以永今朝.	그런대로 오늘 아침이나 잘 지내리.

❖ 감상

늦가을이 되어 초목이 시드는 것을 보고 인생도 기울어 감을 상심해하는 내용이다. 4구에서, "동산의 나무들도 속절없이 저절로 시든다"라고 한 것이나, 7구에서, "슬피 울던 매미는 남은 소리도 없"다라는 표현은 자연물에 이입된 시인의 애상이다. 이러한 애상을 술로 달래고자 하는 심사로 마무리하고 있다.

자신의 뜻이 좌절되었거나 짧은 인생에 대한 무상감을 느낄 때, 또는 혼란함 속에서 생명의 위협을 느낄 때 시인들은 인생무상을 노래하였다.[3] 이러한 무상감과 위기의식은 종종 급시행락으로 이어진다. 죽림칠현[竹林七賢 : 완적(阮籍), 혜강(嵇康), 산도(山濤), 상수(向秀), 유영(劉伶), 완함(阮咸), 왕융(王戎)]의 경우 이러한 무상감과 위기의식을 벗어나기 위하여 술에 탐닉하였다. 이 시도 그런 맥락에서 나온 것이다.

◆

3 조식(曹植), 「송응씨(送應氏)」. "천지는 무궁한데, 인생은 아침이슬과 같다.(天地無終極, 人生如朝露.)" ; 완적(阮籍), 「영회시(詠懷詩)」. "인생은 티끌과 이슬 같은데, 하늘의 도는 아득히 멀구나.(人生若塵露, 天道邈悠悠.)"

40

「경술년 9월 중에 서쪽 밭에서 올벼를 거두고서
(庚戌歲九月中於西田穫早稻)」1수

❖─해제

410년[1] 도연명의 나이 46세에 지은 시이다. 직접 농사짓는 것에 대한
도연명의 생각이 잘 드러나 있다.

人生歸有道,	사람의 삶이란 결국 길이 있으니,
衣食固其端.	입고 먹는 것이 진실로 그 단초로다.
孰是都不營,	누가 이것을 전혀 신경 쓰지 않고,
而以求自安.	스스로 편안하기를 바라겠는가.
開春理常業,	봄이 시작되면 농사를 신경 써야,
歲功聊可觀.	가을 수확을 그런대로 기대할 만하지.
晨出肆微勤,	새벽에 나가 약간이나마 힘을 쓰고,
日入負耒還.	해 지면 호미 메고 돌아온다.
山中饒霜露,	산속은 서리와 이슬이 많고,
風氣亦先寒.	날씨도 먼저 추워진다.
田家豈不苦,	농사짓는 이가 어찌 힘들지 않겠는가만,

◆──────

1 동진 안제 의희(義熙) 6년이다.

弗獲辭此難.	이 어려움을 그만둘 수 없다.
四體誠乃疲,	온몸이 진실로 피곤하지만,
庶無異患干.	다른 근심이나 침범하지 말았으면.
盥濯息簷下,	세수하고 발 씻고 처마 아래 쉬면서,
斗酒散襟顏.	한 말의 술로 회포를 풀고 얼굴을 편다.
遙遙沮溺心,	아득한 장저와 걸익의 마음은,
千載乃相關.	천 년이 지났어도 서로 통한다.
但願長如此,	그저 내내 이와 같기를 바랄 뿐,
躬耕非所歎.	직접 농사짓는 것은 탄식할 바가 아니다.

❖ 감상

도연명은 직접 농사를 지으면서 농사짓는 것에 대하여 자부심을 가졌
다. 장자가, "봄에 밭 갈고 씨 뿌리니 육체는 족히 힘쓸 만하고 가을에
거둬들이니 몸은 족히 쉬며 먹고 살 만하다"[2]라고 하였는데, 『논어』에
등장하는 장저와 걸익, 하조장인 같은 은자들이 그렇게 살았던 이들이
다. 공자가 "새나 짐승과는 함께 어울릴 수 없다"[3]라고 하면서 이들을
비판한 것과는 달리 도연명은 이들을 자주 칭송하였다.

　　청나라 심덕잠(沈德潛)은 도연명이 직접 농사지은 것에 대해 다음과
같이 평하였다.

2 『장자 · 양왕(莊子 · 襄王)』, "春耕種, 形足以勞動, 秋收斂, 身足以休食."
3 『논어 · 미자(論語 · 微子)』, "새와 짐승은 더불어 함께 어울릴 수 없다.(鳥獸不可與同羣.)"

「이사(移居)」라는 시에, "입고 먹는 것 마땅히 경영해야 하니, 힘써 짓는 농사가 나를 저버리지 않으리"라 하였고, 이 시에서는, "사람의 삶이란 결국 길이 있으니 입고 먹는 것이 진실로 그 단초로다"라고 하였다. 또 "가난한 생활이 농사에 의지한다"[4]라고 하여 스스로 힘쓰고 남을 힘쓰게 함이 항상 농사짓는 데에 있었다. 도연명이 진대(晉代)의 사람들과 다른 점이 여기에 있다.[5]

소통은「도연명집서(陶淵明集序)」에서, "직접 농사짓는 것을 부끄러움으로 여기지 않고, 재산이 없는 것을 병통으로 여기지 않았다"[6]라고 하였는데, 도연명이 이 시를 비롯하여 여러 시문(詩文)에서 밝힌 마음가짐을 한마디로 요약한 평이라고 하겠다.

---

4   "貧居依稼穡."[「병진년 8월 중에 하손의 농막에서 추수함(丙辰歲八月中於下潠田舍穫)」]
5   "移居詩云, 衣食當須紀, 力耕不吾欺. 此云, 人生歸有道, 衣食固其端. 又曰, 貧居依稼穡. 自勉勉人, 每在耕稼, 先生異於晋人, 在此."[도주(陶澍), 앞의 책 권3, p.23 재인용.]
6   "不以躬耕爲恥, 不以無財爲病."

41
「병진년 8월 중에 하손의 농막에서 추수하면서
(丙辰歲八月中於下潠田舍穫)」1수

❖─해제

416년[1] 도연명의 나이 52세에 지은 시이다. 열심히 노력한 결과 풍년을 맞게 된 기쁨과 전원생활에 대한 자부심을 보인 내용이다.

貧居依稼穡,	가난한 생활이 농사에 의지하니,
勠力東林隈.	동쪽 숲의 모퉁이에서 온 힘을 다한다.
不言春作苦,	봄 농사 고되다고 말하지 않고,
常恐負所懷.	항상 마음먹은 것이 어긋날까만 걱정한다.
司田[2]眷有秋,	권농관은 가을 풍년이 든 것을 좋아하여,
寄聲與我諧.	말을 전하여 나에게 농담한다.
飢者歡初飽,	배곯던 자가 처음으로 배부를 것에 기뻐서,
束帶候鳴鷄.	허리띠 매고 닭 울기를 기다린다.
揚楫越平湖,	노 저어 넓은 호수 건너고,
汎隨淸壑廻.	배 타고 맑은 강줄기 따라 돈다.

---

1 동진 안제 의희(義熙) 12년이다.
2 사전(司田) : 농사를 관장하는 관리이다.

鬱鬱荒山裏,	울창한 외진 산속에,
猿聲閑且哀.	원숭이 소리 한가롭고도 슬프다.
悲風愛靜夜,[3]	슬픈 바람은 고요한 밤을 좋아하고,
林鳥喜晨開.	숲의 새들은 새벽이 열리는 것을 기뻐한다.
曰余作此來,	내가 이 일을 해온 이래로,
三四星火[4]頹.[5]	열두 번이나 해가 기울었지.
姿年[6]逝已老,	좋은 나이 가버려 이미 늙었지만,
其事未云乖.	이 일을 아직 벗어나지 않았다.
遙謝荷蓧翁,	멀리 하조장인에게 알리노니,
聊得從君栖.	그런대로 그대 따르는 삶을 얻었노라.

❖ **감상**

내용상 4구씩 다섯 단락으로 이루어져 있는데 첫 단락의 묘사는 전형적인 농사꾼의 모습이다. "동쪽 숲의 모퉁이에서 온 힘을 다한다"라는 표현에서 도연명이 농촌에서 진정한 농사꾼으로 생활했음을 알 수 있다. 농사짓는 사람에게는 파종에서 수확이 이르기까지 내내 걱정이 떠나지 않는다. 홍수, 가뭄, 병충해 등이 농사를 그르치지나 않을까 걱정하는 농부의 심정이 "항상 마음먹은 것이 어긋날까만 걱정한다"라는

3　고요한 밤에 바람 소리가 더욱 구슬프게 들리는 것을 비유한 표현이다.

4　성화(星火) : 28수 중의 심수(心宿)인 대화(大火)를 가리킨다. 하짓날 저녁에 정남쪽에 뜨는 별로 여기서는 한 해를 상징한다.

5　팽택령에서 귀거래 한 때[405년]로부터 12년이다.

6　자년(姿年) : 젊고 아름다운 나이를 가리킨다.

말에 그대로 드러나 있다. 둘째 단락에서는 노력해서 얻게 된 풍년에 잠도 설치며 수확을 기다리는 기쁨을 표현하였다. 셋째 단락의 배 타고 수확하러 가는 과정에 대한 묘사에는 신명이 배어 있다. 마지막 단락에서는 하조장인처럼 직접 농사짓는 생활 속에서 자신의 뜻을 지킬 수 있게 된 자부심을 보이고 있다.

42
「술을 마시고(飲酒)」^{20수 및 서문}

❖─해제

418년¹ 무렵 도연명의 나이 53세에서 54세 사이에 지은 연작시이다. 왕조 교체의 감회를 서술한 내용이 많은 점과, 제19수에서 "점점 세월 은 흘러가서, 아득히 또 12년이 지났구나"²라고 한 표현으로 보아 귀 거래 이후 12년이 지난 시기인 53세에서 54세경에 지은 것으로 여겨 진다.

왕조가 바뀌는 시기에 불의가 횡행하는 현실에 대한 비판이 「술을 마시고(飲酒)」 20수 가운데에 많이 보인다. 서문에서, 한가로운 삶에 즐거운 일이 적고 가을밤이 길어 술을 마시게 되었으며 취한 후 시를 지었다고 하였지만, 실은 「술을 마시고(飲酒)」라는 제목을 빌려 왕조 교체의 감회와 개탄을 우회적으로 서술한 내용이 주를 이룬다.

❖─서문

余閑居寡歡, 兼秋夜已長, 偶有名酒, 無夕不飲. 顧影獨盡, 忽焉復醉.

◆

1 동진 안제 의희(義熙) 14년이다.
2 "冉冉星氣流, 亭亭復一紀."

164

旣醉之後, 輒題數句自娛. 紙墨遂多, 辭無詮次, 聊命故人書之, 以爲
歡笑爾.

내가 한가로이 살면서 즐거운 일이 적고 게다가 가을밤이 너무 기니,
우연히 좋은 술 얻게 되면 마시지 않은 밤이 없었다. 그림자 돌아보며
혼자 다 마셔버리니 홀연히 또 취하였다.

   취한 뒤에 곧 몇 구절의 시를 지어 스스로 즐겼다. 종이에 써놓은 것
이 마침내 많아졌는데 말에 차례가 없어서 그저 친구에게 그것들을 써
달라고 부탁하여 즐기고 웃을 거리로 삼을 따름이다.

「술을 마시고(飮酒)」제1수

衰榮無定在,　　쇠퇴하고 번성함은 정해진 바가 없어,

彼此更共之.　　서로가 바뀌며 함께한다.

邵生[1]瓜田中,　소생의 오이밭 가운데 생활이,

寧似東陵時.　　어찌 동릉후일 때와 같았으리오.

寒暑有代謝,　　추위와 더위가 대신하고 물러남이 있듯이,

人道每如玆.　　사람 사는 길도 언제나 이와 같다.

達人解其會,　　통달한 사람들은 그 이치를 아니,

逝[2]將不復疑.　아아 장차 다시는 의심하지 않으리.

忽與一觴酒,　　홀연히 한잔 술을,

日夕歡相持.　　해 저물녘에 즐거이 드노라.

❖ **감상**

추위와 더위가 교대로 바뀌는 자연의 변화처럼, 인생의 곤궁과 영달도
교대로 변해 간다. 동릉후로 영화를 누리던 소생(邵生)도 곤궁해져 오
이를 길렀듯이 인생은 변화의 과정이다.『주역(周易)』에서 말하듯이 변
화가 자연의 이치이고 한결같은 도이다.[3] 이를 깨달은 자라면 곤궁과

1　소생(邵生) : 진(秦)나라 사람인 소평(邵平)이다. 동릉후(東陵侯)에 봉해졌으나 진나라가
　　망하자 장안의 동쪽에서 오이를 기르며 안빈낙도의 자세로 가난하게 살았다.

2　서(逝) : 발어사이다.

3　"한결같음은 일정함을 일컫는 것이 아니다. 일정하면 한결같을 수 없으니, 때에 따라 바
　　뀌는 것이 한결같은 도이다.(恒, 非一定之謂也. 一定則不能恒矣. 唯隨時變易, 乃常道也.)"
　　『주역 · 항괘 · 단사(周易 · 恒卦 · 彖辭)』정이전(程頤傳)]

영달에 마음을 괴롭히지 않고 초연할 수 있다. 뜻에 맞게 사는 달관이
바로 도연명이 추구했던 경지이다.

「술을 마시고(飮酒)」 제2수

積善云有報,[1] 선행을 쌓아 가면 보답이 있다는데,

夷叔在西山. 백이와 숙제는 서산에서 살았네.

善惡苟不應, 선과 악이 진실로 보답 받지 못한다면,

何事空立言. 무슨 일로 부질없이 그런 말을 하였나.

九十行帶索, [영계기(榮啓期)[2]는] 90에도 나다닐 때 새끼를 맸

다는데,

飢寒況當年. 하물며 젊은 시절에 굶주림과 추위쯤이야.

不賴固窮節, 곤궁에 굳센 절개를 힘입지 않는다면,

百世當誰傳. 백대 후에 장차 누가 전해 주리오.

---

1 『주역·곤괘·문언전(周易·坤卦·文言傳)』, "선을 쌓은 집안은 반드시 훗날의 경사가 있고, 불선을 쌓은 집안은 반드시 훗날의 재앙이 있다.(積善之家, 必有餘慶, 積不善之家, 必有餘殃.)"

2 영계기(榮啓期) : 춘추시대의 은자로, 『열자·천서(列子·天瑞)』편에 다음과 같은 기록이 있다. "공자가 태산을 유람하다가 성(郕) 땅의 들을 지나는 영계기를 만났는데, 남루한 갖옷에 새끼를 매고 거문고를 연주하면서 노래 부르고 있었다. 공자가 묻기를, '선생이 즐거워하는 것은 무엇입니까?'라고 하니 대답하기를, '나의 즐거움은 매우 많습니다. 하늘이 만물을 내면서 오직 사람이 귀한데 나는 사람이 될 수 있었으니 그것이 첫 번째 즐거움입니다. 남녀의 구별은 남자가 높고 여자가 낮기 때문에 남자를 귀하게 여기는데 나는 이미 남자가 될 수 있었으니 그것이 두 번째 즐거움입니다. 사람이 태어나서 해와 달도 보지 못하고 강보에서 벗어나지 못한 채 죽는 자도 있는데 나는 이미 먹은 나이가 90이 되었으니 그것이 세 번째 즐거움입니다'라고 하였다.(孔子遊於太山, 見榮啓期行乎郕之野, 鹿裘帶索, 鼓琴而歌. 孔子問曰, "先生所以樂, 何也?" 對曰, "吾樂甚多, 天生萬物, 唯人爲貴. 而吾得爲人, 是一樂也. 男女之別, 男尊女卑, 故以男爲貴, 吾旣得爲男矣, 是二樂也. 人生有不見日月不免襁褓者, 吾旣已行年九十矣, 是三樂也.)"

백이·숙제가 굶어 죽은 것을 이끌어 선악이 제대로 평가받지 못하는
세태를 비판하고 있다. 「선비가 때를 만나지 못한 것에 느낌을 받은 부
(感士不遇賦)」 서문에서도, "바름을 간직하고 도에 뜻을 둔 선비들이 혹
한창 때에 자신의 훌륭함을 감추고, 자신을 깨끗이 하여 지조를 맑게
갖는 사람들이 혹 세상을 마치도록 그저 수고롭기만 하다"[3]라고 하면
서 정도와 절의를 지키는 사람이 인정받지 못하는 현실을 안타까워하
였다. 그러나 그 개탄은 시의 하단에서 반전되어 곤궁에 굳센 절개를
지켜 훌륭한 이름을 남겨야 할 것으로 마무리하고 있다.

　　백이·숙제는 은주(殷周)의 왕조 교체기를 만나 스스로 옳다고 여
기는 바를 따르다가 죽음에 이르렀다. 진송(晉宋)의 왕조 교체기를 살
았던 도연명은 시대 상황의 유사성으로 인하여 백이·숙제처럼 절개
를 지켰던 이들에 대한 사모가 심하였다. 심덕잠(沈德潛)은, "『사기·
백이전(史記·伯夷傳)』의 대지(大旨)가 이 시에 모두 표현되어 있다"[4]라
고 평하였다.

3　"懷正志道之士, 或潛玉于當年, 潔己淸操之人, 或沒世以徒勤."
4　심덕잠(沈德潛), 『고시원(古詩源)』, "伯夷傳大旨, 已盡於此."

「술을 마시고(飮酒)」 제3수

道喪向千載,	도가 사라진 지 천 년이 되어 가니,
人人惜其情.	사람마다 그 마음을 인색하게 한다.
有酒不肯飮,	술이 있어도 마시려 들지 않고,
但顧世間名.	그저 세속의 명예만을 돌아본다.
所以貴我身,	내 몸을 귀하게 여기는 까닭은,
豈不在一生.	어찌 한평생에 달려 있지 않겠소.
一生復能幾,	한평생이 또 얼마나 되는가,
倏如流電驚.	빠르기가 번개에 놀라는 것과 같다.
鼎鼎¹百年內,	허무한 백 년 안에,
持此欲何成.	이 세속의 명예를 가지고 무엇을 이루려 하는가.

❖ 감상

명예의 초월과 안분지족을 강조한 내용이다. 혼란한 현실을, "도가 사라진 지 천 년이 되어 가니, 사람마다 그 마음을 인색하게 한다"라고 개탄하고 있는데, 공자 이후 세상은 무도해지고 인정은 메말랐음을 지적한 것이다. 짧은 인생에서 부질없는 세속의 명예보다는 한잔의 술이 더 가치가 있을 것이라고 하면서 명예에 대한 집착에서 벗어날 것을 깨우쳐 주고 있다. 진(晋) 장한(張翰)이, "가령 내가 죽은 후에 명성이 있다 하더라도 지금의 한잔 술이 더 낫다"²라고 말한 경지이다.

◆ ──────
1 정정(鼎鼎) : 세월을 헛되이 보내는 모양이다.
2 "使我有身後名, 不如卽時一杯酒."[『진서 · 장한전(晋書 · 張翰傳)』]

「술을 마시고(飮酒)」제4수

栖栖[1]失群鳥,	허둥대는 무리 잃은 새가,
日暮猶獨飛.	날이 저물었는데도 홀로 날고 있다.
裴回無定止,	배회하며 멈추어 쉴 곳이 없으니,
夜夜聲轉悲.	밤마다 우는 소리가 더욱 구슬프다.
厲響思淸遠,	날카로운 소리는 맑고 고원함을 생각함이니,
去來何依依.	오고 가면서 어찌 그리 그리워하는가.
因値孤生松,	이윽고 홀로 자란 소나무를 만나,
斂翮遙來歸.	날개 거두려고 멀리에서 돌아왔구나.
勁風無榮木,	거센 바람에 무성한 나무가 없는데,
此蔭獨不衰.	이 그늘만이 홀로 쇠락하지 않았다.
託身已得所,	몸을 의탁할 곳 이제 자리를 얻었으니,
千載不相違.	천년토록 떠나지 않으리.

❖ **감상**

벼슬과 은일 사이에서 방황하다가 전원에서 안주하게 된 자신을 배
회하다가 소나무를 만나 쉬게 된 새에 비유한 내용이다. '허둥대는 무
리 잃은 새'는 왕조가 바뀌는 과정에서 사람들은 변절하고 자기만 남
겨진 모습을 상징한다. 따라서 세상은 "거센 바람에 무성한 나무가 없
는" 상황이다. 이러한 때에 도연명에게 소나무는 외로움을 달래고 정

---

1 서서(栖栖) : 바삐 서두르는 모양이다.

을 나누는 벗이었고 그 절개를 본받으려 한 본보기였다.

 소나무는 사시사철 푸르름을 잃지 않는 한결같음에서 예로부터 변함없는 절개나 덕성을 상징하였다.[2] 어지러운 세상에서 갈등을 겪다가 전원으로 돌아온 도연명을 맞이해 준 것이 소나무였다. 「귀거래혜사(歸去來兮辭)」에서도, 동산의 오솔길은 거칠어졌으나 소나무와 국화는 그래도 남아서 자신을 반기고 있다고 하였다.[3]

2 『논어 · 자한(論語 · 子罕)』, "날씨가 추워진 뒤에야 소나무와 잣나무가 뒤늦게 시드는 것을 알 수 있다.(歲寒然後, 知松栢之後彫也.)" ; 『장자 · 양왕(莊子 · 讓王)』, "큰 추위가 이르고 서리와 눈에 내린 뒤에, 나는 이로써 소나무와 잣나무가 무성함을 알게 된다.(大寒旣至, 霜雪旣降, 吾是以知松柏之茂也.)"

3 「귀거래혜사(歸去來兮辭)」, "세 갈래 오솔길은 거칠어졌으나 소나무와 국화는 여전히 남아 있다.(三逕就荒, 松菊猶存.)"

「술을 마시고(飲酒)」제5수

結廬在人境,	사람들 사는 경내에 오두막집을 엮었으나,
而無車馬喧.	수레와 말의 시끄러움이 없다.
問君何能爾,	그대는 어떻게 그럴 수 있는가 묻는다면,
心遠地自偏.	마음이 초원(超遠)해지니 땅은 저절로 외떨어진다네.
采菊東籬下,	동쪽 울타리 아래에서 국화를 따다가,
悠然見南山.	멀리 남산을 보게 되었네.
山氣日夕佳,	산 기운은 저물녘이 되어 아름다운데,
飛鳥相與還.	나는 새들이 더불어 돌아간다.
此中有眞意,	이 가운데에 참된 뜻이 있으니,
欲辯已忘言.	말로 밝히려다 이미 말을 잊었다.

❖ **감상**

도연명이 자연의 이치를 깨닫고 그 이치대로 살아갔음을, '말을 잊음 [忘言]'으로 증명한 시이다. 자연의 이치는 마음으로 깨달을 수 있을 뿐 말로 표현할 수 없다. 이 점에 관하여 이미 노자는 "도는 (그것을) 도라고 말할 수 있다면, 진정한 도가 아니다"[1]라 하였고 장자는 "무릇 대도 (大道)는 말로 일컬어지지 않는다"[2], 혹은 "대도는 모든 것을 포용할 수

---

1 『노자(老子) · 제1장』, "道可道, 非常道."
2 『장자 · 제물론(莊子 · 齊物論)』, "夫大道不稱."

있지만 그것을 말로 밝힐 수는 없다"[3]라고 하였다.

첫 연에서는 세속에서도 혼란에 뒤섞이지 않는 평정심과 시끄러움 속에서도 정신이 손상되지 않는 순수함은 장소의 문제가 아니고 마음의 문제임을 밝히고 있다. 제4구의 '마음의 초원(超遠)'은 장자가 강조한 바의 마음의 문제이다.

> 만약 뜻을 가다듬지 않더라도 고상해지고 인의가 없어도 수양이 되며 공명이 없어도 다스려지고 강이나 바다가 없어도 한가로워지며 도인(導引) 체조를 하지 않더라도 장수한다면, 잊지 않는 것이 없으면서 갖지 않는 것이 없다. 담박한 상태로 끝이 없어 온갖 아름다움이 따라오니 이것이 천지의 도이고 성인의 덕이다.[4]

당(唐)나라 성현영(成玄英)은 장자의 이 구절에 대해 구체적으로 다음과 같이 설명하였다.

> 세속의 만물 가운데에 자취를 두고 있어도 상대와 섞이지 않는 자는 지극히 소박한 자이며 시끄러운 속세 안에서 변화를 함께하면서도 그 정신이 손상되지 않는 자는 지극히 순수한 자이다. 어찌 다시 높은 산꼭대기에 홀로 서 있거나 숲 속의 바람 소리 가운데에서 두 손을 맞잡고 있어야 순수하

---

3 『장자 · 천하(莊子 · 天下)』, "大道, 能包之, 而不能辯之."
4 『장자 · 각의(莊子 · 刻意)』, "若夫不刻意而高, 无仁義而修, 无功名而治, 无江海而閒, 不導引而壽, 无不忘也, 无不有也. 澹然无極而衆美從之, 此天地之道, 聖人之德也."

174

고 소박하다고 하겠는가.[5]

이 시는 장자가 말하였고 성현영이 설명한 의미를 몇 구절의 시로 승화시킨 걸작이다. "사람들 사는 경내에 오두막집을 엮었으나, 수레와 말의 시끄러움이 없"는 경지는 마음의 초원함에서 비롯된 장소의 초월이다.

마음의 초원을 통해서 도달한 경지는 외물과 따로 존재하는 시인이 아니라 그 속에 한 덩어리로 존재하는 물아일체의 경지이다. 즉 국화, 남산, 새, 시인 자신이 똑같은 천도의 한 구현이며 이들과 하나가 된 경지이다. 낮 동안 활발하게 날던 새들도 저녁 되어 쉴 곳으로 돌아가고 시인도 마찬가지로 휴식을 취하게 될 것이다. 이것이 바로 모든 존재가 타고난 생리대로 살아가는 순응자연의 경지이다. 구체물의 묘사 속에 물아일체와 순응자연의 추상적 경지가 함축되어 있다.

---

5 "夫混迹世物之中而與物無雜者, 至素者也, 參變囂塵之內而其神不虧者, 至純者也. 豈復獨立於高山之頂, 拱手於林籟之間而稱純素哉."

「술을 마시고(飮酒)」제6수

行止千萬端,	사람의 행동거지는 천만 갈래이니,
誰知非與是.	누가 옳고 그름을 알겠는가.
是非苟相形,	옳고 그름을 구차하게 서로 드러내어,
雷同共譽毁.	휩쓸리어 서로 칭찬하고 헐뜯는다.
三季多此事,	삼대(하·은·주)의 말기에 이런 일 많았지만,
達士似不爾.	통달한 사람들은 그렇지 않았던 듯.
咄咄俗中愚,	딱하구나 세속의 어리석은 이들이여,
且當從黃綺.¹	역시 하황공과 기리계를 따라야 하리.

❖ 감상

도연명은 당시의 현실을 시비가 난무하던 전국시대에 빗대어 비판하고 있다. 사람들의 행동은 각자의 입장과 상황에 따라 다른데 옳고 그름을 구태여 드러내어 칭찬하거나 헐뜯는 일이 많다.

　도연명은 속인들에게 옳고 그름을 구차하게 서로 드러내는 어리석음에서 벗어나, 상산에 은거했던 하황공과 기리계처럼 통달한 자세로 살아갈 것을 당부하고 있다. 장자는, "자기가 옳다고 여기는 것에 따라 옳다고 한다면 만물이 옳지 않은 것이 없고 자기가 그르다고 여기

1　황기(黃綺) : 하황공(夏黃公)과 기리계(綺里季)를 가리키는 말로, 진시황 시기에 포악한 정치와 세상의 혼란을 보고 섬서성(陝西省) 상산(商山)에 은거했던 상산사호[商山四皓 : 동원공(東園公), 하황공(夏黃公), 기리계(綺里季), 녹리선생(角里先生)] 중의 사람들이다.

는 바에 따라 그르다고 한다면 만물이 그르지 않은 것이 없다"[2]라고
하였는데 명(明)의 황문환(黃文煥)은 장자의 논조를 빌려 이 시의 본의
를 다음과 같이 설명하였다.

무리 짓는 사람들은 각자 자기가 옳다고 여기는 것을 옳다고 하고 자기가
그르다고 여기는 것을 그르다고 하면서 한곳으로 집착하여 융통성 있게
하지 못한다. 오직 통달한 사람들만이 (형편에) 따라 맡기니 불가한 것이
없다.[3]

도연명이 말한 '통달한 사람들'은 장자이자 상산사호이며 또한 자
기 자신을 칭한 것이다.

◆────

2 『장자·추수(莊子·秋水)』, "因其所然而然之, 則萬物莫不然, 因其所非而非之. 則萬物
   莫不非."

3 "雷同之人, 各是其所是, 而非其所非, 專執而不能相機. 惟達士因而任之, 無所不可."
   [『도시석의(陶詩析義)』(황문환), 中華書局編輯部 編, 앞의 책, 1974, p.174.]

「술을 마시고(飲酒)」 제7수

秋菊有佳色,	가을 국화가 아름다운 색을 지녀,
裛露掇其英.	이슬에 젖은 그 꽃잎을 딴다.
汎此忘憂物,[1]	이것을 술에 띄워 마시니,
遠我遺世情.	세속을 버린 나의 마음을 초원하게 한다.
一觴雖獨進,	술 한잔을 비록 혼자서 들지만,
杯盡壺自傾.	잔이 다하면 병이 저절로 기울어진다.[2]
日入群動息,	해 지자 온갖 동물들이 쉬러 가니,
歸鳥趨林鳴.	돌아가는 새들도 숲을 향하며 지저귄다.
嘯傲東軒下,	동쪽 창 아래에서 시 읊조리며 자득하니,
聊復得此生.	그런대로 다시 이 삶의 뜻을 깨닫겠다.

❖ **감상**

「술을 마시고(飲酒)」 제5수에서 보인 의경(意境), 즉 구체물의 묘사를 통해 드러난 물아일체와 순응자연의 경지가 이 시에도 잘 표현되어 있다. 거기에 더하여 근심을 잊게 해주고 상승의 경지로 이끄는 술[3]이 있다.

　「술을 마시고(飲酒)」 제5수와 제7수에는 유사점이 많아 다음과 같이 비교해 볼 만하다.

◆───

1　망우물(忘憂物) : '근심을 잊게 해주는 것'이라는 뜻에서 술을 가리킨다.
2　또 따라 마신다는 뜻이다.
3　『세설신어 · 임탄(世說新語 · 任誕)』, "술은 바로 사람을 상승의 경지로 이끈다.(酒, 正自引人勝地.)"

	제5수	제7수
장소	동쪽 울타리 아래(東籬下)	동쪽 창 아래(東軒下)
행위	국화를 따다(采菊)	꽃잎을 따다(掇英)
대상	나는 새들(飛鳥)	돌아가는 새들(歸鳥)
상태	멀리(悠然)	시 읊조리며 자득하다(嘯傲)
심경	마음이 초원하다(心遠)	세속을 버린 마음(遺世情)
결과	참된 뜻이 있다(有眞意)	이 삶의 뜻을 깨닫다(得此生)

　　도연명은 이 시에서 술의 효능에 대해, "근심을 잊게 해준다[忘憂]"
라고 하였는데, 「그림자가 몸에게 대답함(影答形)」에서는 "근심을 없
애 준다[消憂]"로, 「9월 9일에 한가로이 지내면서(九日閑居)」에서는 "염
려를 제거해 준다[祛慮]로, 「연일 오는 비에 혼자 술을 마시며[連雨獨
飮]」에서는 "온갖 감정이 멀어진다[百情遠]"로 말하였다. 요컨대 술은
도연명에게 "천진에 맡겨 자득하며, 상대와 나를 모두 잊게 해주는"[4]
방편이었다.

◆
4　　"任眞自得, 物我兩忘." [유계운(劉啓雲), 「論陶淵明田園詩對中國詩境的開拓」(中國人民
　　大學書報資料中心 編, 『中國古代近代文學研究』, 中國人民大學書報資料中心, 1997. 4), p.68.]

「술을 마시고(飮酒)」제8수

青松在東園,	푸른 소나무가 동쪽 정원에 있는데,
衆草沒其姿,	많은 풀들로 그 자태가 묻혔더니,
凝霜殄異類,	된서리에 다른 것들이 다 시들자,
卓然見高枝.	우뚝하게 높은 가지를 드러낸다.
連林人不覺,	숲 속에 함께 있을 때 사람들이 못 느끼더니,
獨樹衆乃奇.	홀로 솟은 나무가 되자 많은 이들이 특별하게 여긴다.
提壺挂寒柯,	술병 가져다 겨울 가지에 걸어 놓고,
遠望時復爲.	멀리 바라보고 때때로 다시 한다.
吾生夢幻間,	우리 인생이 꿈과 환상의 사이인데,
何事紲塵羈.	어찌하여 세속의 굴레에 매일 것인가.

❖─감상

홀로 솟은 소나무를 비유로 들어 세속에 얽매이지 않고 절개를 지켜
나가리라는 다짐을 드러낸 시이다. 소나무는 다른 풀들이 무성할 때
에는 돋보이지 않다가 추운 겨울이 되면 우뚝 솟은 모습을 드러내기
때문에 어려운 때일수록 굽히지 않는 절개를 비유하기에 적절한 상징
이다. 장자(莊子)는 "큰 추위가 이르고 서리와 눈에 내리게 되면, 나는
이로써 소나무와 잣나무가 무성함을 알게 된다"[1]라 하였고, 순자(荀子)

◆───

1 『장자·양왕(莊子·讓王)』, "大寒旣至, 霜雪旣降, 吾是以知松柏之茂也."

는 "날씨가 춥지 않으면, 소나무와 잣나무를 알아볼 수 없고, 일이 어렵지 않으면 군자를 알아볼 수 없다"[2]라고 하였는데 이 시의 주제와 일맥상통하는 표현들이다. 조맹부(趙孟頫)는 「제귀거래도(題歸去來圖)」라는 제화시(題畫詩)에서 다음과 같이 도연명을 칭송하였다.

斯人眞有道,　　이 사람은 진정으로 도를 터득하였으니,

名與日月顯.　　이름이 해·달과 함께 빛난다.

青松卓然操,　　푸른 소나무의 우뚝한 지조이고,

黃花霜中鮮.　　국화의 서리 속에 피는 아름다움이다.

棄官亦易耳,　　관직 버리기도 쉬웠으니,

忍窮北窗下.[3]　　북창 아래에서 곤궁을 감내하였다.

撫琴三歎息,[4]　　거문고 어루만지며 여러 번 탄식하였으니,

世久無此賢.　　세월이 오래되어도 이런 분은 없으리라.

도연명의 인격을 소나무와 국화에 비유하여 칭송한 것이다. 도연명이 된서리 내리는 추위에 더욱 드러나는 소나무를 칭송한 것은 어렵고 힘든 시기에 곧음을 잃지 않는 자신에 대한 자부의 표현이었다.

◆━━━

2　『순자·대략(荀子·大略)』, "歲不寒, 無以知松柏, 事不難, 無以知君子."

3　도연명(陶淵明), 「여자엄등소(與子儼等疏)」, "오뉴월 중에 북쪽 창가에 누워, 서늘한 바람이 잠시 불어오게 되면, 스스로 '복희 시대 이전 사람'이라고 하였다.(五六月中, 北窗下臥, 遇凉風暫至, 自謂是羲皇上人.)"

4　소통(蕭統), 「도연명전」, "도연명은 음률을 잘 알지는 못했으나 줄이 없는 거문고 한 틀을 간직하고 있었다. 매번 술이 얼큰할 때마다 번번이 어루만지며 자신의 뜻을 가탁하였다.(淵明不解音律, 而蓄無絃琴一張, 每酒適, 輒撫弄以寄其意.)"

「술을 마시고(飮酒)」 제9수

淸晨聞叩門,	이른 새벽에 문 두드리는 소리가 들려,
倒裳往自開.	옷 거꾸로 걸친 채 나가서 직접 열었다.
問子爲誰與,	그대는 누구신가 물었더니,
田父有好懷.	농부가 좋은 생각이 있다고 한다.
壺漿遠見候,	술 한 병을 들고 멀리서 찾아와,
疑我與時乖.	내가 시속과 어긋난다고 의아해한다.
襤縷茅簷下,	"남루한 옷으로 초가집 안에 사는 것이,
未足爲高栖.	족히 고상한 삶이 될 수 없소.
一世皆尚同,	온 세상 사람들 모두가 함께하기를 숭상하니,
願君汩其泥.	바라건대 그대도 그 진흙을 휘저으시오."
深感父老言,	"노인장의 말씀에 깊이 감사하오나,
稟氣寡所諧.	타고난 기질이 잘 어울리지 못합니다.
紆轡誠可學,	고삐 돌려 나서는 것이 진실로 배울 만하더라도,
違己詎非迷.	자신을 어기는 것이니 어찌 미혹됨이 아니겠습니까.
且共歡此飮,	우선 함께 이 술이나 즐기실 것이니,
吾駕不可回.	내 수레는 돌릴 수 없습니다."

❖─감상

도연명의 시 가운데 드물게 대화체로 구성되어 있어 사실감과 생동감이 살아있다. 세상이 혼탁한 대로 더불어 사는 것이 좋은 것이라며 벼슬길에 나설 것을 권유하는 노인에게, 자기의 뜻을 어기면서까지 어울릴 수 없다는 태도와, 가던 길을 바꾸지 않겠다는 다짐을 밝히고 있다. 귀거래 후의 벼슬길에 대한 도연명의 생각과 지조를 분명하게 밝힌 시이다.

농부와의 대화는 굴원(屈原)이 읊은 「어부사(漁父辭)」에서의 어부와 굴원의 문답을 원용한 것이다. 혼탁한 세상과 동화되기보다는 차라리 죽음을 택하겠다는 굴원의 지조¹가 도연명에게도 그대로 드러난다.

뜻이 맞지 않는 경우에 도연명이 취했던 굳센 모습은 다른 여러 기록에도 전해진다. 팽택령으로 있을 때, 띠를 묶고 군(郡)의 독우(督郵)를 뵈어야 한다는 말에 인끈을 풀고 관직을 그만둔 일²이나 단도제(檀道濟)의 선물을 거절한 행동,³ 혜원의 백련결사(白蓮結社)에 참여했다가 눈살을 찌푸리고 떠난 태도⁴ 등이 이 시에서 읊은, "내 수레는 돌릴 수 없습니다"라고 읊은 자세와 상통하는 일화들이다

◆────

1 「어부사(漁父辭)」, "차라리 상수에 뛰어들어 물고기의 배 속에 장사 지내질언정 어찌 깨끗한 결백함으로 세속의 먼지를 뒤집어쓸 수 있겠는가.(寧赴湘流, 葬於江魚之腹中, 安能以皓皓之白, 而蒙世俗之塵埃乎.)"

2 소통(簫統), 「도연명전」, "세모에 마침 군에서 독우를 보내 현에 이르게 되었다. 아전이 청하기를 '띠를 묶고 뵈어야 합니다'라고 하자 도연명이 탄식하면서 말하기를, '내가 어찌 다섯 말의 쌀 때문에 허리를 굽힌 채 시골의 소인을 대하겠는가'라 하고 그날로 인끈을 풀고 관직을 떠났다.(歲終, 會郡遣督郵至縣. 吏請曰, 應束帶見之, 淵明歎曰, 我豈能爲五斗米折腰, 向鄕里小兒. 卽日解印綬去職.)"

3 소통(簫統), 「도연명전」, "단도제가 곡식과 고기를 보내 주었으나 손을 내저어 물리쳤다.(道濟饋以粱肉, 麾而去之.)"

4 진(晉)나라 무명씨(無名氏), 「연사고현전(蓮社高賢傳)」, "혜원법사가 여러 인사들과 백련(白蓮)의 모임을 맺고 편지로 도연명을 초청하자, 도연명은, '술 마시는 것을 허락한다면 가겠소'라고 하였다. 허락하여 마침내 그곳에 갔으나 바로 눈살을 찌푸리고 떠났다.(遠法師與諸賢結蓮社, 以書招淵明, 淵明曰, 若許飮則往. 許之, 遂造焉, 忽攢眉而去.)"

在昔曾遠遊,　　옛날에 일찍이 멀리까지 나돌면서,

直至東海隅.　　곧바로 동해 가에도 갔었지.

道路迥且長,　　길은 멀고 긴 데다,

風波阻中塗.　　풍파로 중도에 막히기도 하였지.

此行誰使然,　　이 여정을 누가 그렇게 시켰던가,

似爲飢所驅.　　아마도 굶주림에 내몰렸던 듯하다.

傾身營一飽,　　온 힘을 다해 한번 배부르기를 추구하다니,

少許便有餘.　　조금만 있어도 곧 넉넉한 것을.

恐此非名計,　　아마도 이는 좋은 계책이 아닌 듯하여,

息駕歸閑居.　　수레 멈추고 한가한 삶으로 돌아왔었지.

❖ **감상**

지난날에 낮은 벼슬로 사방에 심부름 다니면서 느꼈던 갈등을 회고하면서 귀거래 하게 된 배경과 그 다행감을 드러내고 있다. "풍파로 중도에 막히기도 하였"다는 회고는 「경자년 5월 중에 도성으로부터 돌아오는데 규림에서 바람에 막혀 있으면서(庚子歲五月中從都還阻風於規林)」 2수에서 읊은 내용이다. 귀거래를 전후로 한 도연명의 심정이 잘 드러나 있는 「귀거래혜사(歸去來兮辭)」를 응축해 놓은 느낌의 시이다. 마지막 연의 "아마도 이는 좋은 계책이 아닌 듯하"였다는 "실로 길을 잘못 든 것이 그리 멀리 되지는 않았으니 지금이 옳고 지난날이 잘못되었음을 깨닫겠다(實迷途其未遠, 覺今是而昨非)"의 다른 표현이다.

顏生稱爲仁,　　안회는 인을 실천했다고 칭송받고,

榮公言有道.　　영계기는 도를 얻었다고 말하지.

屢空¹不獲年,　　자주 끼니 떨어져 제 나이도 살지 못했고,

長飢²至于老.　　내내 주리면서 노년에 이르렀는데.

雖留身後名,　　비록 죽은 뒤의 명성을 남겼으나,

一生亦枯槁.　　한평생 동안 역시 곤궁했다.

死去何所知,　　죽어 버리면 무엇을 알랴,

稱心固爲好.　　마음에 맞게 사는 것이 진실로 좋은 것.

客養千金軀,　　어떤 사람은 천금인 양 몸을 받들었으나,

臨化消其寶.　　죽음에 이르러 그 보배는 사라진다네.

裸葬³何必惡.　　알몸 매장이 어찌 꼭 나쁘리오.

人當解意表.⁴　　사람들은 언외의 뜻을 알아야 하리.

◆───

1　누공(屢空) : 『논어 · 선진(論語 · 先進)』, "안회는 거의 [도(道)에] 가까웠고 자주 궁핍하였다.(子曰, 回也, 其庶乎, 屢空.)"

2　장기(長飢) : 168쪽 주 2 참조.

3　나장(裸葬) : 『한서 · 양왕손전(漢書 · 楊王孫傳)』, "병이 깊어 죽게 되었을 때 먼저 그 아들에게 유언하기를, '나는 알몸으로 매장하여 나의 원래 상태로 돌아가고 싶으니 반드시 내 뜻을 함부로 바꾸지 마라. 죽으면 포대를 만들어 시체를 싸서 7척 깊이의 땅에 넣고 내려놓은 뒤에 발에서부터 그 포대를 벗겨서 몸이 흙에 바로 닿도록 하여라'라고 하였다.(及病且終, 先令其子, 曰吾欲裸葬, 以反吾眞, 必亡易吾意. 死則爲布囊盛尸, 入地七尺, 旣下, 從足引脫其囊, 以身親土.)"

4　의표(意表) : 말로 표현되지 않는 다른 뜻, 언외지의(言外之意)를 가리킨다.

살아서의 호사와 죽어서의 명성에 대한 도가적 깨달음을 보인 시이다. 안연은 인을 이루었고 영계기는 도를 얻었다고 하나 굶주림으로 일생을 마쳤으니 죽은 후의 명성이 무슨 의미인가. 또한 죽어서 없어질 육체를 받드는 것도 부질없는 짓이다. 알몸 매장은 자연으로 돌아가는 데에 가장 적합한 것일 수도 있다. 죽음에서조차 보다 자연스러운 매장을 생각하였고 그 진정한 의미를 깨달을 것을 권하고 있다.

도연명은 마음이 명예나 육체에 의해 구속되고 제한받는 어리석음에서 벗어날 것을 강조하였는데,[5] 이 시에서도 '마음에 맞게 사는 것'[칭심(稱心)]이 최고의 경지임을 밝히고 있다.

---

5 「귀거래혜사(歸去來兮辭)」, "이미 스스로 마음을 몸에 부림 받게 하였으나 어찌 상심하고 홀로 슬퍼하리오. 이미 지난 일은 따질 수 없음을 깨달았고 올 일은 추구할 수 있음을 알았다.(旣自以心爲形役, 奚惆悵而獨悲. 悟已往之不諫, 知來者之可追.)"

「술을 마시고(飮酒)」제12수

長公¹曾一仕,	장공은 일찍이 한 차례 벼슬을 했었는데,
壯節忽失時.	젊은 시절에 홀연 때를 잃었다.
杜門不復出,	문 닫고 다시는 나가지 않은 채,
終身與世辭.	종신토록 세상과 떠나 있었다.
仲理²歸大澤,	중리가 대택으로 돌아가자,
高風始在茲.	고상한 기풍이 비로소 그곳에 있게 되었다
一往便當已,	한번 나섰으면 마땅히 그만둘 것이니,
何爲復狐疑.³	무엇 때문에 다시 주저하리오.
去去當奚道,	떠나서 장차 무엇을 말하랴,
世俗久相欺.	세속은 서로를 속이는 지가 오래되었는데.
擺落悠悠談,	한가로운 담론은 떨쳐 버리고,
請從余所之.	청컨대 내가 가는 곳을 따르시라.

❖ **감상**

서한의 장지는 강직한 성품으로 속인들과 맞지 않아 은거하였고 동한의 양륜은 높은 절개를 간직한 채 물러나서 제자 교육에 전념하였다.

◆——

1 장공(長公) : 서한(西漢) 장지(張摯)의 자이다. 대부(大夫)의 벼슬을 역임하였으나 세속과 맞지 않아 물러나서 다시는 벼슬하지 않았다.

2 중리(仲理) : 동한(東漢) 양륜(楊倫)의 자이다. 순제(順帝) 시기에 시중(侍中)과 태중대부(太中大夫)로 부름 받았으나 직간이 받아들여지지 않자 바로 물러났다.

3 호의(狐疑) : 망설이다. 의심하다.

도연명은 자신의 은거 생활에서 두 역사 인물의 행적을 본보기로 삼고
자 하는 뜻을 보이면서, 겉으로는 고상을 가장하고 속으로는 영달을
꿈꾸는 자들을 비판한 것이다.

「술을 마시고(飮酒)」제13수

有客[1]常同止,	객이 항상 함께 머무는데,
取捨邈異境.	취사선택이 아예 경지가 다르다.
一士長獨醉,	한 선비는 늘 혼자 취해 있고,
一夫終年醒.	한 사내는 일 년 내내 깨어 있다.
醒醉還相笑,	깨어 있는 이와 취한 이가 도리어 서로를 비웃으며,
發言各不領.	말을 해도 서로 이해하지 못한다.
規規[2]一何愚,	쩨쩨하니 어찌 그리 어리석은지,
兀傲[3]差若穎.	술 취해 도도한 것이 좀 나을 듯하다.
寄言酣中客,	거나해진 객에게 말을 전하노니,
日沒燭當秉.	해 지면 촛불 잡고 놀아야하리.

❖ 감상

무상한 인생에서 음주를 통해 급시행락을 추구하고 고민을 잊는 것이 현명한 태도라는 주장으로, 「몸이 그림자에게 줌(形贈影)」에서 속인의 입장을 대변하는 내용과 같은 맥락이다. 「몸과 그림자와 정신(形影神)」 3수는 각각의 의경(意境)이 도연명의 처지에 따라 시의 주제가 되어 나타나는데 이 시가 그 한 가지 예라고 하겠다.

◆ ────

1 유객(有客) : 『시경·주송·유객(詩經·周頌·有客)』, "손님이여 손님이여, 흰 그 말이로다. 공경하고 삼가니 잘 가려 뽑은 그 수행원이로다.(有客有客, 亦白其馬, 有萋有且, 敦琢其旅.)"

2 규규(規規) : 천박하고 고루한 모양, 또는 소심한 모양이다.

3 올오(兀傲) : 도도하고 구속받지 않는 모양이다.

「술을 마시고(飮酒)」 제14수

故人賞[1]我趣,	친구들이 나의 취향을 알아주어,
挈壺相與至.	술병 들고 함께 이르렀네.
班荊坐松下,	싸리 방석 펴고 소나무 아래 앉아,
數斟已復醉.	몇 잔 들고 보니 벌써 또 취했다.
父老雜亂言,	노인들은 어지러운 말이 엇섞이고,
觴酌失行次.	술잔 따르는데 차례를 잃었다.
不覺知有我,	내가 있음을 깨닫지 못하니,
安知物爲貴.	어찌 상대가 귀한지를 알리오.
悠悠迷所留,	까마득히 머물 곳을 헤매는 이들이여,
酒中有深味.	술 속에 깊은 맛이 있다오.

❖ 감상

음주를 통해 얻게 된 무아의 경지를 보여주는 시이다. 제8구의 "어찌 상대가 귀한지를 알리오"의 '귀함'은 '귀천'의 의미를 모두 포함하는 말로 물아가 일체가 되어 구분이 없어진 상태, 즉 분별심을 초월한 상태이다. 술이 위진(魏晉) 시대 사람들로 하여금, "천진에 맡겨 자득하며, 상대와 나를 모두 잊는(任眞自得, 物我兩忘)" 경지에 이르게 해주는 방편이었다고 하였는데,[2] 위의 시에서 보인 도연명의 경지가 또한 그러하다.

---

1 상(賞) : '상식(賞識)'의 뜻으로, '알아주다', '인정해 주다'이다.

2 유계운(劉啓雲), 앞의 논문(中國人民大學書報資料中心 編, 앞의 책, 1997. 4), p.68 참조.

「술을 마시고(飮酒)」 제15수

貧居乏人工,	가난하게 사니 인력이 부족하여,
灌木荒余宅.	관목들이 내 집을 뒤덮었다.
班班[1]有翔鳥,	선명한 무늬로 새가 나는데,
寂寂無行跡.	적막하게 사람의 자취는 없구나.
宇宙一何悠,	우주는 이리도 아득하건만,
人生少至百.	인생은 백 년에 이르는 이 드무네.
歲月相催逼,	세월이 나를 재촉하고 다그쳐,
鬢邊早已白.	귀밑머리 주변은 벌써 하얘졌다.
若不委窮達,	만약 곤궁과 영달의 마음을 버리지 않는다면,
素抱深可惜.	평소의 품은 뜻에 심히 애석할 것이다.

❖ 감상

곤궁과 영달을 초월하여 달관의 경지에 이르고자 하는 바람을 드러낸 시이다. 장자는 곤궁과 영달에 집착하는 것은 깨닫지 못한 자들의 부질없음에서 비롯되는 것으로 여겨 다음과 같이 가르쳤다.

옛날에 도를 터득했던 이들은 곤궁해도 즐거워하고 영달해도 즐거워하였으니 즐거워한 것은 곤궁과 영달이 아니었다. 도가 나에게 터득되었으니 곤궁과 영달은 추위와 더위, 바람과 비의 순서일 따름이었다.[2]

◆———

1 반반(班班) : 분명한 모양이다.

생존의 의미를 도의 터득에 두었기 때문에 곤궁과 영달이 마음가짐이나 행동방식에 영향을 주지 않는다. 이러한 가르침이 도연명에게 무상감과 곤궁함을 극복해 내고 자신의 절개를 지킬 수 있게 한 힘이 되었다.

◆

2 『장자 · 양왕(莊子 · 讓王)』, "古之得道者, 窮亦樂, 通亦樂, 所樂非窮通也. 道德於此, 則窮通爲寒暑風雨之序矣."

「술을 마시고(飲酒)」 제16수

少年罕人事,	젊은 시절에 사람과의 교제가 적어,
遊好在六經.	마음 두고 좋아함이 육경에 있었지.
行行向不惑,	세월 흘러 불혹의 나이 되어 가면서도,
淹留遂無成.	허송하여 끝내 이룬 것이 없었네.
竟抱固窮節,	결국 곤궁에 굳센 절개만 지닌 채,
飢寒飽所更.	굶주림과 추위를 실컷 겪었지.
敝廬交悲風,	허름한 집은 쓸쓸한 바람이 교차하고,
荒草沒前庭.	거친 풀이 앞뜰을 덮어 버렸다.
披褐守長夜,	베옷 걸치고 긴 밤을 지새우는데,
晨鷄不肯鳴.	새벽닭은 울려고 하지 않는다.
孟公¹不在玆,	맹공이 여기에 없으니,
終以翳吾情.	끝내 내 마음은 가려지겠구나.

❖ 감상

지난 시절을 회고하는 전반부와 현실을 돌아보는 후반부로 구성된 시이다. 이룬 것도 없이 곤궁하기만 했던 지난 시절에 대한 회한이 일지만 자신을 알아줄 사람이 하나도 없는 현실은 더더욱 유감스럽다는 탄식이다.

◆ ─────
1 맹공(孟公) : 후한(後漢) 유공(劉龔)의 자이다. 시를 좋아하고 글을 잘 지었던 장중울(張仲蔚)을 알아주었다는 일화가 서진(西晉) 황보밀(皇甫謐)의 『고사전(高士傳)』에 전한다.

「가난한 선비를 노래함(詠貧士)」 제6수에서, "장중울은 곤궁한 생활을 즐겼으니, 집을 빙 둘러 쑥풀이 나 있었다. 자취를 감춘 채 세상의 교제 끊었지만, 시 짓는 데에 꽤나 뛰어났지. 온 세상에 알아주는 이 없었으나, 오직 유공 한 사람이 있었네(仲蔚愛窮居, 遶宅生蒿蓬. 翳然絶交遊, 賦詩頗能工. 擧世無知音, 止有一劉龔)"라고 하였는데, 자신에게는 그런 지음조차 없음을 개탄하고 있다.

幽蘭生前庭,	난초가 앞뜰에 자라는데,
含薰待淸風.	향기를 머금고 시원한 바람을 기다린다.
淸風脫然¹至,	시원한 바람이 산뜻하게 불어오자,
見別蕭艾中.	쑥대풀 가운데에서 유별남을 드러낸다.
行行失故路,	가고 가다가 옛 길을 잃었지만,
任道或能通.	도에 맡겨 사니 간혹 통할 수도 있었지.
覺悟念當還,	깨달았으면 돌아올 것을 생각해야지,
鳥盡廢良弓.²	새가 사라지면 좋은 활도 버려진다네.

❖ **감상**

난초는 도연명 자신을 비유한 것이다. 전반부 4구에서 젊은 시절에 큰
뜻을 품고 그것을 이루고자 했던 일을 회고하고 있다. 후반부 4구에서
는 그 뜻을 이루지 못하고 귀거래 한 것이 결국은 지혜로운 선택이었
음을 밝히고 있다.

◆───

1 탈연(脫然) : 초탈하여 구애됨이 없는 모양이다.
2 『사기・월왕구천세가(史記・越王句踐世家)』, "범려는 마침내 떠났다. 제나라에서 대부
  문종에게 편지를 보내서 이르기를, '날던 새가 다 잡히면 좋은 활은 사장되고, 빠른 토끼
  가 죽으면 사냥개는 삶겨지지요. 월왕은 사람됨이 목이 길고 입은 새 부리와 같아, 어려
  움은 함께할 수 있어도 즐거움은 같이할 수 없소. 그대는 어찌 떠나지 않는 것이오?'라고
  하였다.(蠡遂去. 自齊遺大夫種書曰, 蜚鳥盡, 良弓藏, 狡兔死, 走狗烹. 越王爲人長頸鳥喙, 可與
  共患難, 不可與共樂. 子何不去?)"

子雲¹⁾性嗜酒,　　양웅은 천성이 술을 좋아했으나,

家貧無由得.　　집이 가난하여 얻을 길이 없었다.

時賴好事人,　　때로는 관심 많은 사람에게 힘입었으니,

載醪祛所惑.　　술을 싣고 와서 미혹을 풀기도 하였다.

觴來爲之盡,　　잔이 오면 다 마셔 버리고,

是²諮無不塞.　　어떤 질문도 만족시켜 주지 않는 것이 없었다.

有時不肯言,³　　때로는 말하지 않으려 했어야 하니,

豈不在伐國.　　어찌 나라를 치는 일에 있지 않았겠는가.

仁者用其心,⁴　　인자가 그 마음을 씀에 있어,

何嘗失顯默.　　어찌 일찍이 드러남과 침묵의 도리를 잃었겠
　　　　　　　는가.

1　자운(子雲) : 서한(西漢) 양웅(揚雄)의 자이다. 박학하였고 『태현경(太玄經)』, 『법언(法言)』 등을 저술하였다.

2　시(是) : 개괄(槪括)의 용법이다.[예, 시인(是人) : 누구든지]

3　양웅이 「극진미신(劇秦美新)」이라는 글을 써서 진(秦)나라를 비판하고 왕망(王莽)의 신(新)나라를 미화한 일을 풍자한 것이다.

4　인자(仁者)로 일컬어지는 유하혜(柳下惠)의 일을 인용하여 양웅을 비판한 것이다.[『한서·동중서전(漢書·董仲舒傳)』, "옛날에 노나라 임금이 유하혜에게 묻기를, '내가 제나라를 치려고 하는데 어떻습니까?'라고 하자 유하혜가, '안 됩니다'라 하고는 돌아와 근심스런 얼굴로 말하기를, '내가 듣기에 나라를 치는 일은 인자에게 묻지 않는다고 하였는데 이 말이 어찌하여 나에게 이르렀단 말인가'라고 하였습니다.(昔者魯君問柳下惠, 吾欲伐齊, 何如? 柳下惠曰, 不可. 歸而有憂色, 曰, 吾聞伐國不問仁人, 此言何爲至於我哉.)"]

❖ 감상

역사적인 인물을 소재로 하여 자신의 회포를 서술한 시이다. 박학했던 서한(西漢)의 양웅은 술을 좋아하여 세상 사람들의 의혹을 풀어 주고 술을 얻어 마셨다. 그러나 서한을 무너뜨리고 새로운 왕조인 신(新)을 세운 왕망을 찬양하고 협조하였으니 유하혜 같은 옛날 은자들의 마음 씀씀이를 제대로 배웠더라면 하는 아쉬움이 남는다. 출처의 도를 잃은 양웅을 풍자함으로써 자신의 마음가짐을 드러낸 것이다.

「술을 마시고(飲酒)」제19수

疇昔苦長飢,	지난날 오랜 굶주림에 고생하다가,
投耒去學仕.	쟁기 내던지고 나가 벼슬을 구했었지.
將養不得節[1],	식구들 부양도 제대로 하지 못하고,
凍餒固纏己.	추위와 굶주림이 단단히 나를 얽매었다.
是時向立年,	이때가 30을 향하던 나이였는데,
志意多所恥.	생각에 부끄러운 바가 많았다.
遂盡介然[2]分,	마침내 굳건한 분수 다하고자,
拂衣歸田里.	옷소매 떨치고 고향으로 돌아왔다.
冉冉[3]星氣流,	점점 세월은 흘러가서,
亭亭[4]復一紀.[5]	아득히 또 12년이 지났구나.
世路廓悠悠,	세상길은 휑하니 아득하여,
楊朱[6]所以止.	양주는 그 때문에 발길을 멈추었지.
雖無揮金事,[7]	비록 돈 뿌려 잔치한 일은 없었지만,
濁酒聊可恃.	탁주가 그런대로 의지할 만하였다네.

◆ ———

1　절(節) : 적절함, 적당함이다.

2　개연(介然) : 단단한 모양이다.

3　염염(冉冉) : 세월이 점점 흘러가는 것을 형용하는 말이다.

4　정정(亭亭) : 멀어서 아득한 모양이다.

5　일기(一紀) : 목성(木星)이 일주하는 12년을 가리킨다.

6　양주(楊朱) : 전국시대 위(衛) 사람으로 자가 자거(子居)이다. 갈림길에서 어느 길을 택하느냐에 따라 결과가 크게 달라짐을 슬퍼하여 울었다는 '양주읍기(楊朱泣岐)'의 고사가 있다.

지난 시절 벼슬에 나서게 된 내력과 귀거래 이후의 생활에 대한 회고를 통하여 춥고 배고팠지만 굳건한 분수를 지킬 수 있었음을 자부하는 내용이다. 제5구의 '向立年'은 주(州)의 좨주(祭酒)로 나섰던 29세를 일컬은 것이다. "마침내 굳건한 분수 다하고자, 옷소매 떨치고 고향으로 돌아왔다"는 것은 41세에 귀거래 한 것을 가리키니 그동안 낮은 관직으로 사방을 돌아다니면서 "생각에 부끄러운 바가 많았"던 상황을 묘사한 것이다. 그 뒤로 12년이 지난 53세가 된 시점에서 지난날을 돌이키면서 어려운 시절에 술에 의지하여 자신을 지킬 수 있었음을 자부하고 있다.

---

7   휘금사(揮金事) : 『한서 · 소광전(漢書 · 疏廣傳)』, "소광은 향리로 돌아온 뒤 날마다 집에 술과 밥을 마련하게 하고 친척과 친구와 손님들을 초대하여 함께 즐겼다.(廣旣歸鄕里, 日令家共具設酒食, 請族人故舊賓客, 與相娛樂.)"

「술을 마시고(飲酒)」제20수

羲農去我久,	복희씨와 신농씨가 나로부터 오래되었으니,
擧世少復眞.	온 세상에 참된 본성을 회복하는 이가 적구나.
汲汲魯中叟¹,	서둘렀던 노나라의 노인이,
彌縫使其淳.	이리저리 메꿔 순박하게 하셨지.
鳳鳥雖不至,	봉새는 비록 이르지 않았으나,
禮樂暫得新.	예악이 잠시 새로움을 얻었네.
洙泗²輟微響,	수수와 사수에 은미한 말씀이 끊어지고,
漂流逮狂秦.	흘러내려 포악한 진나라에 이르렀다.
詩書復何罪,	『시경』, 『서경』이 또 무슨 죄가 있다고,
一朝成灰塵.	하루아침에 잿더미로 변했는가.
區區³諸老翁,	힘썼던 (한나라의) 여러 노인들은,
爲事誠殷勤.	일한 것이 진실로 정성스러웠다.
如何絶世下,	어찌하여 한나라가 끊어진 이후에,
六籍無一親.	육경(六經)을 가까이하는 이가 하나도 없는가.
終日馳車走,	종일토록 수레를 몰아 치달릴 뿐,
不見所問津.	나루터를 묻는 이가 보이지 않는다.
若復不快飮,	만약에 다시 통쾌하게 마시지 않는다면,

◆———

1 노중수(魯中叟) : 공자(孔子)를 가리킨다.
2 수사(洙泗) : 산동성(山東省)의 수수(洙水)와 사수(泗水)이다. 공자가 이곳에서 제자들을 양성하였기 때문에 공자, 또는 유학을 가리키는 말로 쓰인다.
3 구구(區區) : 부지런히 힘쓰는 모양이다.

空負頭上巾.	부질없이 머리 위의 갈건을 배반하는 것이지.
但恨多謬誤,	다만 유감스럽게도 잘못이 많겠지만,
君當恕醉人.	그대는 마땅히 취한 사람을 용서하시게.

❖ 감상

이 시는「술을 마시고(飮酒)」라는 제목의 연작시를 마무리한 것이다. 참된 풍속이 사라진 세상을 구제할 의도를 가진 이는 없고 절개를 저버린 채 그저 영달과 명성을 위해 치달리는 자만 있는 현실에 대한 비판과 체념을 드러내고 있다.

첫 연은 이 시의 대전제이다. 순박했던 상고 시대와 참됨이 사라진 현실을 대비함으로써 현실에 대한 비판의 논거를 제시하고 있다. 제3구에서 제6구까지는 공자의 출현으로 미봉적이나마 세상이 순박함을 얻을 수 있었지만 그것도 잠시일 뿐이었음을 밝히고 있다. 공자가, 봉황이 이르지 않음을 탄식한『논어』의 구절을 인용하고 있다.[4] '미봉(彌縫)', '잠(暫)' 등의 시어로 봉황이 이르지 않음에도 불구하고 공자가 애쓰고 노력한 점을 부각시키고 있다. 제7구에서 제10구까지는 공자 사후에 중국 역사상 가장 혼란했던 전국시대와 진나라에 대한 비판으로, 분서갱유라는 포악을 꾸짖고 있다. 제11구와 제12구에서 한나라 초기의 문화 회복에 약간의 긍정적 시각을 보내고 있다. 제13구에

◆ ────

4 『논어 · 자한(論語 · 子罕)』, "공자가 말씀하기를, '봉황새가 이르지 않고 황하에서 하도(河圖)가 나오지 않으니, 나는 그만인가 보다'라고 하였다.(子曰, 鳳鳥不至, 河不出圖, 吾已矣夫.)"

서 제16구까지가 한대 이후 도연명 당시까지에 대한 비판으로 이 시의 중심이 된다. 유가의 가르침을 따라 세상을 구제할 뜻을 가진 사람을 찾을 수 없는 현실에 가슴 아파하며 위진(魏晉) 시대의 현학·청담에 치우친 경향과 명리를 쫓느라 분주한 세태를 풍자하고 있다. 이상의 16구까지에서 도연명은 고대로부터 자신이 살았던 시대까지의 중국문화에 대해 개괄적 평가를 내리고 있다.

제17구 이하의 마지막의 네 구에서 분위기가 반전된다. 제16구까지의 현실에 대한 관심과 개탄은 공자의 태도와 비슷하다. 그러나 마지막 네 구에서 도연명 특유의 달관이 드러난다. 혼란하고 무도한 현실에 노심초사하면서, 그리고 그러한 현실을 구제하는 것이 불가함을 알면서도 노력했던 공자의 태도와 달리 도연명은 운에 맡기고 술이나 마시겠다고 하였다. 바로 도연명의 노장적 달관이다.

43
「술 끊기(止酒)」^{1수}

❖─해제
413년¹ 도연명의 나이 49세에 지은 시이다. 「정신의 풀이(神釋)」에서, "날마다 취하면 혹시 잊을 수는 있겠지만, 아마도 수명을 재촉하는 도구나 아닌지(日醉或能忘, 將非促齡具)"라고 한 의경(意境)과 비슷하다.

居止次城邑,	사는 곳이 도시에 자리 잡았으나,
逍遙自閑止.	소요하며 스스로 한가롭다.
坐止高蔭下,	앉는 것은 높은 나무 그늘 아래에 멈추고,
步止蓽門裏.	걷는 것은 사립문 안에 멈춘다.
好味止園葵,	좋은 맛은 텃밭의 아욱에서 그치고,
大歡止稚子.	큰 즐거움은 어린 자식에서 그친다.
平生不止酒,	평생 술을 끊지 못했으니,
止酒情無喜.	술을 끊으면 마음에 기쁨이 없기 때문이었다.
暮止不安寢,	저녁에 끊으면 편안히 잠들지 못하고,
晨止不能起.	아침에 끊으면 일어날 수가 없다.

◆
1 동진 안제 의희(義熙) 9년이다.

日月欲止之,	날마다 달마다 끊으려고 하였지만,
營衛²止不理.	혈기의 작용이 멈추어 순조롭지 않다.
徒知止不樂,	단지 술을 끊으면 즐겁지 않은 것만 알고,
未信止利己.	술 끊는 것이 몸에 이로운 것은 믿지 않는다.
始覺止爲善,	비로소 끊는 것이 좋다는 것을 깨닫고,
今朝眞止矣.	오늘 아침에 정말로 끊게 되었다.
從此一止去,	이로부터 한결같이 끊어 나가면,
將止扶桑³涘.	장차 부상의 물가에 머물리라.
淸顏止宿容,	맑은 얼굴이 예전의 모습대로 머물 것이니,
奚止千萬祀.	어찌 천만 년에 그치겠는가.

❖─감상

술 마시는 것이 몸에 좋지 않음을 느끼고 끊고 싶은 마음을 갖게 되었으나 끝내 술을 끊을 수 없음을 '지(止)' 자를 이용하여 해학적으로 표현한 시이다. '지(止)' 자는 이 시에서 '머물다, 멈추다, 그치다, 끊다' 등의 뜻으로 다양하게 쓰였지만,『대학(大學)』에서 말한 '최선의 경지에 멈추다(止於至善)'와 연관지어 보아야 이 시의 의경을 이해할 수 있다. 즉 '지(止)' 자는 그 자체가 '최선의 경지'를 나타내는 말이다.

처음의 6구에서 '지(止)' 자는 시인이 처한 상황에서의 최선의 경지

---

2 영위(營衛) : 한의학에서 혈기(血氣)의 작용을 가리키는 말이다. 음의 기운인 혈액이 맥의 안에서 돌면서 작용하는 것이 '영(營)'이고, 양의 기운인 양기가 맥의 밖에서 움직이면서 작용하는 것이 '위(衛)'이다.
3 부상(扶桑) : 동해에 있다는 신령스런 나무이다.

임을 나타내고 있다.「술을 마시고(飮酒)」제5수에서 보인, "사람들 사
는 경내에 오두막집을 엮었으나, 수레와 말의 시끄러움이 없다. 그대
는 어떻게 그럴 수 있는가 묻는다면, 마음이 초원(超遠)해지니 땅은 저
절로 외떨어진다네"라고 읊은 경지처럼 마음가짐에서 비롯된 최선의
경지이다. 도연명은 술이 양생에 좋지 않음을 알고 있었다. 술을 끊어
맑은 정신과 깨끗한 몸을 간직할 수 있다면 신선도 될 수 있을 것이지
만, 그러나 신선은 기약할 수 없고 술은 안 마실 수 없었다. "저녁에 끊
으면 편안히 잠들지 못하고, 아침에 끊으면 일어날 수가 없"기 때문이
었다. 결국 그는 평생 술을 끊지 못하고 죽을 때까지 여전히 술을 마셨
다. 이 시는 해학의 의경(意境)에다가 문자 유희까지 더해져 해학의 정
취를 배가하고 있다.

44

「술을 말함(述酒)」^{1수}

❖─해제

421년¹ 도연명의 나이 57세에 지은 시이다. 유유는 제위에 오른 다음 해인 421년에 장위(張褘)²를 시켜 폐위되어 있던 공제를 독살하도록 하였다. 장위가 그 독주를 자신이 마시고 죽자 유유는 다시 군사를 보내 공제를 시해하였다. 이 일에 촉발되어 깊은 비탄을 드러낸 시이다.

❖─서문

儀狄³造, 杜康⁴潤色之.⁵

의적이 만들었고 두강이 그것을 향상시켰다.

◆─────

1 송 무제(武帝) 영초(永初) 2년이다.
2 장위(張褘) : 동진 오군(吳郡) 출신으로, 공제가 즉위하기 전 낭야왕(琅邪王)으로 있을 때 그의 밑에서 낭중령(郎中令)을 맡았던 사람이다.
3 의적(儀狄) : 우(禹)임금 시기에 처음으로 술을 만든 자이다.[『전국책·위책(戰國策·魏策)』, "옛날에 우임금의 딸이 의적에게 술을 만들도록 하였는데 맛이 좋았다. 우임금에게 바치니 우임금이 마셔보고 맛있다고 하였다. 이윽고 의적을 멀리하고 맛있는 술을 끊으면서 말하기를, '후세에 반드시 술로 자신의 나라를 망치는 자가 있을 것이다'라고 하였다.(昔者帝女令儀狄作酒而美. 進之禹, 禹飲而甘之. 遂疏儀狄, 絶旨酒, 曰後世必有以酒亡其國者.)"]
4 두강(杜康) : 주대(周代) 사람으로 술을 잘 빚었다고 한다.

重離⁶照南陸,	사마씨가 남쪽 땅에 빛나니,

重離⁶照南陸,　　사마씨가 남쪽 땅에 빛나니,

鳴鳥聲相聞.⁷　　우는 새 소리가 서로 들렸다.

秋草雖未黃,　　가을 풀이 아직은 시들지 않았으나,

融風⁸久已分.　　봄바람은 오래전에 이미 흩어졌다.

素礫⁹晶修渚,　　흰 자갈이 긴 물가에 드러나고,

南嶽無餘雲.¹⁰　　남쪽 산에는 남은 구름이 없다.

豫章¹¹抗高門,　　유유가 높은 문을 세우니,

重華¹²固靈墳.　　순임금은 그저 신령한 무덤에 있네.

流淚抱中歎,　　눈물 흘리며 마음속으로 탄식하고,

傾耳聽司晨.¹³　　귀 기울이며 새벽닭 우는 소리를 듣는다.

神州¹⁴獻嘉粟,¹⁵　　나라 안에서 좋은 곡식이 바쳐지고,

5　환현(桓玄)이 간문제의 아들이자 승상이었던 사마도자(司馬道子)를 살해하고 유유가 안제와 공제를 시해하는 데에 모두 독주를 사용한 것을 암시한 것이다.

6　중리(重離) : 진(晉)을 세운 사마씨(司馬氏)는 전욱(顓頊)의 손자인 중려(重黎)의 후손인데, 같은 음의 '중리(重離)'로 바꾼 것이다. 이 구절은 사마씨가 건강에 다시 동진을 세운 것을 가리킨다.

7　동진 초기에 조적(祖逖), 왕도(王導), 도간 등 명신들이 활동한 것을 비유한다.

8　융풍(融風) : 북동풍, 즉 봄바람을 가리킨다.

9　소력(素礫) : 송(宋)을 따르는 무리들을 상징한다.

10　동진 왕조의 상서로운 기운이 사라진 것을 말한다.

11　예장(豫章) : 예장군공(豫章郡公)에 봉해진 유유를 가리킨다.

12　중화(重華) : 우임금에게 왕위를 선양한 순임금을 들어 유유에게 선양한 공제를 비유한 것이다.

13　사신(司晨) : 수탉이다.

14　신주(神州) : 중국을 가리키는 말인데 여기서는 국내를 가리킨다.

15　418년[동진 안제 의희 14년]에 공현(鞏縣) 사람이 상서로운 곡식을 바쳤는데 안제가 이 것을 유유에게 보냈다. 왕조의 교체를 상징한다.

西靈[16]爲我馴. 사령은 나[유유]를 위해 길들여졌다.

諸梁[17]董師旅, 심제량이 군대를 감독하게 되자,

羊勝喪其身. 양승이 그의 목숨 잃었다.

山陽[18]歸下國, 산양공이 작은 나라로 돌아갔어도,

成名猶不勤. (조비는) 천자라는 이름을 이루고서

오히려 (시해의 일을) 서두르지 않았다.

卜生[19]善斯牧, 복자하는 이 다스림을 잘했으니,

安樂[20]不爲君. 안락공은 임금 노릇하지 못하였지.

平王[21]去舊京, 평왕은 옛 서울을 떠났었고,

峽中納遺薰.[22] 산골에서는 쑥 연기를 피워 넣었다네.

雙陵甫云育,[23] 중원 지역이 비로소 살게 되었고,

三趾顯奇文.[24] 세 발 달린 새가 기이한 글을 드러내었다.

王子愛淸吹, 왕자 진(晉)은 생황 불기를 좋아하여,

---

16 서령(西靈) : 사령(四靈)의 잘못이다. 사령(四靈)은 기린[인(麟)], 봉황[봉(鳳)], 거북[구
(龜)], 용(龍)을 가리킨다.

17 제량(諸梁) : 초나라의 귀족인 심제량(沈諸梁)으로 초나라의 종실인 양승(羊勝)을 살해
하였다. 환현과 유유가 종실을 살해한 것을 비유한다.

18 산양(山陽) : 한말(漢末)의 헌제(獻帝)이다. 위(魏) 조비(曹丕)에 의해 폐위된 뒤에 산양공
(山陽公)에 봉해졌고 14년 후에 죽었다.

19 복생(卜生) : 조비의 스승인 복자하(卜子夏)로 조비를 잘 인도하여 천자가 되게 한 것을
가리킨다.

20 안락(安樂) : 삼국시대 촉한(蜀漢)의 후주(後主) 유선(劉禪)으로 위(魏)나라에 망한 뒤 안
락공(安樂公)에 봉해졌다.

21 평왕(平王) : 주(周) 제13대 황제로 부왕인 유왕(幽王)이 견융(犬戎)에게 피살되자 낙읍(洛
邑)으로 천도하였다. 안제가 환현에게 쫓겨 심양(潯陽)으로 일시 천도한 것을 비유한다.

日中翔河汾.	한낮에도 황하와 분하에서 노닐었지.
朱公[25]練九齒,[26]	도주공은 장수의 도를 수련하여,
閒居離世紛.	한가히 살며 세상의 어지러움을 떠났다.
峨峨西嶺[27]內,	높고 높은 서산 안에,
偃息常所親.	누워 쉬는 이들이 항상 친애하던 바이지.
天容自永固,	타고난 모습이 저절로 영원하고 굳으니,
彭殤[28]非等倫.	팽조・상자와는 같은 등급이 아니네.

◆

22 공제가 유유에 의해 억지로 제위에 오른 것을 비유한다. 『장자・양왕(莊子・讓王)』에, "월나라 사람들이 3대에 걸쳐 그들의 임금을 시해하자 왕자 수(搜)가 이를 근심하여 단혈로 도망가니 월나라에는 임금이 없었다. 왕자 수를 찾았으나 찾지 못하다가 단혈에 이르렀다. 왕자 수가 나오려 하지 않자 월나라 사람들은 쑥으로 연기를 피웠고 임금의 수레로 (그를) 태웠다. 왕자 수는 줄을 잡고 수레에 오르며 하늘을 우러러 탄식하였다. '임금이라니, 임금이라니. 어찌 나를 내버려둘 수 없는가'(越人三世弑其君, 王子搜患之, 逃乎丹穴. 而越國無君, 求王子搜不得, 從之丹穴. 王子搜不肯出, 越人薰之以艾, 乘以王興. 王子搜援綏登車, 仰天而呼曰, 君乎! 君乎! 獨不可以舍我乎)"라는 기록이 있다.

23 쌍릉은 관중과 낙양 일대를 가리키는 말로 이 구절은 유유가 후진(後秦)을 쳐서 중원을 수복한 것을 말한다.

24 당시에 "창명의 뒤에 두 황제가 있으리라(昌明之後, 有二帝)"라는 참언(讖言)이 있었던 것을 가리킨다. '창명(昌明)'은 효무제(孝武帝)의 자이고 '이제(二帝)'는 효무제의 두 아들인 안제와 공제를 가리킨다.

25 주공(朱公): 춘추시대 월나라 대부였던 범여(范蠡)로 월왕 구천을 도와 부차를 멸망시킨 뒤에 구천을 피해 송(宋)나라의 도(陶)라는 곳에 가서 도주공(陶朱公)이라 자처하고 장사를 하여 거부가 되었다고 한다.

26 구치(九齒): 장수를 의미한다.['구(九)'는 '구(久)'와 통한다.]

27 서령(西嶺): 백이와 숙제가 은거했던 서산(西山), 즉 수양산(首陽山)을 가리킨다.

28 팽상(彭殤): 팽조(彭祖)와 상자(殤子)를 가리킨다. 팽조는 전설상의 인물인 전갱(籛鏗)이다. 전욱(顓頊)의 손자로 하(夏)나라를 거쳐 은나라 말기까지 800년을 살았다고 한다. 상자는 20세 이전에 죽은 아이를 가리킨다. 백이・숙제의 지조는 상자는 말할 것도 없고 팽조도 비교되지 않는 영원성을 지니고 있음을 암시한 것이다.

유유가 공제를 시해하자 도연명은 형가(荊軻)처럼 의협을 발휘할 수도 없고 백이·숙제처럼 직접 비판할 수도 없는 처지에, 술에 의탁하여 동진의 몰락과 유유의 찬탈을 은유의 수법으로 개탄한 것이다.

생황 불기를 좋아하여 한낮에도 황하와 분하에서 노닐었던 왕자 진이나 장수의 도를 수련하며 세상의 어지러움을 떠났던 도주공처럼 세상 근심 잊고 신선을 추구하고 싶은 심정도 가져 보았다. 그러나 역시 절의를 위해 아사(餓死)했던 백이·숙제의 정신을 따를 것임을, "높고 높은 서산 안에, 누워 쉬는 이들이 항상 친애하던 바이지"라고 밝히고 있다. 시인의 내면에 자리 잡고 있는 강개한 마음과 굳센 지조를 보여 주는 시이다.

45
「아들들을 나무람(責子)」^{1수}

❖─해제

408년¹ 도연명의 나이 44세에 지은 시이다. 도연명은 30세에 첫 부인과 사별하였는데² 첫 부인이 장자 엄(儼)을 낳았고 2년 후 재취 부인인 적씨(翟氏)가 차자 사(俟)를 낳았으니 30세 바로 전인 29세에 장자를 얻었을 것이다. 시에서 "아서(阿舒)³는 벌써 열여섯이건만, 게으르기가 진실로 짝이 없다"라고 하여 장자인 엄이 16세라고 한 데에서 44세에 지은 것임을 알 수 있다.

白髮被兩鬢,	흰머리가 양 귀밑을 덮고,
肌膚不復實.	살결도 더 이상 실하지 못하다.
雖有五男兒,	비록 다섯 아들이 있지만,

◆───

1 동진 안제 의희(義熙) 4년이다.

2 「원가행 체의 초나라 곡조로 방주부와 등치중에게 보여줌(怨詩楚調示龐主簿鄧治中)」, "약관의 나이에 세상의 험난함 만났고, 서른 살에는 짝을 잃었다.(弱冠逢世阻, 始室喪其偏.)"

3 아서(阿舒): 장자 엄(儼)의 아명인 서(舒)에 접두사 아(阿)를 붙인 것이다. '아(阿)'는 이름이나 성 앞에 쓰여 친밀의 뜻을 나타낸다.

總不好紙筆.	모두 종이와 붓을 좋아하지 않는다.
阿舒已二八,	아서는 벌써 열여섯이건만,
懶惰故無匹.	게으르기가 진실로 짝이 없다.
阿宣行志學,[4]	아선은 장차 열다섯 살이 돼가는데,
而不愛文術.	글공부를 좋아하지 않는다.
雍端年十三,	옹과 단은 나이가 열셋인데,
不識六與七.	여섯과 일곱도 구분하지 못한다.
通子垂九齡,	통이란 놈은 아홉 살이 가까워지는데,
但覓梨與栗.	그저 배와 밤만 찾는다.
天運苟如此,	타고난 운명이 진실로 이와 같으니,
且進杯中物.	우선 술이나 들어야겠다.

❖ 감상

다섯 아들이 훌륭한 인재가 되기를 바라는 마음과 우려를 해학적으로 그려 내고 있다. 그러나 자식의 성취는 억지로 할 수 있는 것이 아님을 깨닫고 운명에 맡기리라는 달관적 자세로 마무리하고 있다. 마지막 연에서 말한 "타고난 운명이 진실로 이와 같으니, 우선 술이나 들어야겠다"라고 한 말은 바로 「몸과 그림자와 정신(形影神)」 3수 중의 「정신의 풀이(神釋)」에서 보인 "심한 염려는 우리의 삶을 해치니, 진정 자연의 운행에 맡겨 살아가야 하리(甚念傷吾生, 正宜委運去)"라는

◆ ────

4 '지학(志學)'은 '학문에 뜻을 둘 나이'라는 뜻에서 15세를 가리키니[『논어 · 위정(論語 · 爲政)』, "子曰, 吾十有五而志于學."], '행지학(行志學)'은 14세를 가리킨다.

다짐을 생활 속에 실천한 예라고 하겠다.

다섯 아들이 공부하기를 좋아하지 않음을 지적하면서도 "여섯과 일곱도 구분하지 못한다"거나 "그저 배와 밤만 찾는다"라고 읊은 데에서 도연명의 해학을 살필 수 있다.

46
「깨달음이 있어서 지음(有會而作)」1수 및 서문

❖─해제

426년¹ 도연명의 나이 62세에 지은 시이다. 만년의 곤궁을 서술하고
있는데, 단도제가 강주자사가 되어 도연명을 방문했을 때의 곤궁²과
연관이 있다. 노년에 이르기까지 기한(飢寒)을 벗어나지 못하는 형편
에 대한 한탄과 그럼에도 불구하고 곤궁에 굳센 절개를 지켜 나가리라
는 다짐을 보이고 있다.

❖─서문

舊穀旣沒, 新穀未登. 頗爲老農, 而値年災, 日月尙悠, 爲患未已. 登
歲之功, 旣不可希, 朝夕所資, 煙火裁通. 旬日已來, 始念飢乏. 歲云夕
矣, 慨然永懷. 今我不述, 後生何聞哉.

묵은 곡식은 벌써 없어졌고 새 곡식은 아직 거둬들이지 않았다. 꽤나

익숙한 농사꾼이 되었는데도 흉년을 만나니 세월은 아직 까마득하여 근심이 끊이지 않는다. 풍년의 성과는 이미 바랄 수 없고 조석거리로 밥하는 불이나 겨우 들어간다. 10여 일 이래로 굶주리고 부족한 것을 염려하기 시작하였다. 해가 저물어 가니 개탄하며 내내 생각에 잠긴다. 지금 내가 말하여 놓지 않으면 뒷사람들이 무엇을 듣겠는가.

弱年逢家乏,	젊어서 집안의 곤궁함을 만났는데,
老至更長飢.	노년에 이르러 더욱더 내내 굶주린다.
菽麥實所羨,	콩과 보리가 진실로 바라는 바니,
孰敢慕甘肥.	어찌 감히 맛있고 살진 것을 기대하리오.
愁如亞九飯,	배고픔은 삼순구식(三旬九食)에 버금가고,
當暑厭寒衣.	더운 철에도 겨울옷을 질리게 입는다.
歲月將欲暮,	세월이 장차 저물어 가는데,
如何辛苦悲.	어찌하여 고생스러움에 슬퍼하는가.
常善粥者心,	죽을 주던 이의 마음을 항상 좋게 여기며,
深恨蒙袂非.[3]	소매로 얼굴을 가린 자의 잘못이 심히 한스럽다.

◆———

3 『예기·단궁 하(禮記·檀弓下)』, "제나라에 크게 기근이 들자 검오(黔敖)가 길에서 음식을 만들어 굶주린 사람에게 먹였다. 한 굶주린 사람이 소매로 얼굴을 가린 채 신발을 끌고 비틀거리며 왔다. 검오가 왼손으로 음식을 들고 오른손으로 마실 것을 든 채, '저런! 와서 먹어라'라고 하자 눈을 치켜뜨고 바라보며, '나는 〈저런! 와서 먹어라〉라고 하는 [무례하게 대접하는] 음식을 먹지 않아서 이 지경이 되었소'라고 하였다. 뒤미처 사과하였지만 끝내 먹지 않고 죽었다.(齊大饑, 黔敖爲食於路, 以待餓者而食之. 有餓者蒙袂輯屨, 貿貿然來. 黔敖左奉食, 右執飮曰, 嗟. 來食. 揚其目而視之曰, 予唯不食嗟來之食, 以至於斯也. 從而謝焉, 終不食而死.)"

嗟來何足吝,	'저런! 와서 먹어라' 한 것이 어찌 그리 유감스 러워,
徒沒空自遺.	괜히 죽어 부질없이 자신을 버렸는가.
斯濫豈彼志,⁴	이 지나침이 어찌 그의 뜻이었겠나,
固窮夙所歸.	곤궁에 굳센 절개는 옛날부터 지향하던 바였다.
餒也已矣夫,	배고파도 그만이니,
在昔余多師.	옛사람 중에 나에게는 스승이 많다.

❖ 감상

젊어서 이후의 기한이 노경에 이르기까지 계속되니 탄식이 가슴에 가득하다. 시는 서문과 4구씩의 네 단락으로 구성되어 있는데, 서문과 첫째 단락, 둘째 단락에서는 젊어서부터 겪어 온 기한을 돌아보며 탄식하고 있다. 셋째 단락의 '소매로 얼굴을 가린 자[몽메자(蒙袂者)]'에 대한 비판은 두 가지 의미를 가지고 있다. 하나는 곤궁에 굳센 절개가 무엇인지를 잘못 알고 있는 무지에 대한 것이고, 다른 하나는 부질없는 죽음에 대한 비판이다. 공자는 작은 신의를 위해 목숨을 버리는 경솔함을 경계하였고⁵ 장자는 이익이나 명예 등을 위해 몸을 희생시키는

◆

4　『논어·위령공(論語·衛靈公)』, "군자는 곤궁에 굳세고, 소인은 곤궁하면 넘친다.(君子固 窮, 小人, 窮斯濫矣.)"

5　『논어·헌문(論語·憲問)』, "관중이 아니었다면 우리는 아마도 머리를 풀고 옷깃을 왼편 으로 하는 오랑캐가 되었을 것이다. 어찌 필부(匹夫)·필부(匹婦)들이 조그마한 신의를 위하여 스스로 목매어 죽은 채 도랑에서 굴러도 알아주는 이가 없는 것과 같이 하겠는 가.(微管仲, 吾其被髮左衽矣. 豈若匹夫匹婦之爲諒也, 自經於溝瀆而莫之知也.)"

어리석음을 비판하였다.[6]

　마지막 단락에서, 아무리 곤궁해도 '곤궁하면 넘치는' 소인의 지경에 이르지는 않겠다는 결의를 밝히면서 이러한 절개를 간직한 채 '곤궁을 초월했던' 옛사람들의 길을 따르리라는 각오를 서술하고 있다. 제목에서 언급한 깨달음은 바로 곤궁에 굳센 절개에 대한 깨달음이다.

6　『장자 · 병무(莊子 · 騈拇)』, "소인들은 이익에 몸을 바치고 선비는 명예에 몸을 바친다.(小人則以身殉利, 士則以身殉名.)"

47
「납제삿날(蠟日)」^{1수}

❖─ 해제

421년¹ 도연명의 나이 57세에 지은 시이다. 납제사[사(蠟)²]는 12월의
납일(臘日)에 여러 신에게 지내는 제사이다.

風雪送餘運,	눈보라가 남은 계절을 전송하지만,
無妨時已和.	무방하게 계절은 이미 온화해졌다.
梅柳夾門植,	매화와 버들이 문의 양쪽에 심어져 있는데,
一條有佳花.	가지 하나에 아름다운 꽃이 피어났다.
我唱爾言得,	내[유유]가 노래하니 너는 좋다고 말하는데,
酒中適何多.	술 속에 마침 어찌 그리 많은 것이 있는가.
未能明多少,	얼마나 많을지 알 수 없지만,

◆─────

1 송 무제(武帝) 영초(永初) 2년이다.
2 사(蠟) : 『예기 · 교특생(禮記 · 郊特生)』, "사(蠟)라는 것은 '찾는다'이다. 매해 12월에 만
   물의 신을 모으고 찾아서 제향하는 것이다. 납제사는 선색[농업의 신-신농씨(神農氏)]을
   위주로 하고 사색[곡식의 신-후직(后稷)]을 제사하며, 모든 곡식의 정령을 제사하여 선
   색과 사색의 은혜에 보답하는 것이다.(蠟也者索也, 歲十二月, 合聚萬物而索饗之也. 蠟之祭
   也, 主先嗇而祭司嗇也, 祭百種, 以報嗇也.)"

章山³有奇歌.⁴   상산에 특별한 노래가 있다네.

❖ 감상

왕조 교체의 시기에 더구나 세모를 만나게 되어 느끼는 비애를 드러
낸 시로,「술을 말함(述酒)」과 주제가 같으니 바로 공제 독살의 음모를
풍자한 것이다. 첫 연의 "눈보라가 남은 계절을 전송하지만, 무방하게
계절은 이미 온화해졌다"는 동진이 망하고 송이 선 것을 비유하는 것
으로 보인다. 제2연의 매화는 군자를, 버들은 소인을 상징하여 어려운
시절에 군자의 지조와 소인의 변심이 병존하는 상황을 나타낸 것이다.
제3연에서 시의 주제를 구체화하여 유유가 공제를 독살할 것을 모의
하자 추종자들이 부화뇌동하였고 마침내 시해한 일을 비유한다. 마지
막 연에서, 이런 불의의 세상에 처하여 상산사호처럼 세속을 벗어나고
싶은 바람으로 마무리하고 있다.

---

3 장산(章山) : 사호(四皓)가 진(秦)나라의 폭정을 피해 은거했던 상산(商山)이다.[왕숙민,
   앞의 책, p. 371.]
4 기가(奇歌) : 사호가 지은「사호가(四皓歌)」를 가리킨다. 121쪽 주 6 참조.

48
「고시를 본떠 지음(擬古)」^{9수}

❖─해제

421년¹ 도연명의 나이 57세에 지은 시이다. 제9수의 "장강 가에 뽕나무를 심고서, 3년이 되면 장차 뜯기를 기대했었지. 줄기와 가지들이 막무성해지려는데, 홀연 산과 물이 바뀌는 일을 만났다"라고 한 것으로 보아 418년 공제가 즉위한 뒤 3년이 지난 421년에 지은 연작시로 추정된다. 9수의 시는 대체로 이익을 좇아 변절하는 자들의 행태를 풍자하거나 절의를 지켰던 옛 선비들을 칭송하는 등 왕조 교체기의 감개가 주를 이룬다.

◆───

1 송 무제(武帝) 영초(永初) 2년이다.

「고시를 본떠 지음(擬古)」제1수

榮榮窓下蘭,	무성한 창 아래 난초요,
密密堂前柳.[1]	빽빽한 집 앞의 버들이로다.
初與君別時,	전에 그대와 헤어질 때에는,
不謂行當久.	떠남이 장차 오랠 것이라고 하지 않았지.
出門萬里客,	문을 나서 만 리를 가는 나그네가,
中道逢嘉友.[2]	중도에 좋은 친구를 만났네.
未言心相醉,	말도 하기 전에 마음으로 서로 취했는데,
不在接杯酒.[3]	한잔의 술을 같이 들어서가 아니었다.
蘭枯柳亦衰,	난초는 마르고 버들도 시들어,
遂令此言[4]負.	마침내 이 말을 저버리게 하였구나.
多謝諸少年,	간절하게 여러 젊은이들에게 이르노니,
相知不忠厚.	서로 알아주는 사이는 충후해야 하지 않겠는가.
意氣傾人命,	의기는 사람의 목숨도 바치게 하니,
離隔復何有.	떨어져 있다 해도 무슨 문제가 있겠는가.

1 서로 의기가 투합되었을 때의 빈번했던 교제를 비유한다.
2 믿었던 친구의 변절을 상징한다.
3 경솔한 교제를 풍자한 것이다.
4 차언(此言) : '떠남이 장차 오랠 것이라고 하지 않았던' 약속을 가리킨다.

평소에 교제하던 사람들이 새 왕조에 붙어 충후의 도리를 저버린 것을 질타하는 내용이다. 난초처럼 향기롭고 버들처럼 긴밀한 교제를 기대하였던 시인은 "난초는 마르고 버들도 시들어, 마침내 이 말을 저버리게" 한 친구의 변절에 상심하고 있다. 마지막 연에서 뜻이 통하면 거리에 관계없이 진지한 우정을 유지할 수 있음을 말하여 그렇지 못하고 쉽게 변절하는 경박한 세태를 풍자하고 있다.

「고시를 본떠 지음(擬古)」 제2수

辭家夙嚴駕,	집 떠나려고 이른 아침에 수레를 메우고,
當往志無終.	장차 가려는 곳은 무종산에 뜻을 두었다.
問君今何行,	그대는 지금 어디에 가려느냐고 묻는데,
非商復非戎.	상(商) 지역도 아니고 또한 융(戎) 지역도 아니네.
聞有田子泰,[1]	든건대 전자태라는 이가 있어,
節義爲士雄.	절의가 선비 중에 으뜸이었다고 하네.
斯人久已死,	그 사람 오래전에 이미 죽었으나,
鄕里習其風.	마을은 그의 유풍에 익숙하다네.
生有高世名,	살아서는 뛰어난 명성이 있었고,
旣沒傳無窮.	죽은 뒤에는 전해짐이 무궁하네.
不學狂馳子,	거칠게 내달리는 이들을 본받지 말지니,
直在百年中.	다만 인생 백 년 안에 달려 있는 것을.

❖ 감상

후한 말의 혼란기에 권신이 조정을 농락하자 전자태는 절의를 간직한 채 무종산에 은거했다. 왕조 교체기의 혼란 속에서 탐욕으로 분주한 사람들에게 전자태의 절의를 배울 것을 당부함으로써 현실을 풍자한 내용이다.

---

1 전자태(田子泰) : 후한 말엽 무종(無終) 출신의 전주(田疇)로 자가 자태(子泰)이다. 건안 연간에 유주목(幽州牧) 유우(劉虞)의 종사(從事)로 있으면서 절의를 다하였고 조조(曹操)를 따라 오환(烏桓)을 정벌한 공으로 의랑(議郎)에 제수되었다.

「고시를 본떠 지음(擬古)」 제3수

仲春遘時雨,	중춘에 제때의 비를 만나니,
始雷發東隅.	첫 우레가 동쪽 산모퉁이에서 일어난다.
衆蟄各潛駭,	뭇 벌레들 각기 동면하다 놀라고,
草木從橫舒.	초목은 종횡으로 벋어 간다.
翩翩新來燕,	훨훨 다시 돌아온 제비,
雙雙入我廬.	쌍쌍이 내 집으로 든다.
先巢故尙在,	예전의 둥지가 그대로 남아 있어,
相將還舊居.	서로 이끌며 옛 살던 데로 돌아온다.
自從分別來,	헤어지고 난 이후로,
門庭日荒蕪.	문 앞의 뜰은 날마다 거칠어 갔지.
我心固匪石,	내 마음은 본래 구르는 돌이 아니거늘,
君情定何如.	그대들의 심정은 진정 어떠한지.

❖ 감상

제비가 돌아와 옛 둥지를 찾듯이 자신도 변함없는 이치를 간직한 자연에서 그 이치를 따를 것을 다짐한 내용이다. 벌레들은 놀라 깨고 때 맞춰 내리는 비에 초목들이 무성해지는 봄이 되자 제비들이 돌아왔다. 제4구 "草木從橫舒"의 '서(舒)' 자가 중춘이 되어 초목들이 왕성하게 벋어 나가는 모습을 생동감 있게 그리고 있다. "헤어지고 난 이후로" 이하의 마지막 단락은 벼슬살이로 전원을 떠나 동서로 분주했던 과거를 회상하면서 이제는 절대 그런 일이 없을 것임을 옛 둥지로 돌아온 제비들에게 다짐한 것이다. 『시경』"에서 차용¹한 "내 마음은 본래 구르는 돌이 아니거늘"이라는 표현은 굴러서 옮겨 가는 돌이 아닌 것처럼, 자신의 지조를 바꿀 수 없다는 신념을 밝힌 것이다.

◆ ───

1 『시경 · 용풍 · 백주(詩經 · 鄘風 · 柏舟)』, "내 마음은 돌이 아니니, 구를 수 없다.(我心匪石, 不可轉也.)"

迢迢¹百尺樓,　　　드높은 백 척의 누대,

分明望四荒.²　　　분명하게 사방 끝까지 보인다.

暮作歸雲宅,　　　저녁에는 흘러가는 구름의 집이 되었고,

朝爲飛鳥堂.　　　아침에는 나는 새들의 거처가 되었구나.

山河滿目中,　　　산하는 눈 안에 가득하고,

平原獨茫茫.　　　평원은 유달리도 아득하다.

古時功名士,　　　옛날에 공명을 추구하던 이들이,

慷慨³爭此場.　　　강개하게 이 땅에서 다투었지.

一旦百歲⁴後,　　　어느 날 죽은 뒤에,

相與還北邙.⁵　　　함께 북망산으로 돌아갔지.

松柏爲人伐,　　　소나무와 측백나무는 사람들에게 베어지고,

高墳互低昂.　　　높은 무덤들은 서로 아래위로 자리하였구나.

頹基無遺主,　　　무너진 묘는 관리할 후손도 없으니,

游魂在何方.　　　떠도는 영혼은 어느 곳에 있는가.

榮華誠足貴,　　　부귀영화가 진실로 귀하다지만,

◆————

1　초초(迢迢) : 높은 모양이다.

2　사황(四荒) : 사방의 아주 먼 지역을 가리킨다.

3　강개(慷慨) : 기분이나 감정이 격앙된 상태이다.

4　백세(百歲) : 사람의 일생, 또는 죽음을 가리킨다.

5　북망(北邙) : 하남성(河南省) 낙양현(洛陽縣) 북동쪽에 있는 산 이름으로, 묘역을 가리킨다.

亦復可憐傷.　　역시 또한 가련하고 가슴 아픈 일이네.

❖─감상

사람들은 살아생전에 공명과 부귀를 추구하지만 결국은 죽어서 똑같이 땅속으로 들어간다. 전투가 치열했던 곳을 돌아보면서 허무한 인생에서 무상한 것을 좇다가 가버리는 인간의 어리석음을 안타까워한 내용이다.「만가시(挽歌詩)」제3수에서 "죽었는데 무엇을 말하겠는가, 몸을 의탁하여 산언덕과 하나가 되었으니(死去何所道, 託體同山阿)"라고 읊었듯이 부질없는 세속적 가치에 집착하지 말 것을 깨우치고 있다.

東方有一士,　　동쪽 지역에 한 선비가 있는데,

被服常不完.　　입은 옷이 항상 온전하지 못하다.

三旬九遇食,　　한 달에 아홉 번 밥을 먹고,

十年著一冠.　　10년에 갓 하나를 쓴다.

辛勤無此比,　　고생이 이에 비할 수가 없는데,

常有好容顔.　　항상 좋은 얼굴을 지니고 있다.

我欲觀其人,　　내가 그 사람을 만나고 싶어,

晨去越河關.　　새벽에 떠나서 강과 관문을 넘었다.

靑松夾路生,　　푸른 소나무가 길 양쪽으로 자라고,

白雲宿簷端.　　흰 구름은 처마 끝에 머문다.

知我故來意,　　내가 일부러 찾아온 뜻을 알고,

取琴爲我彈.　　거문고 가져다 나를 위해 탄다.

上絃驚別鶴,[1]　　앞 가락에서는 별학조로 놀라게 하더니,

下絃操孤鸞.[2]　　뒤 가락에서는 고란곡을 연주한다.

願留就君住,　　바라건대 머물러 그대의 거처에 있으면서,

從今至歲寒.　　지금부터 세한의 계절까지 지냈으면.

◆───

1　별학(別鶴) : 금곡(琴曲)의 이름인 별학조(別鶴操)로 부부의 이별을 노래한 것이다.

2　고란(孤鸞) : 금곡(琴曲)의 이름으로 짝을 잃은 난새를 노래한 것이다. 외로움과 고결함
　을 상징한다.

안빈낙도하는 은자를 방문하여 교유하면서 그 지조를 본받겠다는 내
용이다. 그 은자는 가난하기 짝이 없지만 가장 힘든 시절에도 푸르른
소나무와 같다. 그래서 항상 좋은 얼굴색을 지니고 있으며 뜻이 맞는
이를 만나면 거문고를 타 준다. 바로 도연명의 이상이자 또한 자신의
초상을 그린 것이다.

蒼蒼谷中樹,　　　짙푸른 계곡 속의 나무들,

冬夏常如茲.　　　겨울이나 여름이나 항상 이와 같다.

年年見霜雪,　　　해마다 서리와 눈을 만났으니,

誰謂不知時.　　　누가 때를 모른다고 하겠는가.

厭聞世上語,　　　세상 사람들 하는 말을 실컷 들었으니,

結友到臨淄.　　　"벗을 맺으려면 임치로 가야 한다.

稷下¹多談士,　　　직하에는 담론하는 선비가 많으니,

指²彼決吾疑.　　　그들에게 가서 내 의심을 해결하리라" 하였지.

裝束旣有日,　　　행장을 꾸린 지 이미 여러 날이 되었고,

已與家人辭.　　　벌써 집사람과 작별도 하였건만,

行行停出門,　　　가려고 문 나서다 멈추고,

還坐更自思.　　　다시 앉아 또 혼자서 생각한다.

不怨道里長,　　　길이 먼 것은 원망스럽지 않으나,

但畏人我欺.　　　다만 남들이 나를 속일까 두렵네.

萬一不合意,　　　만일 뜻이 맞지 않는다면,

永爲世笑嗤.　　　내내 세상 사람에게 비웃음 받을 텐데.

伊懷難具道,　　　이 심정을 자세히 말하기 어려워,

1　직하(稷下) : 전국시대 제(齊)의 도성인 임치(臨淄)의 직문(稷門) 부근 지역이다. 제(齊)
　위왕(威王), 선왕(宣王)이 학궁(學宮)을 지어 학파들의 활동이 성했다. 여기에서는 여산
　의 동림사를 비유한 것이다.

2　지(指) : '향하여 나아가다'의 뜻이다.

爲君作此詩.　　그대에게 이 시를 지어 주노라.

❖―감상

혜원(慧遠)이 여산(廬山)에서 결사(結社)를 하면서 도연명을 초빙하였
다. 당시에 승려들은 불교의 교리에 입각하여 생사의 문제 등을 토론
하였다. 도연명은 가려는 마음을 먹었다가 혹시 의견이 맞지 않아 자
신의 절개가 손상 받지 않을까 하는 염려를 드러내고 있다. 마지막 구
절의 "그대에게 이 시를 지어 주노라"의 '그대'는 결사에 참여한 사람
을 가리키는 것으로 보인다.

「고시를 본떠 지음(擬古)」 제7수

日暮天無雲,	날이 저물녘 하늘에는 구름 한 점 없는데,
春風扇微和.	봄바람은 미미한 온기를 불어준다.
佳人美淸夜,	아름다운 사람은 맑은 밤을 좋아하여,
達曙酣且歌.	새벽에 이르도록 술마시며 노래한다.
歌竟長太息,	노래가 끝나자 길게 탄식하는데,
持此感人多.	이 노래로 사람을 느끼게 하는 것이 많구나.
皎皎雲間月,	"교교한 구름 사이의 달이요,
灼灼葉中華.	빛나는 잎 사이의 꽃이로다.
豈無一時好,	어찌 한때의 좋음이야 없으리오만,
不久當如何.	오래가지 못하니 장차 어찌하겠는가."

❖ 감상

맑은 봄밤에 아름답게 피어 있는 꽃을 보고 인생의 무상함이 연상되어
탄식한 내용이다.

「고시를 본떠 지음(擬古)」제8수

少時壯且厲,	젊었을 때에는 굳세고 거칠어,
撫劍獨行遊.	칼 차고 혼자서 나돌아 다녔다.
誰言行遊近,	누가 돌아다닌 곳이 가깝다고 하리오,
張掖¹至幽州.²	장액에서 유주까지 갔었는데.
飢食首陽³薇,	배고프면 수양산의 고사리를 먹고,
渴飲易水⁴流.	목마르면 역수의 물을 마셨다.
不見相知人,	나를 알아줄 사람은 만나지 못하고,
惟見古時丘.	다만 옛날의 무덤만 보았다.
路邊兩高墳,	길가에 높이 솟은 두 개의 봉분은,
伯牙⁵與莊周.	백아와 장주의 것이었지.
此士難再得,	이런 선비들을 다시 만날 수 없으니,
吾行欲何求.	내 걸음이 무엇을 구하고자 함이었던가.

❖ **감상**

젊은 시절에 큰 뜻을 품고 공을 이루고자 하였으나 혼란한 세상을 만

---

1 장액(張掖) : 지금의 감숙성(甘肅省) 영창현(永昌縣) 지역이다.

2 유주(幽州) : 지금의 하북성(河北省)과 요녕성(遼寧省) 일대의 지역이다.

3 수양(首陽) : 산서성(山西省) 영제현(永濟縣) 남서쪽에 있다. 백이·숙제가 은거한 곳으로 유명하다.

4 역수(易水) : 하북성(河北省) 서부를 흐르는 강이다. 전국시대에 형가(荊軻)가 진왕(秦王)을 암살하려고 떠날 때 이곳에서 연태자(燕太子) 단(丹) 등과 작별하였다.

5 백아(伯牙) : 춘추시대 거문고 연주에 뛰어났던 사람이다.

나 백이·숙제의 절개와 형가의 의협이 더욱 높이 여겨지고 백아와 장자가 그리워질 뿐이다. 첫 4구에서는 호탕한 뜻을 지녔던 젊은 시절을 회고하고 있다. 다음 연의 '수양산의 고사리'나 '역수의 물'은 백이·숙제와 형가에 대한 흠모의 상징이다. 현실은 그러한 절의와 의협을 간직한 사람, 즉 자신을 알아줄 사람이 존재하지 않음을 백아와 장주를 예로 들어 암시한 것이다. 종자기(鍾子期)가 알아줌으로써 거문고를 연주했던 백아나,[6] 혜시(惠施)가 상대가 됨으로써 말에 의미가 있었던 장자[7]는 종자기와 혜시의 죽음으로 지기를 상실하였다.[8] 이 시에는 절의를 지켰던 옛사람들에 대한 칭송과 지기를 만날 수 없는 현실에 대한 실망이 교차해 있다.

◆———

6 『열자·탕문(列子·湯問)』, "백아는 거문고를 잘 탔고 종자기는 듣기를 잘 했다. 백아가 거문고를 타면서 뜻이 높은 산에 오르는 데에 있으면 종자기는 '훌륭하다. 드높아서 태산과 같구나'라 하였고, 뜻이 흐르는 물에 있으면 종자기는 '훌륭하다. 드넓어서 강하와 같구나'라고 하였으니, 백아가 생각하는 바를 종자기는 반드시 알았다.(伯牙善鼓琴, 鍾子期善聽. 伯牙鼓琴, 志在登高山, 鍾子期曰, 善哉. 峨峨兮若泰山. 志在流水, 鍾子期曰, 善哉. 洋洋兮若江河. 伯牙所念, 鍾子期必得之.)"

7 『장자·서무귀(莊子·徐无鬼)』, "혜자(惠子)가 죽은 뒤로 나는 상대로 삼을 이가 없어졌으니, 나는 함께 애기할 사람이 없게 되었구나.(自夫子之死也, 吾无以爲質矣, 吾无與言之矣.)"

8 『회남자·수무훈(淮南子·脩務訓)』, "종자기가 죽자 백아는 거문고 줄을 끊고 거문고를 부쉈으니 세상에 감상해 줄 이가 없음을 알았기 때문이다. 혜시가 죽자 장자는 말을 그쳤으니 세상에 말할 만한 사람이 없음을 알았기 때문이다.(鍾子期死, 而伯牙絶絃破琴, 知世莫賞也. 惠施死, 而莊子寢說言, 見世莫可爲語者也.)"

「고시를 본떠 지음(擬古)」제9수

種桑長江邊,	장강 가에 뽕나무를 심고서,
三年望當採.	3년이 되면 장차 뜯기를 기대했었지.
枝條始欲茂,	줄기와 가지들이 막 무성해지려는데,
忽値山河改.	홀연 산과 강이 바뀌는 일을 만났다.
柯葉自摧折,	가지와 잎은 자연 꺾였고,
根株浮滄海.	뿌리와 그루터기는 큰 바다로 떠내려갔다.
春蠶旣無食,	봄누에가 이미 먹을 것이 없어졌으니,
寒衣欲誰待.	겨울옷을 누구에게 기대하리오.
本不植高原,	본래 높은 언덕에 심지 않고서,
今日復何悔.	오늘 다시 무엇을 후회하겠는가.

❖ **감상**

왕조 교체의 사건을 주제로 하여 현실에 대한 절실한 관심을 드러낸 시이다. 동진이 망한 것을 뽕나무를 심는 일에 비유하여 그 비탄을 함축적으로 드러내고 있다. 418년 공제가 즉위했을 때 사람들은 새로운 기대를 하였으나 결국 유유에 의해 폐위되고 동진은 망하였으며 즉위 3년 만에 시해의 비극을 맞게 되었음을 은유의 수법으로 탄식한 내용이다.

하작(何焯)은 이 시를 설명하면서, 귀곡(鬼谷) 선생이 소진(蘇秦)과 장의(張儀)에게 보낸 편지를 소개하였는데 위 시를 이해하는 데 도움이 된다.[1]

두 사람은 혹시 황하 가의 나무를 보지 못했는가. 마부가 그 가지를 꺾고 풍랑이 그 뿌리를 씻어 댄다. 이 나무가 어찌 천지와 원수의 관계가 있어서 이겠는가. 자리 잡은 것이 그래서이다. 그대들은 숭산과 태산의 송백을 보았는가. 윗 가지는 푸른 구름을 뚫고 아래 가지는 깊은 땅속까지 이르며 천년 · 만 년토록 도끼에 베이는 재앙을 만나지 않는다. 어찌 천지와 골육의 관계가 있어서이겠는가. 자리 잡은 것이 그래서이다.(二君豈不見河邊之樹乎. 僕御折其枝, 風浪盪其根. 此木豈與天地有讐怨. 所居然也. 子見崇岱之松柏乎. 上枝干于靑雲, 下枝通于三泉, 千秋萬歲不逢斧斤之患. 豈與天地有骨肉. 所居然也.)

마지막 연에서는 반어법으로 개탄의 마음을 더욱 드러내고 있다. 이 시는 현실에 대한 역사적 판단과 평가를 내린 것으로, '한 폭의 진나라 멸망의 시사[一幅晋亡之詩史]'라고 일컬어지기도 하였다.[2]

◆────

1 도주(陶澍), 앞의 책 권4, p.6 참조.
2 등소군(鄧小軍)[『한위육조시감상사전(漢魏六朝詩鑑賞辭典)』(上海辭書出版社, 1992), p.577.]

49
「잡시(雜詩)」12수

❖─해제

잡시(雜詩) 12수는 여러 가지 잡다한 감회를 서술한 내용으로 같은 시
기에 지은 것이 아니다. 제1수에서 제8수까지는 50세에 지었고, 제9
수에서 제12수까지는 벼슬살이의 노고를 읊고 있는 내용으로 보아
36~37세경이나 40~41세경에 지은 것으로 추정된다.

「잡시(雜詩)」 제1수

人生無根蔕,[1]	인생이란 뿌리도 꼭지도 없어,
飄如陌上塵.	떠도는 것이 길 위의 먼지와 같다.
分散逐風轉,	흩어져 바람 따라 구르니,
此已非常身.	나는 이미 한결같은 몸이 아니다.
落地[2]爲兄弟,	땅에 떨어지면 형제가 되니,
何必骨肉親.	하필 골육의 친형제라야만 하리오.
得歡當作樂,	기쁜 일이 생기면 즐길 것이니,
斗酒聚比隣.	말술 준비해 이웃을 모아야지.
盛年不重來,	한창 나이는 거듭 오지 않고,
一日難再晨.	하루는 두 번 새벽되기 어렵다.
及時當勉勵,	제때에 미쳐서 힘써야 할 것이니,
歲月不待人.	세월은 사람을 기다리지 않는다네.

❖ 감상

영원하지 못할 몸을 타고난 사람으로서 즐거운 일은 열심히 즐기고 힘쓸 일은 열심히 노력할 것을 강조한 내용이다. 인생에 대한 무상감에서 즐거움을 추구하는 가운데에서도 성실함을 보이고 있다.

◆————

1 근체(根蔕) : 식물의 뿌리와 과일의 꼭지를 가리킨다.
2 낙지(落地) : 세상에 태어나는 것을 가리킨다.

白日淪西阿,	흰 해가 서산으로 지니,
素月出東嶺.	밝은 달이 동산에 떠오른다.
遙遙萬里輝,	아득한 만 리의 빛이요,
蕩蕩空中景.	드넓은 공중의 경치로다.
風來入房戶,	바람이 일어 방문으로 불어드니,
中夜枕席冷.	한밤중에 베개와 잠자리가 서늘하다.
氣變悟時易,	공기가 변하니 철이 바뀐 것을 깨닫겠고,
不眠知夕永.	잠들지 못하니 밤이 긴 것을 알겠다.
欲言無予和,	말하고 싶어도 나에게 맞춰 줄 이 없어,
揮杯勸孤影.	잔을 비우고 외로운 그림자에게 권한다.
日月擲人去,	세월은 사람을 버리고 가버리니,
有志不獲騁.	뜻을 가지고도 펼칠 수가 없구나.
念此懷悲悽,	이 일을 생각하니 마음속 서글퍼,
終曉不能靜.	새벽이 다하도록 평정을 얻지 못하네.

❖─**감상**

뜻이 있어도 펴지 못한 채 세월은 가는 안타까운 심정을 묘사하고 있다. "공기가 변하니 철이 바뀐 것을 깨닫겠"다는 표현은 「도화원시(桃花源詩)」에서 "비록 달력의 기록은 없지만, 네 계절이 저절로 한 해를 이루어 간다(雖無紀曆誌, 四時自成歲)"라고 한 의미를 한 구절로 요약한 듯하다. 당경(唐庚)이, "당인(唐人)의 시에, '산승(山僧)은 갑자(甲子)를

따질 줄 모르지만, 나뭇잎 하나 지자 세상이 가을 되었음을 안다'라고
하였는데, 도연명의 시에서, '비록 달력의 기록은 없지만, 네 계절이
저절로 한 해를 이루어 간다'라고 읊은 구절을 보고서 문득 당인의 힘
낭비가 이러함을 깨닫게 되었다"[1]라고 하여 도연명이 함축적 표현에
뛰어났음을 지적하였는데, 이 구절은 더욱 간략하면서도 함축적이라
고 하겠다.

---

1 "唐人有詩云, 山僧不解數甲子, 一葉落知天下秋. 及觀淵明詩云, 雖無紀曆誌, 四時
   自成歲. 便覺唐人費力如此."[『당자서문록(唐子西文錄)』, 도주(陶澍), 앞의 책 권6, p.3
   재인용.]

榮華難久居,	영화는 오래 누리기 어렵고,
盛衰不可量.	성쇠는 헤아릴 수 없다.
昔爲三春蕖,	전에는 춘삼월의 연꽃이더니,
今作秋蓮房.	지금은 가을의 연방이 되었구나.
嚴霜結野草,	된서리가 들풀에 맺히니,
枯悴未遽央.	마르고 시든 채 다 죽지는 않았구나.
日月有環周,	해와 달은 돌고 도는데,
我去不再陽.¹	나는 가버리면 다시 살아나지 못하네.
眷眷往昔時,	지난 시절을 그리워하며,
憶此斷人腸.	이 일을 생각하니 사람의 애가 끊긴다.

❖ 감상

계절에 따른 자연의 변화를 보면서 인생에 대한 무상감을 느낀 내용
이다. 죽으면 그만인 인간의 한계를 어찌할 수 없음을 가슴 아파하고
있다.

◆────────

1 재양(再陽): 『장자·제물론(莊子·齊物論)』, "죽음에 가까워지는 마음은 다시 살릴 수 없
   다.(近死之心, 莫使復陽也.)"

丈夫志四海,　　대장부들은 천하에 뜻을 두지만,

我願不知老.　　나의 바람은 늙어 감을 모르는 것이다.

親戚共一處,　　친척들이 한곳에 같이 살고,

子孫還相保.　　자손들이 또한 서로 보살펴 준다.

觴絃肆朝日,　　술잔과 거문고는 아침부터 벌려 있고,

罇中酒不燥.　　항아리 속에는 술이 마르지 않는다.

緩帶盡歡娛,　　허리띠 늦추고 즐거움을 다하며,

起晚眠常早.　　느지막이 일어나고 잠은 항상 일찍 잔다.

孰若當世士,　　누가 요즈음 선비들처럼,

冰炭[1]滿懷抱.　　갈등이 마음속에 가득하리오.

百年[2]歸丘壟,　　죽으면 무덤으로 돌아가는데,

用此空名道.　　이렇게 빈이름에 이끌리다니.

❖ 감상

가족 간에 화목하고 즐거움을 누리는 생활에서 세속의 명예는 뜬구름과 같다. 짧은 인생에서 부질없는 명성에 끌려 마음 가득 갈등을 안은 채 살아가지 말 것을 당부한 내용이다. 장자(莊子)가 명예를 위하여 본성을 해치고 몸을 희생시키는 사람들에 대해 가한 비평과 같은 맥

◆
1　빙탄(氷炭) : 상반되어 서로 용납되지 않는 관계를 비유한다.
2　백년(百年) : 사람의 수명이 크게 백 년(百年)이라는 의미에서 사람의 평생, 또는 죽음을 가리킨다.

락이다.[3]

　제2구의 "나의 바람은 늙어 감을 모르는 것"이라는 말은 늙지 않기를 바란다기보다는 늙음을 의식하여 초조해하거나 탄식하는 일 없고자 하는 뜻으로 이해된다. 공자가 일컬은, "(몰라서) 분통해하면 먹는 것도 잊고 (알게 되면) 즐거워하여 근심을 잊어, 늙음이 장차 이르는 줄도 모른다"[4]는 경지이다. "술잔과 거문고는 아침부터 벌려 있고, 항아리 속에는 술이 마르지 않는다. 허리띠 늦추고 즐거움을 다하며, 느지막이 일어나고 잠은 항상 일찍 잔다"는 표현은 전원에서의 구속 없는 자유스러움을 묘사한 것으로, 상관의 행차에 띠를 묶고 뵈어야 하는 벼슬길의 속박[5]과 대비된다.

◆───────

3　『장자 · 병무(莊子 · 騈拇)』, "소인들은 이익에 몸을 바치고 선비는 명예에 몸을 바치며, 대부는 가문에 몸을 바치고 성인은 천하에 몸을 바친다. 그러므로 이들은 한 일도 다르고 명성도 다르지만, 그들이 본성을 해치고 몸을 바친 점에서는 마찬가지이다.(小人則以身殉利, 士則以身殉名, 大夫則以身殉家, 聖人則以身殉天下, 故此數子者, 事業不同, 名聲異號, 其於傷性以身爲殉, 一也.)"

4　『논어 · 술이(論語 · 述而)』, "發憤忘食, 樂以忘憂, 不知老之將至云爾."

5　183쪽 주 2 참조.

憶我少壯時,	나의 젊은 시절을 생각해 보니,
無樂自欣豫.	즐거운 일이 없어도 저절로 기뻤다.
猛志逸四海,	웅대한 뜻은 온세상으로 치달려,
騫翮思遠翥.	날개를 펼치고 멀리 날 것을 생각했다.
荏苒¹歲月頹,	점점 세월이 흐르면서,
此心稍已去.	이 마음도 조금씩 사라져 버렸다.
値歡無復娛,	기쁜 일 만나도 더이상 즐거움 없고,
每每多憂慮.	언제나 근심 걱정만 많다.
氣力漸衰損,	기력은 점점 약해지고 줄어들어,
轉覺日不如.	갈수록 하루가 다른 것을 느끼겠다.
壑舟無須臾,	골짜기의 배[변화]는 잠시도 멈추지 않고,
引我不得住.	나를 끌고 가니 머무를 수가 없다.
前途當幾許.	앞길이 장차 얼마나 될 것인가.
未知止泊處.	멈추어 정박할 곳을 알지 못하겠다.
古人惜寸陰,	옛사람들은 한 치의 시간도 아꼈는데,
念此使人懼.	이를 생각하니 사람을 두렵게 하는구나.

❖ **감상**

이 시는 도연명이 50세에 지은 것으로 추정되는데, 웅대한 뜻을 지니고

◆ ──────

1 임염(荏苒) : 세월이 쉽게 흘러감을 형용한다. 또는 허송세월하는 모습이다.

큰 계획을 이루고자 하였던 젊은 시절의 포부를 회상하고 있다. 이러한 포부가 다섯 차례나 벼슬길에 나섰던 원인이었다. '학주(壑舟)'는 장자(莊子)에 나오는 비유이다. 골짜기에 숨겨둔 배처럼 단단히 감추어둔 물건도 도둑을 맞는 것처럼 깨닫지 못하는 사이에 일어나는 변화를 비유한다.

배를 골짜기에 감추고 어망을 못에 숨기고서 견고하다고 한다. 그러나 한밤중에 힘 있는 자가 둘러매고 달아나도 어리석은 자들은 모른다.(夫藏舟於壑, 藏山²於澤, 謂之固矣. 然而夜半有力者, 負之而走, 昧者不知也.)

힘 있는 자[유력자(有力者)]는 자연이며 도이니 변화의 주체이다. 변화의 힘을 거스를 자가 없는데 어리석은 자들은 견고하여 그대로 일 것이라고 믿는다. 도연명은 이를 깨달았기 때문에 변화에 따르고자 하였지만 세월이 흘렀고 기력도 쇠해 가니 인생에 대한 무상감을 느끼기도 한다. 그러나 다시 자포자기하지 않고 성실한 삶을 유지할 것을 생각한다. 이러한 태도는 도연명의 증조부인 도간으로부터 전해진 가풍일 수도 있다. 도간은 동진 초기에 형주(荊州), 상주(湘州) 등의 도독을 역임하였고, 소준(蘇俊)의 난을 평정한 공으로 장사군공에 봉해졌다. 그는 안일을 경계하고자 매일 100장의 벽돌을 날랐다고 한다.³ 또 "우임금은 성인인데도 촌음을 아꼈으니 보통 사람의 경우에는 분음을 아껴야 한다"⁴라고 한 말 등이 전해진다.

◆ ────

2 산(山) : '산(汕)'과와 통하여, '어망'을 가리킨다.

3 도간운벽(陶侃運甓)의 고사이다.[『진서 · 도간전(晉書 · 陶侃傳)』]

4 『진서 · 도간전(晉書 · 陶侃傳)』, "大禹聖者, 乃惜寸陰, 至於衆人, 當惜分陰."

昔聞長者言,	옛날에 어른들의 말씀을 들을 때는,
掩耳每不喜.	귀 막으며 항상 좋아하지 않았다.
奈何五十年,	어찌하여 50이 되어,
忽已親此事.	홀연히 벌써 이 일을 직접 겪게 되었는가.
求我盛年歡,	나의 한창때 즐거움을 구하려 해도,
一毫無復意.	조금도 다시는 그런 뜻이 없구나.
去去轉欲速,	세월은 갈수록 더욱 빨라지려 하니,
此生豈再値.	이 삶을 어찌 다시 만나겠는가.
傾家時作樂,	가산을 기울여 때때로 즐기며,
竟此歲月駛.	이 빠른 세월을 마치리라.
有子不留金,	자식이 있어도 돈을 남겨 주지 않는데,
何用身後置.	어찌 죽은 뒤를 위해 남길 것인가.

❖ 감상

몸이 늙어 공을 이루는 일은 이미 불가능하니 여생이나마 즐겁게 지내고자 하는 바람을 드러내고 있다. 이 시는 소광(疎廣)의 고사를 인용하여 자신의 뜻을 편 것이다. 소광이 태자의 스승에서 물러나면서 황제와 태자로부터 하사받은 돈을 계속 잔치하는 데에 쓰자 자손을 위해 남겨 줄 것을 권하는 사람이 있었다. 이에 소광은 "(자식이) 현명한데 재물이 많으면 그 의지를 손상시키고 어리석은데 재물이 많으면 그 잘못을 가중시킨다. 또 부자는 사람들이 원망하는 대상이다. 내가 과거에

자손들을 잘 가르치지 못했지만 그 잘못을 가중시켜 원망을 만들어주
고 싶지는 않다"¹고 하였다고 한다.

1 『한서·소광전(漢書·疏廣傳)』, "賢而多財, 則損其志, 愚而多財, 則益其過. 且夫富者,
   衆人之怨也. 吾既亡以教化子孫, 不欲益其過而生怨."

「잡시(雜詩)」제7수

日月不肯遲,	해와 달은 천천히 가려 하지 않고,
四時相催迫.	네 계절은 서로 재촉하며 다그친다.
寒風拂枯條,	찬바람이 마른 가지에 스치니,
落葉掩長陌.	낙엽이 긴 밭길을 덮는구나.
弱質與運頽,	약한 체질이 세월과 더불어 늙어버려,
玄鬢早已白.	까맣던 귀밑머리가 일찌감치 벌써 희어졌다.
素標¹挿人頭,	백발이 사람의 머리에 꽂히니,
前塗漸就窄.	앞길은 점차 좁아져 간다.
家爲逆旅舍,	집은 잠시 머물던 여관이요,
我如當去客.	나는 장차 떠나려는 나그네 같구나.
去去欲何之,	떠나서 어디로 가려는가,
南山有舊宅.	남산에 옛집이 있다네.

❖─감상

세월 가면 사람은 늙고 죽게 되니, 내가 사는 집은 잠시 머무는 여관이고 나는 잠깐 들른 객이다. 남산에 있는 '옛집'은 바로 자연을 가리킨다. 태어나기 전의 자연 상태로 다시 돌아간다는 의미이다. 「자제문(自祭文)」에서 "나 연명은 장차 잠시 머물던 여관을 떠나, 영원히 본집으로 돌아간다(陶子將辭逆旅之館, 永歸於本宅)"라고 했던 '본택(本宅)'이 그

---

1 소표(素標) : '흰 표식'이라는 뜻에서, 백발을 의미한다.

것이다.

　"집은 잠시 머물던 여관이요, 나는 장차 떠나려는 나그네 같구나"
라는 말은 당대(唐代)에 이백이 「춘야연도리원서(春夜宴桃李園序)」에서,
"천지라는 것은 만물의 여관이고, (우리가 사는 동안의) 세월이라는 것은
영원 가운데 잠시 지나는 나그네이다(夫天地者, 萬物之逆旅, 光陰者, 百代
之過客)"라고 읊은 명구의 선하가 된다.

「잡시(雜詩)」제8수

代耕¹本非望,　　벼슬살이는 본디 바라던 것이 아니고,

所業在田桑.　　일삼는 것은 농사와 누에치기에 있다.

躬親未曾替,　　직접 하면서 그만둔 적 없는데,

寒餒常糟糠.　　춥고 굶주려 늘 지게미와 겨를 먹는다.

豈期過滿腹,²　　어찌 배 채우는 것 이상을 바라리오.

但願飽粳糧.　　그저 멥쌀밥이라도 배불리 먹었으면.

御冬足大布,　　겨울을 나는 데 거친 무명이면 족하고,

麤絺以應陽.　　굵은 갈포로 여름의 태양을 맞으리.

正爾不能得,　　바로 이것도 얻지 못하니,

哀哉亦可傷.　　슬프다! 또한 가슴 아픈 일이네.

人皆盡獲宜,　　남들은 모두 다 잘 해내는데,

拙生失其方.　　삶에 서툴러 그 방법을 잃었다.

理也可奈何,　　상리(常理)이니 어쩔 수 있나,

且爲陶一觴.　　우선 한잔 술이나 즐길 것이다.

---

1 대경(代耕) : 경작을 대신한다는 뜻에서 벼슬살이를 가리킨다.[『예기 · 왕제(禮記 · 王制)』,
"제후의 하사는 상농부에 준하므로 녹봉은 상농부의 경작에 대신할 만하다.(諸侯之下士, 視
上農夫, 祿足以代其耕也.)"]

2 만복(滿腹) : 『장자 · 소요유(莊子 · 逍遙遊)』, "두더지가 황하의 물을 마셔도 배를 채우는
데에 지나지 않는다.(偃鼠飮河, 不過滿腹.)"

도연명이 직접 농사지은 것이 구두선이 아닌 생활의 절실한 방편이었음을 이 시에서 잘 보여주고 있다. 농사짓는 것을 천직으로 여기고 부지런히 농사를 지었으나 추위와 배고픔을 벗어날 길이 없으니 자조와 탄식이 저절로 나온다. 장자적 초월[3]을 말하면서도 암담한 현실로 인한 소극적이고 체념적 정서를 보이고 있다.

---

3 『장자 · 인간세(莊子 · 人間世)』, "그것이 어쩔 수 없음을 깨닫고 편안히 여기기를 운명처럼 하니 지극한 덕이다.(知其不可奈何而安之若命, 德之至也.)"

「잡시(雜詩)」제9수

遙遙從羈役,	멀리멀리 얽매인 일에 따르다 보니,
一心處兩端.	한 마음이 두 갈래로 나뉜다.
掩淚汎東逝,	눈물 가린 채 배를 타고 동으로 가며,
順流追時遷.	물결 따라 시간 변해 가는 것을 좇는다.
日沒星¹與昴,	해가 삼성과 묘성의 자리인 서쪽으로 지면서,
勢翳西山巔.	모습이 서산마루로 사라진다.
蕭條隔天涯,	적막하게 하늘 끝에 막혀 있어,
惆悵念常飡.	쓸쓸히 평소 먹던 밥을 생각한다.
慷慨思南歸,	강개하여 남쪽으로 돌아갈 것 생각하나,
路遐無由緣.	길이 멀어 따를 방법이 없구나.
關梁難虧替,	관문과 다리 지나는 일 그만둘 수 없으니,
絶音寄斯篇.	끊긴 소식을 이 시편에 부친다.

❖ 감상

41세에 귀거래 하기 전에 하급 관료로 사방을 돌아다니면서 그 감회를 읊은 시이다. 일 때문에 객지로 떠도는 고통과 귀거래의 바람 사이에서 느끼는 갈등을 표현하고 있다. 고향 생각, 가족 생각이 절실하다.

◆━━━━

1 성(星) : 삼(參)의 오류이다. 삼성(參星)은 서방 칠수(七宿) 가운데 하나이다.[왕숙민, 앞의 책, p.427.]

閒居執蕩志,	한가히 살면서도 호탕한 뜻을 지녔으니,
時駛不可稽.	세월이 빨라 머물러 있을 수 없었다.
驅役無停息,	일에 쫓겨서 멈춰 쉴 수 없으니,
軒裳逝東崖.	수레 타고 관복 입고 동쪽 끝까지 갔다.
沈陰擬薰麝,	날이 음산하여 사향불 피우려는데,
寒氣激我懷.	차가운 기운이 내 가슴에 부딪친다.
歲月有常御,	세월은 항상 몰고 가는 것이 있어,
我來淹已彌.	내가 온 지 어느덧 꽤나 되었구나.
慷慨憶綢繆,[1]	강개한 마음에 집사람이 생각나니,
此情久已離.	이 정도 오랫동안 떠나 있었구나.
荏苒經十載,	그럭저럭 10년을 지내면서,
暫爲人所羈.	잠시 남에게 얽매여 있었구나.
庭宇翳餘木,	집안이 많은 나무로 뒤덮였을 텐데,
倏忽日月虧.	잠깐 사이에 세월은 사라져 갔구나.

❖ **감상**

이 시도 앞의 제9수와 마찬가지로 귀거래 하기 전 하급 관료로 사방을
돌아다니면서 그 감회를 읊은 시로 귀거래의 바람이 행간에 배어 있
다. 이때 벼슬에 나선 의도는 가난 때문이라기보다 공을 이루고자 하

1 　주무(綢繆) : 정의(情誼)가 간절하다는 뜻에서 부부를 가리키는 말로 쓰였다.

는 포부에서 비롯된 것임을, "한가히 살면서도 호탕한 뜻을 지녔으니, 세월이 빨라 머물러 있을 수 없었다"라고 한 데에서 확인할 수 있다. 세월은 빠르고 나이는 40을 넘어가니 무언가를 해야 되겠다는 초조감에 나섰지만 하급 관리로 일에 쫓기면서 동쪽 끝까지 다녀야 하는 수고에 회의가 일기도 한다. 이런 형편에서 객지로 나도는 10여 년의 관리 생활에 대한 반성과 부인 생각, 고향 생각을 하게 된 것이다. 마지막 연은 바로 「귀거래혜사(歸去來兮辭)」에서 읊은 "전원이 장차 황폐해지려 하는데 어찌 아니 돌아가겠는가" 하는 바로 그 심정이다.

이 시는 팽택령을 마지막으로 하여 귀거래를 결단하게 된 직접적인 배경이 되는 시이다.

我行未云遠,	내가 떠난 것이 멀지도 않은데,
回顧慘風涼.	돌아보니 매서운 바람이 싸늘하구나.
春燕應節起,	봄 제비는 절기를 따라 움직이며,
高飛拂塵梁.	높이 날아 먼지 앉은 들보를 스친다.
邊雁悲無所,	변방의 기러기는 머물 곳 없음을 슬퍼하며,
代謝歸北鄉.	밀려나 북쪽 고향으로 돌아간다.
離鵾鳴清池,	무리를 벗어난 황새는 맑은 못에서 우는데,
涉暑經秋霜.	더위를 지내고 가을 서리를 겪겠지.
愁人難爲辭,	시름 어린 사람은 말로 나타내기 어려운데,
遙遙春夜長.	아득히 봄밤은 길기만 하구나.

❖ 감상

객지에서 계절의 변화와 그 변화에 따르는 자연 현상을 보면서 마음과 상황의 불일치에서 오는 시름을 어쩔 수 없어 하는 내용이다. 제1연은 멀리 가지도 않아 귀거래를 생각하는 이유는 세태가 순조롭지 못한 때문임을 비유한 것으로 보인다. 제2연은 자신이 나서서 벼슬하게 된 상황을, 제3연은 세태에 적응하지 못하여 귀거래 할 수밖에 없는 현실을, 제4연은 자신을 알아줄 지기를 만나지 못하고 갖은 고생을 하는 자신의 처지를 상징한다고 볼 수 있겠다. 따라서 그런저런 시름 때문에 잠을 들 수 없으니 밤이 길기만 한 것이다.

마지막 연의 "시름 어린 사람은 말로 나타내기 어려운데"는 수심이 있는 자신에게는 지금 어떤 말도 그 수심을 드러낼 만한 표현이 되기 어렵다는 의미이다. 「고시십구수(古詩十九首)」에서, "초겨울에 찬 기운이 이르니 북풍은 어찌 그리 매서운가. 수심이 많아지자 밤이 긴 것을 알겠으니 머리 들어 뭇별들이 펼쳐져 있는 것을 본다(孟冬寒氣至, 北風何慘栗. 愁多知夜長, 仰觀衆星列)"라고 한 의경(意境)을 빌려서 자신의 심사를 드러낸 것으로 보인다.

「잡시(雜詩)」제12수

嫋嫋[1]松標崖,	곱고 예쁜 소나무가 벼랑에 서 있는데,
婉孌[2]柔童子.	연약한 모습이 어린 동자 같구나.
年始三五間,	햇수로 겨우 3년에서 5년 사이이니,
喬柯何可倚.	높은 가지에 어떻게 기댈 수 있으리오.
養色含精氣,	외양을 가꾸고 정기를 머금으면,
粲然有心理.	찬란하게 속의 결을 갖추리라.

❖ 감상

주제에 관하여 이견이 많은 시이다. 양생(養生)을 말한 것, 어린 자식에 대한 기대를 읊은 것, 유선(遊仙)의 내용, 심지어는 다른 사람의 작품이 잘못 들어간 것이라는 등의 설이 있다.

어쨌든 시의 내용은 어린 소나무를 보고 장차 갖추게 될 기상과 결을 기대하며 자신의 뜻을 부친 것이라고 하겠다. 나이 먹은 사람으로서 새로운 세대, 또는 새로운 세상에 대한 기대를 비유한 것으로 보인다.

◆ ———

1 뇨뇨(嫋嫋) : 날씬하고 아름다운 모양이다.
2 완련(婉孌) : 유순하고 아름다운 모양이다.

50

「가난한 선비를 노래함(詠貧士)」7수

❖─해제

420년[1] 도연명의 나이 56세에 지은 시이다. 제1수의, "아침노을이 밤 안개 걷어 내니, 뭇 새들이 서로 어울려 난다"는 표현은 왕조가 바뀌자 뭇사람들이 새 왕조에 붙는 것을 암시한 것으로, 이 시가 동진에서 송으로 교체된 직후에 지은 것임을 알 수 있다. 또 제2수의 "싸늘하고 매섭게 해가 저물었는데, 베옷 걸치고 난간 앞에서 햇볕을 쬔다"라는 표현에서 세모에 지은 것을 알 수 있다. 송 왕조가 들어선 것이 420년 6월이니 이 시는 그 해 겨울에 지은 연작시로 추정된다.

일곱 수 모두 현실에서 자신과 같은 절개를 지닌 이를 찾을 수 없어 옛날의 가난한 선비들을 기리며 벗하고자 하는 생각을 읊은 것이다. 도연명은 이런 사람들과 '위로 벗[상우(尙友)]'함으로써 외로움을 달래고 또한 자신의 절개를 유지할 수 있었다.

◆───

1 동진 공제 원희(元熙) 2년, 송 무제(武帝) 영초(永初) 원년이다.

「가난한 선비를 노래함(詠貧士)」제1수

萬族各有託,	만물은 각기 의탁할 곳 있는데,
孤雲獨無依.	외로운 구름은 홀로 의지할 곳이 없구나.
曖曖空中滅,	희미하게 공중에서 사라지리니,
何時見餘暉.	어느 때 남겨진 빛을 보겠는가.
朝霞開宿霧,	아침노을이 밤안개 걷어 내니,
衆鳥相與飛.	뭇 새들이 서로 어울려 난다.
遲遲出林翩,	느지막이 숲을 나왔던 새는,
未夕復來歸.	저녁도 되기 전에 다시 돌아왔다.
量力守故轍,	힘을 헤아려 옛길을 지켜 가니,
豈不寒與飢.	어찌 춥고 배고프지 않으리오.
知音苟不存,	날 알아줄 이 진실로 존재하지 않으니,
已矣何所悲.	그만이로다. 무엇을 슬퍼하리오.

❖─감상

제1수는 일곱 수의 서문이 되는 시로 기한(飢寒)에 꿋꿋했던 옛날의 가난한 선비들을 사고와 행동의 모범으로 삼고자 하는 의도를 밝힌 것이다. 자신을 구름에 비유하면서 시작한 내용은, 벼슬에 나선 지 얼마되지 않아 귀거래 하여 기한을 감수하며 옛 도를 지켜 나가리라는 것으로 끝난다. 제3연의 "아침노을이 밤안개를 걷어 내니, 뭇 새들이 서로 어울려 난다"라고 읊은 것은 새로 들어선 왕조에 붙은 사람들을 풍자한 것이다. 제4연에서는 이러한 세태에 동조할 수 없는 자신을 저녁도 되기 전에 돌아온 새에 비유하였다. 제5연의 "힘을 헤아려 옛길을 지켜 가니, 어찌 춥고 배고프지 않으리오"는 추위와 배고픔에도 변함없이 옛 도를 지켜 가겠다는 다짐이다. 마지막 연의 "날 알아줄 이 진실로 존재하지 않으니, 그만이로다. 무엇을 슬퍼하리오"는 현실에 지기가 존재하지 않는다는 탄식이자, 뒤에 읊는 빈사(貧士)들이 시대를 초월한 지기라는 암시이다. 즉 현실에서 알아줄 이를 만날 수 없으니 가난했던 옛날의 은사들을 벗할 것이라는 의미이다.

「가난한 선비를 노래함(詠貧士)」 제2수

凄厲歲云暮,	싸늘하고 매섭게 해가 저물었는데,
擁褐曝前軒.	베옷 걸치고 난간 앞에서 햇볕을 쬔다.
南圃無遺秀,	남쪽 밭에는 남겨진 이삭도 없고,
枯條盈北園.	마른 나무 가지만 북쪽 정원에 가득하다.
傾壺絶餘瀝,¹	술병을 기울이니 남은 술이 없고,
闚竈不見煙.	부엌을 들여다보니 연기가 안 보인다.
詩書塞座外,	『시경』과 『서경』이 자리 옆을 채웠으나,
日昃不遑研.	해가 기울어도 겨를을 내어 연구하지 않는다.
閒居非陳厄,	한가로운 삶이라 진(陳)나라에서의 곤궁도 아닌데,
竊有慍見言.²	나름대로 화나서 하는 말이 있다.
何以慰吾懷,	무엇으로 내 마음을 달랠 것인가,
賴古多此賢.	다행히 옛날에 그런 현자가 많았다네.

◆———

1 력(瀝) : 술, 특히 맑은 술을 가리킨다. 『광아·석기(廣雅·釋器)』, "瀝, 酒也."

2 『논어(論語)』에서 인용한 말로, 부인의 잔소리를 비유한다.[『논어·위령공(論語·衛靈公)』, "진나라에서 양식이 떨어지니, 따르는 자들이 병들어 일어나지 못하였다. 자로가 화나서 (공자를) 뵙고 말하기를, '군자도 궁할 때가 있습니까?'라고 하자 공자가 말씀하기를, '군자는 본디 궁하니, 소인은 궁하면 넘친다'라고 하였다.(在陳絶糧, 從者病, 莫能興. 子路慍見曰, 君子, 亦有窮乎? 子曰, 君子固窮, 小人, 窮斯濫矣.)"]

❖ **감상**

한겨울에도 여름옷을 걸치고 햇볕을 쬐는 가난 속에 저녁거리조차 떨어졌으니 부인의 잔소리도 당연하다. 그러나 어찌할 수 없는 현실에서 옛날 은자들의 행적을 통하여 위안을 받고자 한다. 「깨달음이 있어서 지음(有會而作)」에서, "배고파도 그만이니, 옛사람 중에 나에게는 스승이 많다"라고 한 상황 그대로, 이 시에서도 "무엇으로 내 마음을 달랠 것인가, 다행히 옛날에 그런 현자가 많았다네"라고 하여 그들을 기리는 이유를 밝히고 있다.

이러한 마음가짐에서 다음의 제3수에서부터 제7수에 이르기까지, 기한에도 변함없이 자신의 도를 지켜 나갔던 이들을 구체적으로 드러내어 칭송하고 있다.

「가난한 선비를 노래함(詠貧士)」 제3수

榮叟老帶索,	영계기 노인은 늙어서도 새끼를 맸으나,
欣然方彈琴,[1]	즐겁게 한바탕 거문고 탔었고,
原生納決履,[2]	원헌은 떨어진 신발을 신고 있었으나,
清歌暢商音.[3]	맑은 노래에는 고음이 퍼졌다네.
重華[4]去我久,	순임금 시대가 나로부터 멀어지면서,
貧士世相尋.	가난한 선비가 대대로 이어졌다.
弊襟不掩肘,[5]	떨어진 옷은 팔꿈치를 가리지 못하였고,
藜羹常乏斟.[6,7]	명아주 국은 언제나 건더기가 없었다.
豈忘襲輕裘,	어찌 가벼운 갖옷 입을 줄을 모르리오만,

---

1 「술을 마시고(飮酒)」제2수 참조.
2 원생(原生)은 춘추시대 노(魯)나라 출신인 원헌(原憲)을 가리키는 것으로 자가 자사(子思)이다. 공자의 제자였는데 공자가 세상을 떠나자 초야에 은거하였다. 『사기‧중니제자열전(史記‧仲尼弟子列傳)』에 다음과 같은 기록이 있다. "자공이 위나라에 재상으로 있었는데, 네 마리 말의 수레가 연이어진 채 명아주를 밀쳐내며 궁벽한 마을로 찾아가 원헌을 방문하였다. 원헌이 해진 의관을 걸치고 자공을 맞이하자, 자공이 그것을 부끄럽게 여기면서 말하기를, '그대는 어찌 이렇게 곤고하십니까?'라고 하였다. 원헌이 말하기를, '내가 듣기에, 재물이 없는 것을 가난하다고 하고 도를 배우고서 제대로 실천하지 못하는 것을 곤고하다고 한다고 하오. 나 같은 경우는 가난한 것이지 곤고한 것이 아니오'라고 하였다. 자공은 부끄러워져 불편해하면서 돌아갔고, 종신토록 그 말이 지나쳤던 것을 부끄러워하였다.(子貢相衛, 而結駟連騎, 排藜藋入窮閻, 過謝原憲. 憲攝敝衣冠見子貢, 子貢恥之曰, 夫子豈病乎. 原憲曰, 吾聞之, 無財者, 謂之貧, 學道而不能行者, 謂之病. 若憲, 貧也, 非病也. 子貢慙, 不懌而去, 終身恥其言之過也.)"
3 상음(商音) : 높고 밝은 소리(高朗之音)를 가리킨다.
4 중화(重華) : 순임금의 미칭이다.

苟得非所欽.	구차하게 얻는 것은 바라는 바가 아니었다.
賜也徒能辯,	자공은 그저 말만 잘했으니,
乃不見吾心.	결국 내 마음을 알아주지 못하리.

❖─감상

영계기는 빈부의 경계를 초월했고 원헌은 가난해도 맑은 노래를 그치지 않았다. 순임금 이후로 가난한 선비가 끊이지 않았으니 가난해도 구차하지 않기를 이들에게서 본받겠다는 다짐이다.

공자에게 '삼락(三樂)'을 설파했던 영계기와 부유했던 자공을 깨우쳐 주었던 원헌에 대해, "어찌 가벼운 갖옷 입을 줄을 모르리오만, 구차하게 얻는 것은 바라는 바가 아니었다"라고 하여 구차함이 없었던 태도를 기리고 있다. 마지막 연에서 말한 사(賜)는 공자의 제자인 자공(子貢)으로, 언변에 뛰어났는데 여기서는 잔소리하는 부인을 비유한 것이다.

---

5 『장자 · 양왕(莊子 · 讓王)』, "증자가 위나라에 있을 때 솜옷은 닳아서 거죽이 없고 얼굴은 부황이 들었으며, 손발은 굳은살이 박혀 있었다. 사흘 동안이나 불을 지피지 못하고 10년 동안이나 옷을 해 입지도 못했으며, 갓을 바로하면 갓끈이 끊어졌고 옷깃을 잡아당기면 팔꿈치가 드러났으며, 신을 신으면 뒤축이 터졌다.(曾子居衛, 縕袍無表, 顏色腫噲, 手足胼胝, 三日不擧火, 十年不製衣, 正冠而纓絶, 捉衿而肘見, 納屨而踵決.)"

6 짐(斟): 삼(糝)의 뜻으로, 국에 넣는 쌀가루이다.

7 『장자 · 양왕(莊子 · 讓王)』, "공자가 진나라와 채나라 사이에서 곤궁해져, 7일 동안이나 불 땔 음식을 먹지 못했고 명아주 국에 쌀가루도 넣지 못한 채 안색이 몹시 초췌한데도 방에서 거문고를 뜯으며 노래 부르고 있었다.(孔子窮於陳蔡之間, 七日不火食, 藜羹不糝, 顏色甚憊, 而弦歌於室.)"

「가난한 선비를 노래함(詠貧士)」 제4수

安貧守賤者,	가난에 편안하고 비천함을 지킨 자로,
自古有黔婁.[1]	옛날부터 검루라는 이가 있었다.
好爵吾不榮,	좋은 벼슬을 나는 영광으로 여기지 않고,
厚饋吾不酬.	후한 선물을 나는 받지 않는다고 했지.
一旦壽命盡,	하루아침에 수명이 다하자,
弊服仍不周.[2]	떨어진 옷으로 두루 덮지도 못했다네.
豈不知其極,	어찌 그 곤궁을 알지 못했으리오만,
非道故無憂.	도가 아니니 근심할 것이 없었다.
從來將千載,	그 이후로 거의 천 년이 돼가는데,
未復見斯儔.[3]	다시는 이런 사람을 보지 못했네.
朝與仁義生,	아침에 인의와 더불어 살았으니,
夕死復何求.	저녁에 죽은들 다시 무엇을 구하리.

◆———

1 검루(黔婁): 춘추시대 노(魯)나라의 은사로 바른 도를 지키면서 가난하게 살았다.

2 검루가 죽었을 때 그의 시체를 덮은 헝겊이 모자라 발이 드러났다. 증자가 조문하러 가서 이를 보고 헝겊을 비스듬히 하면 덮을 수 있겠다고 하자 검루의 아내가 "비스듬히 하여 넉넉한 것보다 바르게 하여 모자라는 것이 낫습니다(斜而有餘, 不如正而不足也)"라 하였다고 한다.[『열녀전 · 검루처(列女傳 · 黔婁妻)』]

3 「오류선생전(五柳先生傳)」에서 도연명은 자신을 검루에 비견하였다. "검루의 처가 말하기를, '빈천에 근심하지 않고 부귀에 급급하지 않았다'고 하였는데 아마도 이와 같은 사람을 말한 것이리라.(黔婁之妻有言, 不戚戚於貧賤, 不汲汲於富貴. 其言茲若人之儔乎.)"

좋은 벼슬과 많은 선물에 마음을 바꾸지 않고 인의의 도를 실천하면서 안빈낙도하다가 죽은 검루(黔婁)를 기리고 있다. "아침에 인의와 더불어 살았으니, 저녁에 죽은들 다시 무엇을 구하리"라는 말은 공자가, "아침에 도를 들으면 저녁에 죽어도 좋다"[4]라고 일컬은 경지에 이르렀음을 인정하고 있다.

◆ ─────

4 『논어 · 이인(論語 · 里仁)』, "朝聞道, 夕死, 可矣."

「가난한 선비를 노래함(詠貧士)」제5수

袁安[1]困積雪,	원안은 쌓인 눈에 갇혔어도,
邈然[2]不可干.[3]	초연한 채 (남에게) 요구하면 안 된다고 하였다.
阮公[4]見錢入,	완공은 돈이 들어오는 것을 보고,
卽日棄其官.	그날로 자기의 벼슬을 버렸다.
芻藁有常溫,[5]	꼴과 짚에는 항상 온기가 있었고,
採莒足朝餐.	토란을 캐어 아침거리로 충당했다.
豈不實辛苦,	어찌 진실로 고생스럽지 않으리오만,
所懼非飢寒.	두려운 것은 배고픔과 추위가 아니었다.
貧富常交戰,	빈천과 부귀가 항상 서로 싸우나,
道勝無戚顏.	도가 이기니 근심하는 안색이 없었다.
至德冠邦閭,	지극한 덕은 나라와 고을에 으뜸이었고,
淸節映西關.	청렴한 절개는 서관에 비쳤다.

---

1 원안(袁安) : 후한(後漢) 여남(汝南) 출신으로 자가 소공(邵公)이다. 태복(太僕), 사도(司徒) 등을 역임하였다. 곤궁한 처지에서도 바른 도리를 지킨 것으로 유명하다.

2 막연(邈然) : 뜻이 높고 고상한 모양이다.

3 '원안고와(袁安高臥)'의 고사이다. 큰 눈이 내려 사람들이 구걸에 나섰을 때 원안은 굶주 렸으나 집을 나오지 않았다. 누가 그 이유를 묻자 "눈이 많이 내려 사람들이 모두 굶주리 니 남에게 요구하면 안 된다(大雪人皆餓. 不宜干人)"라 하였다고 한다.[『여남선현전(汝南 先賢傳)』]

4 완공(阮公) : 내력이 자세하지 않다.

5 가난하여 꼴과 짚을 깔고 자는 것을 비유한다.

곤궁에서도 초연했던 원안과 빈부를 초월했던 완공에 대해, "빈천과 부귀가 항상 서로 싸우나, 도가 이기니 근심하는 안색이 없었다"라고 하여 그들이 안빈낙도했던 점을 높이고 있다. 이들의 인격은 공자가 『논어 · 위령공(論語 · 衛靈公)』에서 말한, "군자는 도를 걱정하지 가난을 걱정하지 않는(君子憂道, 不憂貧)" 구체적인 예라고 하겠다.

왕숙민은 마지막 연에 대해 설명하면서, 지극한 덕을 말한 위 구절은 원안에 대한 칭송이고 맑은 절개를 말한 아래 구절은 완공에 대한 언급이라고 하였다.[6]

---

6 왕숙민(王叔岷), 앞의 책, p.452.

「가난한 선비를 노래함(詠貧士)」 제6수

仲蔚[1]愛窮居,	장중울은 곤궁한 생활을 즐겼으니,
遶宅生蒿蓬.	집을 빙 둘러 쑥풀이 나 있었다.
翳然絶交遊,	자취를 감춘 채 세상의 교제 끊었지만,
賦詩頗能工.	시 짓는 데에 꽤나 뛰어났지.
擧世無知者,	온 세상에 알아주는 이 없었으나,
止有一劉龔.[2]	오직 유공 한 사람이 있었네.
此士胡獨然,	이 선비가 어찌 홀로 그랬는가,
實由罕所同.	실로 맞는 이가 드물었기 때문이었다.
介焉安其業,	굳건히 자기 일에 편안하였으니,
所樂非窮通.[3]	즐거워한 것은 곤궁이나 영달이 아니었다.
人事固以拙,	사람과의 관계가 진실로 서투르니,
聊得長相從.	그저 (이런 사람과) 길이 상종할 수 있었으면.

◆———

1 중울(仲蔚) : 후한(後漢) 평릉(平陵) 출신인 장중울(張仲蔚)로 곤궁하게 살면서도 시를 좋아하고 글을 잘 지었는데 오직 유공(劉龔)만이 그를 알아주었다고 한다.

2 유공(劉龔) : 후한(後漢) 장안(長安) 사람으로 자가 맹공(孟公)이다. 유흠의 조카로 의론 에 뛰어났다.

3 『장자 · 양왕(莊子 · 讓王)』, "옛날에 도를 터득했던 사람은 곤궁해서도 즐거워하고 영달 해서도 즐거워하였으니 즐거워한 것은 곤궁과 영달이 아니었다. 도가 나에게 터득되었 으니 곤궁과 영달은 추위와 더위, 바람과 비의 순서일 따름이었다.(古之得道者, 窮亦樂, 通亦樂, 所樂非窮通也. 道德於此, 則窮通爲寒暑風雨之序矣.)"

곤궁에 편안한 채 은거했던 장중울이었지만 그래도 유공이라는 사람이 있어 그를 알아주었다. 도연명은 "사람과의 관계가 진실로 서투르니, 그저 (이런 사람과) 길이 상종할 수 있었으면"이라고 읊어 그의 청빈한 생활과 여유로운 마음을 본받고자 하였다.

「가난한 선비를 노래함(詠貧士)」제7수

昔在黃子廉,[1]	옛날에 황자렴이 있었는데,
彈冠[2]佐名州.	벼슬길에 나서 이름난 고을을 다스렸다.
一朝辭吏歸,	하루아침에 관직을 그만두고 돌아오니,
淸貧略難儔.	청빈함이 거의 짝하기 어려웠다.
年饑感仁妻,	흉년 들자 어진 아내에게도 느낌이 있어,
泣涕向我流.	나를 보고 눈물을 흘리는구나.
丈夫雖有志,	"장부가 비록 뜻을 가지고 있어도,
固爲兒女憂.	진실로 처자식 위해 걱정해야지요."
惠孫[3]一晤歎,	혜손이 한번 만나보고 탄식하였지만,
腆贈竟莫酬.	후한 선물도 끝내 받지 않았다.
誰云固窮難.	누가 곤궁에 굳센 절개가 어렵다고 하였는가.
邈哉此前脩.	고상하구나 이 선현들이여.

❖ **감상**

황자렴은 하루아침에 관직을 버리고 귀거래 하여 가난을 감내하였다.
영달과 부귀를 초개처럼 여겼던 옛날의 많은 선비들이 곤궁에 꿋꿋했

◆————

1 황자렴(黃子廉) : 후한(後漢)의 황수량(黃守亮)으로 자가 자렴이다. 남양태수(南陽太守)
   를 역임하였다.
2 탄관(彈冠) : 갓의 먼지를 터는 것으로, 벼슬길에 나서는 것을 가리킨다.
3 혜손(惠孫) : 내력이 자세하지 않다. 왕숙민은 강주자사 단도제일 가능성을 제기하였
   다.[왕숙민, 앞의 책, pp.457-458.] 183쪽 주 3 참조.

던 가르침을 남겼으니, 이것이 아내의 호소나 남의 후한 선물에 마음의 동요 없이 지켜 나가야 할 절개이다.

마지막 연에서 일곱 수에 걸쳐 옛 빈사(貧士)를 칭송한 이유를 밝히고 있다. 바로 곤궁 속에서 지조를 견지했던 본보기가 되는 이들이기 때문이다. 이들의 행적이 역사에 남아 있으니 이들의 고상함을 본받고 벗하겠다는 다짐으로 맺고 있다.

51

「두 소씨를 노래함(詠二疎)」[1수]

❖─해제

421년[1] 도연명의 나이 57세에 지은 시이다. 서한(西漢)의 소광(疎廣)[2]과 소수(疎受)[3]는 태자의 태부(太傅)와 소부(少傅)로서 공을 이루고 물러났다. 공수신퇴(功遂身退)[4]의 도리를 실천한 두 사람을 칭송함으로써 공을 이룬 후 나라를 찬탈한 유유의 불의를 풍자한 내용이다.

大象[5]轉四時,　하늘은 네 계절로 옮겨 가며,
功成者自去.　공이 이루어진 것은 스스로 떠난다.
借問衰周來,　묻노니 쇠약해진 주나라 이래로,
幾人得其趣.　몇 사람이나 이 뜻을 터득하였나.

◆────

1　송 무제(武帝) 영초(永初) 2년이다.
2　소광(疎廣) : 서한(西漢) 동해(東海) 출신으로 자가 중옹(仲翁)이다. 선제(宣帝) 때에 박사(博士), 태부(太傅) 등을 역임하였다.
3　소수(疎受) : 서한(西漢) 동해(東海) 출신으로 소광(疎廣)의 조카이다. 소광이 태자태부로 있을 때 태자소부(太子少傅)로 있다가 함께 물러났다.
4　공수신퇴(功遂身退) : 『노자(老子) · 제9장』, "공이 이루어지면 물러나는 것이 하늘의 도이다.(功遂身退, 天之道也.)"
5　대상(大象) : 천체(天體)의 현상을 가리킨다.

游目漢廷中,　　한 나라 조정으로 눈을 돌려보니,

二疎復此擧.　　두 소씨가 이 일을 실천했구나.

高嘯返舊居,　　크게 휘파람 불며 옛집으로 돌아가,

長揖儲君傅.　　내내 태자의 스승 자리를 사양하였다.

餞送傾皇朝,　　전송에 온 조정 사람들이 다 나와,

華軒盈道路.　　화려한 수레가 길에 가득하였다.

離別情所悲,　　이별은 인정상 슬픈 것이지만,

餘榮何足顧.　　나머지 영화를 어찌 돌아볼 만하겠는가.

事勝感行人,　　일이 훌륭하여 길가는 사람도 감동시키니,

賢哉豈常譽.　　훌륭하다는 말이 어찌 평범한 찬사리오.

厭厭閭里歡,　　실컷 누리는 고향의 즐거움에,

所營非近務.　　일삼는 것은 비근한 일이 아니었다.

促席延故老,　　자리 가까이하고 노인들 초대하여,

揮觴道平素.[6]　　술잔 비우며 지난 일을 이야기한다.

問金終寄心,　　돈에 관해 물으며 끝내 마음을 두자,

清言曉未悟.[7]　　고상한 말로 깨닫지 못한 이들을 일깨워 주었지.

放意樂餘年,　　마음 놓고 남은 생애 즐길 것이니,

遑恤身後慮.　　어느 겨를에 죽은 후의 염려까지 신경 쓰리오.

誰云其人亡,　　누가 그 사람들 죽어 없다고 하겠는가,

久而道彌著.　　오랠수록 도가 더욱 드러나는데.

◆

6 「술을 마시고(飮酒)」 제19수 참조.

소광과 소수는 진퇴의 도를 깨닫고 곤궁과 영달에 초연했던 인물로,
도연명이 추구했던 '마음에 맞게 사는[칭심(稱心)]'[8] 생활을 했던 이들
이다.

어려운 시대를 살았던 도연명의 마음속에는 이상과 현실의 괴리에
서 오는 갈등이 많았을 것이다. 그러한 갈등을 지조와 기백을 지녔던
옛사람들에 대한 찬양을 통하여 간접적으로 표현하였으니 역사 인물
의 행적을 읊어 현실을 비판하고자 하는 뜻을 기탁한 것이다.

---

7 『한서 · 소광전(漢書 · 疎廣傳)』, "자주 집에 남은 금이 얼마나 되는지를 묻고 바로 팔아
   서 음식을 마련하였다. 1년 남짓 지나자 소광의 자손이 소광의 형제뻘 노인으로 소광이
   좋아하고 신임하는 이에게 몰래 이르기를, "저희들은 어르신이 살아계실 때 생업의 기반
   을 좀 마련하시기를 바라는데, 요즈음 음식으로 낭비하여 장차 다 없어질 것입니다. 어
   르신에게 가서서 논밭과 집을 사도록 권해 주십시오"라고 하였다. 노인이 곧 한가한 때
   를 타서 소광에게 이 계책을 말하자 소광이 말하기를, "내가 어찌 늙고 정신이 흐려져서
   자손을 생각하지 않는 것이겠나. 다만 원래 옛 논밭과 집이 있어 만약 자손들이 거기에
   서 부지런히 힘을 쓴다면 충분히 의식을 공급할 수 있으니 보통 사람들과 비슷할 것이
   다. 지금 다시 거기에 더하여 남는 것을 만들어 준다면 단지 자손들을 게으르게 할 뿐이
   다. 현명한데 재물이 많으면 그 의지를 손상시키고 어리석은데 재물이 많으면 그 잘못을
   가중시킨다. 또 부자는 사람들이 원망하는 대상이다. 내가 과거에 자손들을 잘 가르치지
   못했지만 그 잘못을 가중시켜 원망을 만들어주고 싶지는 않다"라고 하였다.(數問其家金
   余尙有幾所, 趣賣以共具. 居歲余, 廣子孫竊謂其昆弟老人廣所愛信者曰: "子孫幾及君時頗立
   産業基址, 今日飮食, 費且盡. 宜從丈人所, 勸說君買田宅." 老人即以閑暇時爲廣言此計, 廣曰:
   "吾豈老悖不念子孫哉? 顧自有舊田廬, 令子孫勤力其中, 足以共衣食, 與凡人齊. 今復增益之以
   爲贏余, 但敎子孫怠惰耳. 賢而多財, 則損其志, 愚而多財, 則益其過. 且夫富者, 衆人之怨也. 吾
   既亡以敎化子孫, 不欲益其過而生怨.)"
8 「술을 마시고(飮酒)」 제11수 참조.

52

「훌륭한 세 사람을 노래함(詠三良)」[1]수

❖─해제

421년[1] 도연명의 나이 57세에 지은 시이다. 진(秦) 목공(穆公)이 죽을 때 함께 순장하도록 하였던 세 사람의 고사[2]를 읊어, 유유가 공제를 시해하려고 보낸 독주를 자신이 먹고 죽은 장위를 애도한 시이다. 제목이나 내용으로 볼 때 「두 소씨를 노래함(詠二疏)」과 비슷한 시기에 지은 시로 추정된다.

彈冠乘通津,	갓을 털고 요직에 올랐으니,
但懼時我遺.	그저 시대가 나를 버릴까 두려워했지.
服勤盡歲月,	섬기기에 힘쓰며 세월을 다 보내면서,
常恐功愈微.	공로가 오히려 미약할까를 염려했지.
忠情謬獲露,	충정이 외람되게 다 드러나니,

◆────

1 송 무제(武帝) 영초(永初) 2년이다.
2 『춘추좌전(春秋左傳)』「문공(文公) 6년」, "진나라 임금인 임호가 죽자, 자거씨의 세 아들인 엄식, 중항, 침호를 순장하였는데 모두 진나라의 훌륭한 이들이었다. 나라 사람들이 슬퍼하여 그들을 위하여 「황조(黃鳥)」를 지었다.(秦伯任好卒, 以子車氏之三子奄息·仲行·鍼虎爲殉, 皆秦之良也. 國人哀之, 爲之賦黃鳥.)"

遂爲君所私.	마침내 임금에게 사랑받게 되었다.
出則陪文輿,	나가면 문채 나는 수레를 배행하고,
入必侍丹帷.	들어오면 반드시 붉은 장막에서 모셨지.
箴規嚮已從,	경계의 간언은 전부터 이미 따르셨고,
計議初無虧.	계획과 의논에 처음부터 어긋남이 없었다.
一朝長逝後,	어느 날 아침 죽은 후에는
願言同此歸.	이 돌아감조차 함께하길 바랐네.
厚恩固難忘,	두터운 은혜를 진실로 잊기 어려운 데다,
君命安可違.	임금의 명이니 어떻게 어길 수 있으랴.
臨穴罔惟疑,	묘혈에 다다라 주저함이 없었으니,
投義志攸希.	의리에 나섬은 마음으로 바라던 바였지.
荊棘籠高墳,	가시덤불이 높은 봉분을 뒤덮었고,
黃鳥聲正悲.	꾀꼬리 우는 소리가 진정 슬프구나.
良人不可贖,	훌륭한 사람들을 무를 수 없으니,
泫然沾我衣.	줄줄 흐르는 눈물이 내 옷을 적신다.

❖─감상

진 목공의 훌륭한 신하였던 자거씨 삼형제는 목공이 죽자 생전의 약속
을 실천하여 순사하였다. 도연명은 세 사람의 충군 정신에 빗대어 공
제(恭帝)의 사약을 대신 먹고 죽은 장위(張褘)의 희생을 칭송한 것이다.

53
「형가를 노래함(詠荊軻)¹」1수

❖─ **해제**

421년² 도연명의 나이 57세에 지은 시이다. 지기(知己)를 위해 목숨을 초개와 같이 버린 형가를 기림으로써 나라를 찬탈한 유유를 비난하는 심정을 기탁하였다. 제목이나 내용으로 볼 때「두 소씨를 노래함(詠二疏)」,「훌륭한 세 사람을 노래함(詠三良)」등과 비슷한 시기에 지은 시로 추정된다.

燕丹善養士,	연나라 태자 단은 선비를 잘 길렀으니,
志在報强嬴.³	뜻이 강포한 진시황에게 복수하는 데에 있었다.
招集百夫良,	백 사람을 감당할 인재를 모으는데,
歲暮得荊卿.	세모에 형가를 얻게 되었다.
君子死知己,	군자는 지기를 위해 죽는 법,
提劍出燕京.	칼을 들고 연나라 서울을 나선다.

◆─────

1　형가(荊軻) : 전국시대 위(衛)나라 출신으로 형경(荊卿)이라고 불렸다. 연(燕)나라 태자 단(丹)의 간청으로 진시황을 암살하려다 실패하였다.

2　송 무제(武帝) 영초(永初) 2년이다.

3　영(嬴) : 진시황의 성이 영(嬴)이고 이름은 정(政)이다.

素驥鳴廣陌,	흰 천리마는 넓은 길에서 우는데,
慷慨送我行.	강개에 찬 이들이 나의 떠남을 전송한다.
雄髮指危冠,	굳센 머리털은 높은 갓 위로 치솟고,
猛氣衝長纓.	맹렬한 기세는 긴 갓끈을 가로지른다.
飲餞易水上,	역수 가에서 전별의 술을 마시는데,
四座列群英.	온 좌석에 뭇 영웅들이 줄지어 있다.
漸離⁴擊悲筑,	고점리는 슬픈 가락의 축을 타고,
宋意⁵唱高聲.	송의는 높은 소리로 노래 부른다.
蕭蕭哀風逝,	쓸쓸하게 슬픈 바람이 지나고,
淡淡寒波生.⁶	담담하게 찬 물결이 일어난다.
商音更流涕,	상성에 더욱 눈물 흘리고,
羽奏壯士驚.	우성이 연주되니 장사들 놀란다.
公知去不歸,	공은 떠나면 돌아오지 못할 것을 알지만,
且有後世名.	그래도 후세에 이름은 남으리.
登車何時顧,	수레에 올라 언제 돌아보리오,
飛蓋入秦庭.	나는 듯한 수레가 진의 조정으로 들어간다.
凌厲⁷越萬里,	빠르고 매섭게 만 리 길을 넘었고,

---

4 점리(漸離) : 연(燕)나라 출신의 고점리(高漸離)로 축(筑)을 잘 탔다.
5 송의(宋意) : 연(燕)나라 태자 단(丹)이 기르던 선비였다.
6 『사기 · 자객열전(史記 · 刺客列傳)』, "나서서 노래하기를, '바람은 쓸쓸하고 역수는 찬데, 장사는 한번 가면 다시 돌아오지 않으리.(前而爲歌曰, 風蕭蕭兮易水寒, 壯士一去兮不復還.)"
7 능려(凌厲) : 기세가 매섭고 신속함을 가리킨다.

透迤[8]過千城.   구비구비 천 개의 성을 지났다.

圖窮事自至,   지도가 다 펴지자 일이 저절로 드러나니,

豪主正怔營.[9]   호걸스런 임금도 정녕 겁에 질렸다.

惜哉劍術疎,   애석하도다 검술이 서툴러,

奇功遂不成.   특별한 공을 끝내 이루지 못했구나.

其人雖已沒,   그 사람 비록 벌써 죽어 없으나,

千載有餘情.   천 년이 지나도록 남겨진 뜻이 있다.

❖ 감상

이 시는「두 소씨를 노래함(詠二疏)」과 마찬가지로 동진이 망하고 송이 들어선 이듬해인 421년에 유유가 공제를 시해한 사건과 관련이 있다. 형가의 의협은 불의의 왕조 교체를 목도한 도연명에게 더욱 의미 있게 여겨졌다. 죽을 것을 알면서도 옳다고 생각하는 일에 기꺼이 몸을 던진 형가의 기백은 만난을 감수하면서 지조를 유지했던 도연명의 마음과 통한다. 첫 연의 '강포한 진시황'으로 송을 건국한 유유를 암시하여 강한 저항감과 비판 의식을 드러내고 있다.『전국책·연책(戰國策·燕策)』과『사기·자객열전』에 보이는 형가의 기록을 강개한 필치로 형상화시킨 영사시(詠史詩)이다. 의리를 위해 목숨을 바치는 사람이 없는 현실에 대한 개탄이 마지막 구의 "천 년이 지나도록 남겨진 뜻이 있다"에 집약되어 있다.

◆ ——

8 위이(透迤) : 구불구불 가는 모양이다.

9 정영(怔營) : 두려워 어쩔 줄 모르는 모양이다.

황문환(黃文煥)이 「훌륭한 세 사람을 노래함(詠三良)」과 「형가를 노래함(詠荊軻)」을 평하여, "왕조가 바뀌고 임금이 시해되는데 죽어서 은혜를 갚은 것이 훌륭한 세 사람 같은 이들이 있었는가. 그런 사람 없었다. 살아서 원수를 갚은 것이 형가 같은 이가 있었는가. 또한 그런 사람 없었다. 이는 옛날을 조문하는 마음으로 지금을 가슴 아파하는 눈물을 뿌리고 있는 것이다"[10]라고 하였듯이 현실을 안타까워하는 도연명의 의기를 잘 전해 주는 시이다.

---

10 "祚移君弑, 有死而報恩, 如三良者乎. 無人矣. 有生而報讐, 如荊軻者乎. 又無人矣. 此則以弔古之懷, 灑傷今之淚也."[도주(陶澍), 앞의 책 권4, p.20.]

54
「『산해경』을 읽고(讀山海經)」 [13수]

❖─ 해제

422년[1] 도연명의 나이 58세에 지은 시이다. 전원생활의 한가한 틈에
『산해경』[2]과 『목천자전(穆天子傳)』[3]을 읽으면서 그 감회를 읊었는데,
악한 자[4]에 대한 분노와 피해자[5]에 대한 동정을 드러내는 등의 내용으
로 보아 유유가 공제를 시해한 일에 촉발되어 지은 것으로 추정된다.
시해 사건이 421년 9월에 있었고 이 연작시의 제1수 첫 구에서 초여름
을 언급하였으니 그 다음 해인 422년에 지은 시일 것이다.

---

1 송 무제(武帝) 영초(永初) 3년이다.
2 『산해경(山海經)』: 전국시대에 이루어진 지리서로 많은 신화와 전설을 싣고 있다. 진
　(晉)의 곽박(郭璞)이 주(注)를 달고 도찬(圖贊)을 지었다.
3 『목천자전(穆天子傳)』: 주(周) 목왕(穆王)이 서방(西方)을 순수(巡狩)한 사실을 소설체
　로 기술한 중국 최초의 역사소설이다. 진(晉) 곽박의 주가 있다.
4 제11수에 보이는 신위(臣危), 흠부(欽䰣) 등이 그 예이다.
5 제10수에 보이는 정위(精衛), 형요(形夭) 등이 그 예이다.

「『산해경』을 읽고(讀山海經)」 제1수

孟夏草木長,	초여름에 초목이 자라나니,
繞屋樹扶疎.[1]	집을 삥 둘러 나무가 무성하다.
衆鳥欣有託,	뭇 새들은 의지할 곳이 있음을 좋아하고,
吾亦愛吾廬.	나 역시 내 오두막집을 사랑한다.
旣耕亦已種,	이미 밭 갈고 또 씨까지 뿌린지라,
時還讀我書.	때때로 다시 나의 책을 읽는다.
窮巷隔深轍,	궁벽한 마을이라 깊은 수레 자국과 떨어져 있어,
頗廻故人車.	번번이 친구의 수레조차 돌아가게 한다.
歡然酌春酒,	흐뭇하게 봄 술을 떠놓고,
摘我園中蔬.	내 밭의 채소를 따온다.
微雨從東來,	가랑비가 동쪽에서 오는데,
好風與之俱.	상쾌한 바람도 함께 불어온다.
汎覽周王傳,	『목천자전』을 두루 읽어보고,
流觀山海圖.	『산해도』를 이리저리 훑어본다.
俛仰終宇宙,	잠깐 사이에 우주를 다 둘러보니,
不樂復何如.	즐겁지 않고 또 어떻겠는가.

❖ 감상

「『산해경』을 읽고(讀山海經)」 제1수는 전체 13수의 서문이 되는 시로

---

1 부소(扶疎) : 나뭇가지가 무성하게 뻗은 모양이다.

전원생활 중에 누리는 즐거움의 면면이 잘 드러나 있다. 바로 녹음이 무성한 전원에서 농사 중의 한가한 틈을 타 술을 마시고 책을 읽는 한가로움과 편안함이다.

"뭇 새들은 의지할 곳이 있음을 좋아하고, 나 역시 내 오두막집을 사랑한다"라고 한 데에서, 새들이 제 살 곳을 얻게 되었듯이 시인도 전원에서 자신의 자리를 찾게 된 안정감을 보이고 있다. "궁벽한 마을이라 깊은 수레 자국과 떨어져 있어, 번번이 친구의 수레조차 돌아가게 한다. 흐뭇하게 봄 술을 떠놓고, 내 밭의 채소를 따온다"라는 구절에서는 세속인과의 교제에 대한 거부와, 그러한 교제 없이도 스스로 즐길 수 있는 한적함을 보이고 있다. 이는 「고향집에 돌아옴(歸園田居)」 제2수에서 읊은, "교외에는 사람과의 교제 드물어, 외진 마을에 수레와 말 오는 일이 적다. 한낮에도 사립문은 닫혀 있고, 빈방에는 속된 생각이 끊겼다"와, 「술을 마시고(飮酒)」 제5수에서 읊은, "사람들 사는 경내에 오두막집을 엮었으나, 수레와 말의 시끄러움이 없"는 의경(意境)이다.

이런 가운데에서 시인은 초목과 뭇 새, 오두막집과 밭의 채소, 가랑비와 상쾌한 바람 등 주위의 일체 자연물 속에 그 일부로 존재한다. 바로 외물과 한 덩어리가 된 물아일체의 경지이다.

「『산해경』을 읽고(讀山海經)」제2수

玉臺[1]凌霞秀,	옥대가 노을을 뚫고 솟아 있는데,
王母[2]怡妙顏.	서왕모는 고운 얼굴로 즐거워한다.
天地共俱生,	천지와 더불어 함께 살아가니,
不知幾何年.	몇 살인지를 알 수 없다.
靈化無窮已,	신령스런 조화는 끝이 없으며,
館宇非一山.	거처하는 집은 하나의 산이 아니다.
高酣發新謠,[3]	성대한 연회가 무르익자 새로운 노래 부르니,
寧效俗中言.	어찌 세속의 말을 본뜨겠는가.

❖ 감상

신선을 추구하던 당시 풍조와는 달리 도연명은 신선을 배격하였지만 신선 고사나 유선적인 것에 대해서는 꽤 언급하였다. 제2수에서 제8수까지에는 신선에 의탁한 유선적(儒仙的) 요소가 다분한데 현실에서

◆

1 옥대(玉臺) : 서왕모(西王母)가 사는 옥산(玉山)의 누대이다.
2 왕모(王母) : 신화에 나오는 선녀로 불로장생의 상징이다. 『산해경 · 서산경(山海經 · 西山經)』, "옥산은 서왕모가 사는 곳이다. 서왕모는 그 모습은 사람과 같지만 표범의 꼬리에 호랑이의 이를 가지고 있으며 휘파람을 잘 분다.(玉山是西王母所居也. 西王母, 其狀如人, 豹尾虎齒而善嘯.)"
3 진(晉) 곽박(郭璞) 주, 『목천자전(穆天子傳)』, "천자가 요지의 위에서 서왕모에게 주연을 베푸니 서왕모가 천자를 위하여 다음과 같은 노래를 불렀다. '흰 구름이 하늘에 있다가 산능선으로 나온다. 길은 먼데 산과 내로 막혔구나. 아 그대는 죽지 마시어 다시 오실 수 있기를.'(天子觴西王母于瑤池之上, 西王母爲天子謠, 曰白雲在天, 山陵自出, 道里悠遠, 山川間之. 將子無死, 尚能復來.)"

느끼는 불만과 마음의 답답함을 풀고자 하는 한 방편에서 지은 것으로 여겨진다.

제2수는 『산해경 · 서산경』에 보이는 서왕모에 관한 고사를 제재로 한 시로 서왕모의 아름다운 외모와 장생불사를 읊고 있다.

「『산해경』을 읽고(讀山海經)」 제3수

迢遞¹槐江嶺,	까마득한 괴강의 고개,
是謂玄圃²丘.	이를 일러 현포의 언덕이라 한다.
西南望崑墟,	서남쪽으로 곤륜의 언덕을 바라보니,
光氣難與儔.	빛과 기운이 짝하기 어려워라.
亭亭³明玕⁴照,	우뚝 솟은 낭간수가 빛나고,
落落⁵清瑤流.	맑고 맑게 깨끗한 요수가 흐른다.
恨不及周穆,	한스러운 것은 주나라 목왕 때 태어나,
託乘一來遊.	편승하여 한번 와서 놀지 못한 것이라네.

❖ **감상**

괴강이라는 신령스런 산은 낭간수(琅玕樹)와 요수(瑤水)가 있는 선경
으로 주(周) 목왕이 놀던 곳이다. 『목천자전』을 두루 읽고, 『산해도』를
훑어보다가 이곳에서 노닐어 봤으면 하는 유선(儒仙)의 바람을 표현하
고 있다.

---

1 초체(迢遞) : 매우 높은 모양이다.
2 현포(玄圃) : 곤륜산에 있다는 신선의 거처를 가리킨다.
3 정정(亭亭) : 우뚝 솟은 모양이다.
4 명간(明玕) : 구슬 같은 열매가 열린다는 전설상의 나무인 낭간수(琅玕樹)를 가리킨다.
5 낙락(落落) : 맑고 깨끗한 모양이다.

「『산해경』을 읽고(讀山海經)」 제4수

丹木¹生何許.　단목이 어디에서 나는가.

迺在崒山²陽.　바로 밀산(崒山)의 남쪽이라네.

黃花復朱實,　노란 꽃이고 붉은 열매가 맺히는데,

食之壽命長.　이것을 먹으면 수명이 길어진다네.

白玉凝素液,　백옥에는 흰 진액이 엉기고,

瑾瑜發奇光.　근과 유라는 옥은 기이한 광채를 발한다.

豈伊君子寶,　어찌 군자의 보배가 될 뿐이겠는가.

見重我軒黃.³　우리 헌원 황제에게도 소중하게 여겨졌지.

❖─감상

밀산(崒山)에 단목이 자라는데 그 열매는 수명을 늘려 주는 영약이고 그 아래 흐르는 단수는 마시면 상서롭지 못한 기운을 막아 주어 황제가 즐기던 것들이라고 한다.『산해경·서산경』의 기록을 읊은 것이다.

◆────

1　단목(丹木) :『산해경』에 나오는 나무 이름이다.『산해경·서산경』, "서북쪽 450리에 있는 것이 밀산이다. 그 위에 단목이 많은데 잎은 둥글고 줄기는 붉다. 노란 꽃이고 붉은 열매가 맺히는데 그 맛은 엿과 같으며 먹으면 배고프지 않다.(西北四百二十里曰崒山, 其上多丹木, 員葉而赤莖, 黃華而赤實, 其味如飴, 食之不飢.)"

2　밀산(崒山) : 섬서성(陝西省) 상현(商縣)에 있는 산으로 '밀산(密山)'으로도 쓴다.

3　『산해경·서산경』, "단수가 거기서 나와 서쪽으로 흘러 직택으로 들어간다. 그 가운데 흰 옥이 많은데 여기에 옥고(玉膏 : 옥에서 나온다는 전설상의 선약)가 있다. 그 샘물이 흘러 넘치는데 황제가 먹고 마셨다.(丹水出焉, 西流注于稷澤, 其中多白玉, 是有玉膏, 其原沸沸湯湯, 黃帝是食是饗.)"

「『산해경』을 읽고(讀山海經)」제5수

翩翩三靑鳥,[1]	훨훨 나는 삼청조는,
毛色奇可憐.	털빛이 특별히 사랑스럽다.
朝爲王母使,	아침에는 서왕모의 심부름꾼이 되고,
暮歸三危山.	저녁에는 삼위산으로 돌아간다.
我欲因此鳥,	내가 바라는 것은 이 새를 통하여,
具向王母言,	자세히 서왕모에게 말하는 것이니,
在世無所須,	세상에 있는 동안 필요한 것은 없고,
惟酒與長年.	오직 술과 오래 사는 것뿐이라고.

❖ **감상**

서왕모의 심부름 새인 삼청조를 통하여 서왕모에게 술과 장수를 빌고
싶다는 내용이다. 신화와 전설에 나오는 고사를 이용하여 해학으로
마무리하고 있다.

---

1 삼청조(三靑鳥) : 서왕모의 심부름을 하는 새로 삼위산(三危山)에 산다고 한다.[『산해경
· 서산경』, "서쪽 250리에 있는 것이 삼위산인데 삼청조가 거기에 산다.(西二百二十里, 曰三
危之山, 三靑鳥居之.)"]

「『산해경』을 읽고(讀山海經)」제6수

逍遙蕪皋[1]上,	무고산 위에서 서성이며,
杳然望扶木.[2]	아득히 부상을 바라본다.
洪柯百萬尋,	큰 가지가 백만 길이나 되는데,
森散[3]覆暘谷.[4]	무성하게 퍼져 양곡을 덮고 있다.
靈人侍丹池,[5]	신인(神人)이 단지에서 시중들며,
朝朝爲日浴.	아침마다 태양을 목욕시킨다.
神景一登天,	신령한 빛이 한번 하늘 위로 솟으면,
何幽不見燭.	아무리 캄캄한 곳인들 비춰지지 않겠는가.

❖ 감상

신령스런 산인 무고산에서 해가 솟아오르는 나무인 부상을 보고, 신인이 목욕시킨 태양이 솟아올라 만상을 비추는 모습을 묘사한 것이다.

---

1 무고(蕪皋) : 『산해경』에 보이는 산 이름이다.[『산해경·동산경(山海經·東山經)』, "무고산에 이르면 남쪽으로 유해가 보이고 동쪽으로 부목이 보이는데, 초목은 없고 바람이 많다.(至于無皋之山, 南望幼海, 東望榑木, 無草木, 多風.)"]
2 부목(扶木) : 부상(扶桑)의 다른 이름으로, 부목(榑木)이라고도 한다.
3 삼산(森散) : 나무의 가지와 잎이 빽빽한 모양이다.
4 양곡(暘谷) : 해가 뜨는 곳이다.
5 단지(丹池) : 신화에 나오는 연못 이름으로『산해경·대황동경(山海經·大荒東經)』에서 말한, "감산이라는 산이 있는데 감수가 거기에서 나와 감연을 만든다(有甘山者, 甘水出焉, 生甘淵))"라고 한 '감연(甘淵)'이 그것이다.

「『산해경』을 읽고(讀山海經)」제7수

粲粲[1]三珠樹,	찬란한 세 그루의 구슬 나무가,
寄生赤水[2]陰.	적수의 남쪽에 의지하여 자란다.
亭亭[3]凌風桂,	우뚝하게 바람 뚫고 솟은 계수나무는,
八幹共成林.	여덟 그루가 함께 숲을 이루었다.
靈鳳撫雲舞,	신령스런 봉황은 구름을 스치며 춤추고,
神鸞調玉音.	신기한 난새는 옥 같은 소리가 조화롭다.
雖非世上寶,	비록 세속의 보배는 아니지만,
爰得王母心.	마침내 서왕모의 마음에 들었다.

❖ 감상

적수 가에는 세 그루의 구슬 나무가 자라고 계수나무는 여덟 그루가 숲을 이룰 정도로 크다. 여기에서 봉황이 춤추고 난새가 노래하니 서왕모가 사랑하는 것들이다.

◆────

1 찬찬(粲粲) : 선명한 모양이다.
2 적수(赤水) : 전설상의 강 이름이다.[『장자 · 천지(莊子 · 天地)』, "황제가 적수의 북쪽을 유람하다가 곤륜산에 올라 남쪽을 둘러보고 돌아오는 길에 그의 현주[도(道)]를 잃어버렸다.(黃帝遊乎赤水之北, 登乎崑崙之丘而南望還歸, 遺其玄珠.)"]
3 정정(亭亭) : 우뚝 솟은 모양이다.

「『산해경』을 읽고(讀山海經)」제8수

自古皆有沒,	예로부터 모두가 죽음이 있었으니,
何人得靈長,[1]	어느 누가 한없이 살아,
不死復不老,	죽지도 않고 또한 늙지도 않으면서,
萬歲如平常.	만 년토록 평소와 같을 수 있겠는가.
赤泉[2]給我飮,	적천이 나에게 마실 것을 주고,
員丘足我糧,[3]	원구가 나에게 양식을 넉넉하게 해주면,
方與三辰[4]游,	바야흐로 해, 달, 별과 노닐 것이니,
壽考豈渠央.[5]	수명이 어찌 갑자기 다하겠는가.

❖ 감상

불로불사의 영약인 적천의 물과 원구산의 나무 열매를 얻어 장수할 수 있기를 기원하는 내용이다.

---

1 영장(靈長) : 끊임없이 계속되는 것을 가리킨다.
2 적천(赤泉) : 신선이 사는 산인 원구산(員丘山)에 있다는 샘물이다.[장화(張華), 『박물지(博物志)』, "원구산에 적천이 있는데, 그것을 마시면 늙지 않는다.(員丘山有赤泉, 飮之不老.)"]
3 『산해경·해외남경(山海經·海外南經)』, "죽지 않는 사람들이 그 동쪽에 있는데 그 사람들은 얼굴이 검고 장수하면서 죽지 않는다.(不死民在其東, 其爲人黑色, 壽不死.)" 곽박 주, "원구산이 있는데 그 위에 죽지 않는 나무가 있어 그것을 먹으면 장수한다. 또 적천이 있어 그것을 마시면 늙지 않는다.(有員丘山, 上有不死樹, 食之乃壽. 亦有赤泉, 飮之不老.)"
4 삼신(三辰) : 해, 달, 별을 가리킨다.
5 거앙(渠央) : '거(渠)'는 '거(遽)'와 통하고 '앙(央)'은 '진(盡)'의 뜻이다.

「『산해경』을 읽고(讀山海經)」제9수

夸父[1]誕宏志,　과보는 큰 뜻을 과시하여,

乃與日競走.　마침내 해와 경주를 하였다.

俱至虞淵[2]下,　함께 우연의 아래에 이르니,

似若無勝負.　승부가 나지 않은 듯하였다.

神力旣殊妙,　신기한 힘이 이미 빼어나고 절묘하였으니,

傾河焉足有.　하수를 다 마셔도 어찌 흡족했겠는가.

餘迹寄鄧林,[3]　나머지 흔적을 등림에 남겨 놓았으니,

功竟在身後.　공적은 결국 죽은 뒤에 남아 있구나.

❖ 감상

해와 경주한 과보의 불굴의 정신을 기리는 내용이다. 『산해경·해외
북경(山海經·海外北經)』에, "과보가 해를 따라 달리는데 해가 지자 갈
증이 나서 물을 마시고 싶어 하수와 위수를 마셨다. 하수와 위수가 부
족하여 북쪽으로 대택을 마시려고 가다가 도달하기 전에 길에서 갈증
으로 죽었다. 그의 지팡이를 버렸는데 등림으로 되었다"[4]라는 기록이

◆

1　과보(夸父) : 신화에 나오는 인물로 염제(炎帝)의 후손이라고 한다.

2　우연(虞淵) : 전설에 나오는 못으로 해가 지는 곳이다.[『회남자·천문훈(淮南子·天文
訓)』, "우연에 이르는데 이를 황혼이라고 한다.(至于虞淵, 是謂黃昏.)"]

3　등림(鄧林) : 전설에 나오는 숲의 이름으로 과보의 지팡이가 변하여 이루어졌다고 한다.

4　"夸父與日逐走, 入日. 渴欲得飮, 飮于河渭. 河渭不足, 北飮大澤未至, 道渴而死. 棄其
杖, 化爲鄧林"

있고,『산해경 · 대황북경(山海經 · 大荒北經)』에는, "후토가 신(信)을 낳았고 신이 과보를 낳았다. 과보는 힘을 헤아리지 못하고 해를 쫓고자 하였다. 우곡(禺谷)에 이르러 하수를 마시려는데 넉넉하지 못하여 대택에 가려다가 도달하기 전에 여기에서 죽었다"⁵라고 하였다.

도연명은 이와 같은 글들을 읽고 당시 상황과 관련지어 위의 시를 지은 것이다. 「형가를 노래함(詠荊軻)」의 의중과 통하니, 진시황을 살해하고자 자신을 돌아보지 않았던 형가와 같은 사람이 바로 과보의 상이다.

---

5 "后土生信, 信生夸父. 夸父不量力, 欲追日景. 逮之于禺谷, 將飮河而不足也, 將走大澤未至, 死于此."

「『산해경』을 읽고(讀山海經)」 제10수

精衛¹銜微木,	정위는 잔 나뭇가지를 물어다,
將以塡滄海.	장차 큰 바다를 메우려 하였다.
形夭²無千歲,	형요는 오래 살지 못했지만,
猛志固常在.	맹렬한 뜻은 진실로 항상 남아 있었다.
同物旣無慮,	다른 것[새]과 같이 되었어도 이미 염려가 없었고,
化去不復悔.	죽어갔어도 더 이상 후회하지 않았다.
徒設在昔心,	그저 옛날에 가졌던 마음을 지닐 뿐,
良晨詎可待.	좋은 때를 어찌 기대할 수 있었겠는가.

---

1 정위(精衛) : 신화에 나오는 새로, 염제(炎帝)의 딸인 여와(女娃)가 동해에서 익사하였다가 변하여 된 새이다. 정위는 원한을 풀기 위해 나무와 돌을 물어다 동해를 메우려 하였다고 한다.[『산해경·북산경(山海經·北山經)』, "새가 있는데 그 모습이 까마귀와 같다. 머리에 무늬가 있고 부리는 희며 발은 붉은데 이름이 정위이다. 그 울음은 자기 이름을 부르는 소리인데 염제의 작은 딸로 이름이 여와였다. 여와가 동해에서 수영하다가 빠져서 돌아오지 못하였기 때문에 정위가 되어 항상 서산의 나무와 돌을 물어다 동해를 메웠다.(有鳥焉, 其狀如鳥, 文首白喙赤足, 名曰精衛. 其鳴自詨. 是炎帝之少女, 名曰女娃. 女娃游于東海, 溺而不返, 故爲精衛, 常銜西山之木石, 以堙于東海.)"]

2 형요(形夭) : 책에 따라 '형천(形天)'으로 되어 있는 것도 있다. 형요는 목이 잘려 죽은 뒤에도 원한을 갚기 위해 여전히 창과 방패를 휘두르며 천제와 다투었다고 한다.[『산해경·해외서경(山海經·海外西經)』, "형요가 천제와 여기에 이르러 신의 지위를 다투었다. 천제가 그의 머리를 잘라 상양산에 묻자, 젖꼭지로 눈을 삼고 배꼽으로 입을 삼은 채 창과 방패를 들고 춤을 추었다.(形夭與帝至此爭神, 帝斷其首, 葬之常羊之山, 乃以乳爲目, 以臍爲口, 操干戚以舞.)"]

원한을 풀기 위해 동해를 메우려 한 정위의 분투 정신과 목이 잘려 죽은 뒤에도 여전히 창과 방패를 휘두르며 천제와 다툰 형요의 투쟁 정신을 기리고 있다. 도연명은 이 시에서 정위와 형요의 굳센 절개와 불굴의 정신을 기림으로써 당시의 불의에 대한 저항감을 암시적으로 드러내고 있다. "맹렬한 뜻은 진실로 항상 남아 있었다"는 것이 바로 시인의 마음가짐이다. 마지막 구절의 '좋은 때'는 자신의 뜻을 이룰 때를 의미한다. 그런 때를 기약할 수 없음에도 정위와 형요처럼 맹렬한 뜻을 잃지 않을 것임을 천명한 것이다.

「『산해경』을 읽고(讀山海經)」^{제11수}

巨猾¹肆威暴,	신하인 위는 위엄과 포악을 부렸고,
欽鴀²違帝旨.	흠비는 상제의 뜻을 어겼다네.
窫窳强能變,	알유는 억지로 변화를 부릴 수 있었고,
祖江遂獨死.	조강은 마침내 홀로 죽었다지.
明明上天鑒,	밝고 밝게 하늘이 굽어보니,
爲惡不可履.	악한 짓을 하면 안 된다.
長枯³固已劇,	오랫동안의 질곡이 진실로 심했지만,
竣鶚⁴豈足恃.	준조와 독수리가 되었어도 어찌 믿을 만하겠는가.

❖ **감상**

악을 일삼던 신하 위와 흠비, 그리고 조화를 부리던 설유와 조강이 죽음에 이르렀듯이 나쁜 짓을 하면 결국 징벌을 받게 됨을 『산해경』에 나오는 고사를 들어 밝히고 있다. 진송(晉宋)의 왕조 교체기에 포악을 일삼던 무리에 대한 풍자의 뜻을 기탁한 시이다. 마지막 구절은 죽어서도 천벌에서 벗어날 수 없을 것이라는 질책이다.

◆

1 거활(巨猾) : '신위(臣危)'의 잘못이다.[왕숙민, 앞의 책, p.491.] 『산해경 · 해내서경(山海經 · 海內西經)』에, "이부[貳負 : 전설상의 신(神)]의 신하가 위(危)인데, 위(危)가 이부와 함께 알유를 죽였다. 천제가 이에 그를 소속산에 가둔 채 그의 오른발에 차꼬를 채우고 두 손과 머리카락을 뒤로 묶어 산 위의 나무에 매달아 놓았다(貳負之臣曰危, 危與貳負殺窫窳. 帝乃梏之疏屬之山, 桎其右足, 反縛兩手與髮, 繫之山上木)"라고 하였다.

2 흠비(欽鴀)나 다음에 나오는 알유(窫窳), 조강(祖江) 모두 전설상의 신 이름이다.

3 고(枯) : 곡(楛)의 잘못이다.[왕숙민, 앞의 책, p.492.]

4 준악(竣鶚) : 신하 위와 흠비가 죽은 뒤에 준조와 독수리로 변했다고 한다.

「『산해경』을 읽고(讀山海經)」 제12수

鵃鵝¹見城邑,	주아새가 성읍에 나타나면,
其國有放士.	그 나라에 쫓겨나는 선비가 생긴다네.
念彼懷王²世,	저 초나라 회왕 때를 생각해 보니,
當時數來止.³	당시에 자주 와서 머물렀다네.
青丘有奇鳥,⁴	청구산에 기이한 새가 있는데,
自言獨見爾.	스스로 말하길 홀로 나타난다 하였지.
本爲迷者生,	본래 미혹된 자를 위하여 태어난 것이지,
不以喩君子.	군자를 깨우치려는 것이 아니네.

❖ 감상

청구산에 있는 새가 다시 나타나 미혹된 자들을 깨우쳐 주기를 바라

1　주아(鵃鵝) : 전설에 나오는 상서롭지 못한 새의 이름으로 '주(鵝)'와 통한다. 『산해경 · 남산경(山海經 · 南山經)』에, "새가 있는데 그 모습이 올빼미와 같고 사람의 손을 가졌으며 그 소리는 암메추라기와 같다. 그 이름을 주라고 하는데 자기 이름을 자신이 부른다. 나타나면 그 고을에 쫓겨나는 선비가 많아진다.(有鳥焉, 其狀如鴟而人手, 其音如痺, 其名曰鵝, 其鳴自號也. 見則其縣多放士)"라고 하였다.

2　회왕(懷王) : 전국시대 초나라의 왕으로 위왕(威王)의 아들이다. 굴원(屈原)의 만류에도 불구하고 진(秦)나라에 갔다가 억류되어 죽음을 당하였다.

3　굴원이 추방된 것이 그 증험이다.

4　청구(青丘)는 전설상의 산 이름이다. 『산해경 · 남산경(南山經)』에, "청구산에, …… 새가 있는데 그 모습이 비둘기와 같고 그 소리는 사람이 외치는 것과 같다. 이름이 관관인데 그것을 지니면 미혹되지 않는다(青丘之山, …… 有鳥焉, 其狀如鳩, 其音若呵, 名曰灌灌, 佩之不惑)"라고 하였다.

지만 주아새가 나타나 쫓겨나는 선비들만 생겨난다고 하여,『산해경』
의 고사를 빌려 현실을 안타까워한 내용이다.

「『산해경』을 읽고(讀山海經)」 제13수

巖巖¹顯朝市,　　　지위 높은 이가 조정에 드러나는 법이니,

帝者愼用才.　　　임금 된 이는 인재 등용에 신중해야 한다.

何以廢共鮌,²　　　어찌하여 공공과 곤을 유폐하셨는가.

重華爲之來.³　　　순임금이 그 일을 하셨다.

仲父⁴獻誠言,　　　관중이 정성된 말 올렸으나,

姜公⁵乃見猜.　　　환공에게 결국은 의심받았다.

臨沒告飢渴,⁶　　　죽음에 이르러 기갈을 말했으나,

當復何及哉.　　　다시 어떻게 미칠 수 있겠는가.

◆───

1　암암(巖巖) : 크고 높은 모양이다. 나아가 위엄이 있는 모양을 나타낸다.

2　공곤(共鮌) : 공공(共工)과 곤(鮌)이다. 공공은 요임금 시기에 사흉(四凶)의 하나로 순임
　　금에 의해 유주(幽州)로 유배되었고, 곤 역시 요임금 시기에 사흉(四凶)의 하나로 치수에
　　실패하여 우산(羽山)으로 추방되었다.

3　래(來) : 어조사이다.

4　중부(仲父) : 춘추시대 제(齊) 환공(桓公)이 관중을 높여 부른 호칭이다.

5　강공(姜公) : 강(姜)씨 성인 환공(桓公)을 가리킨다.

6　관중이 임종시에 환공에게 역아(易牙), 수조(豎刁), 당무(堂巫), 공자 개방(開方)을 중용
　　하지 말 것을 당부하였는데 관중이 죽자 환공은 결국 그들을 중용하여 나라가 어지러워
　　지고 자신은 갇힌 채 음식도 얻어먹지 못하다가 자살하였다.[『관자·소칭(管子·小稱)』,
　　"환공이 이르기를, '내가 배가 고파서 먹고 싶고 목이 말라 마시고 싶은데도 그럴 수 없으니
　　그 까닭이 무엇인가?'라고 하니 부인이 대답하기를, '역아, 수조, 당무, 공자 개방 네 사람이
　　제나라를 나눠 갖고 10일 동안 입구를 막고 통하지 못하게 합니다'라고 하였다.(公曰, 吾饑
　　而欲食, 渴而欲飮, 不可得, 其故何也? 婦人對曰, 易牙·豎刁·堂巫·公子開方, 四人分齊國, 塗十
　　日不通矣.")]

「『산해경』을 읽고(讀山海經)」13수를 결론짓는 시로 도연명의 역사관이 잘 드러나 있다. 제왕은 인재 등용을 신중히 해야 하니 순임금과 환공의 예에서 볼 수 있듯이 국가의 흥망이 여기에 달려 있다는 것으로, 동진의 멸망이 효무제가 사안(謝安)[7]을 멀리하고 사마도자(司馬道子)[8]를 신임한 데에 그 뿌리가 있음을 암시하고 있다.

「『산해경』을 읽고(讀山海經)」를 짓게 된 배경에 대해 하작(何焯)은 다음과 같이 설명하였다.

> 도연명은 육경을 숭상하였고 신선이나 부처를 입에 올리지 않았으며 또한 생사의 경계에서 초연하였다. 그런데 『산해경』을 읽고(讀山海經)」 몇 편을 지어 천외(天外)의 일을 상당히 언급하였다. 이것은 우언에 뜻을 의탁한 것으로 굴원의 「천문(天問)」, 「원유(遠遊)」와 같은 것들이다.(公宗尙六經, 絶口仙釋, 而且超然於生死之際. 乃爲「讀山海經」數章, 頗言天外事. 蓋託意寓言, 屈原天問遠遊之類也.)[9]

하작의 말처럼 이 13수의 연작시는 도연명의 다른 시들과 비교하

---

7 사안(謝安) : 동진 진군(陳郡) 출신으로 자가 안석(安石)이고 시호는 문정(文靖)이다. 명
   문가의 후예로 왕희지(王羲之) · 지둔(支遁) 등과 사귀다 40여 세에 출사했다. 태원(太
   元) 8년에 전진(前秦)의 대군이 남하하자 정토대도독(征討大都督)을 맡아 비수(淝水) 전
   투에서 대승을 거뒀고 이어 여러 도시들을 수복했다.
8 사마도자(司馬道子) : 간문제(簡文帝)의 아들로 승상으로 있으면서 정사를 그르쳐 여러
   차례 반란이 일어났다. 결국 환현의 반란 때에 피살되었다.
9 도주(陶澍), 앞의 책 권4, p.21.

여 예외적인 것들이다.『산해경』을 읽고 일어나는 감흥을 읊은 시이기 때문에 유선적 요소도 있지만, 그러나 그 가운데에도 현실에 대한 안타까움과 비판을 보이고 있는 점에서 당시에 유행하던 유선시(儒仙詩)와는 성격이 다르다고 하겠다.

55

「만가시(挽歌詩)」[3수]

❖─ 해제

427년[1] 도연명의 나이 63세에 지은 시이다. 『송서 · 도연명전(宋書 · 陶淵明傳)』에, "원가 4년에 죽었는데 이때 나이 63세였다"[2]라고 하였고 『통감강목(通鑑綱目)』 원가 4년 11월 조에, "진의 징사(徵士)[3] 도잠이 죽었다"[4]라고 하였듯이, 도연명은 원가 4년인 427년 11월에 죽었다. 제 3수의 "된서리 내리는 9월 중에"라는 구절을 통해, 이 연작시는 도연명이 죽기 두 달 전인 427년 9월에 지은 것임을 알 수 있다.

---

1 송 문제(文帝) 원가(元嘉) 4년이다.
2 "元嘉四年卒, 是年六十三."
3 징사(徵士) : 조정의 초빙에 응하지 않은 은사를 칭하는 말이다. 도연명이 저작랑(著作郞)으로 부름 받았으나 나가지 않아 도징사(陶徵士)로 일컬어졌다.
4 "晉徵士陶潛卒."

有生必有死,	태어남이 있으면 반드시 죽음이 있고,
早終非命促.	일찍 죽는 것이 명이 짧은 것도 아니다.
昨暮同爲人,	어제 저녁에는 똑같이 사람이었는데,
今旦在鬼錄.	오늘 아침에는 귀신 명부에 있구나.
魂氣散何之,	넋과 기운은 흩어져 어디로 가고,
枯形寄空木.	말라버린 몸만 빈 나무에 얹혀 있나.
嬌兒索父啼,	사랑스런 아이들은 아버지 찾으며 울고,
良友撫我哭.	좋은 친구들은 나를 어루만지며 곡한다.
得失不復知,	잘잘못을 다시는 알지 못하니,
是非安能覺.	옳고 그름을 어찌 깨달을 수 있겠나.
千秋萬歲後,	천년만년 지난 후에는,
誰知榮與辱.	누가 영화와 치욕을 알리오.
但恨在世時,	다만 한스러운 것은 세상에 있을 때,
飮酒不得足.	술 마신 것이 넉넉하지 못했던 것뿐이네.

❖ **감상**

도연명은 죽음이 임박했음을 느끼고 「만가시(挽歌詩)」3수를 지었는데 죽은 후의 상황을 상상하여 제3자의 입장에서 담담하게 그려 낸 것이다.

제1수에서는 죽음은 필연적이고 장수와 요절은 상대적인 것이라는 도가 사상에 입각하여, 죽으면 시비득실을 지각할 수 없다는 관점

을 분명히 하였고 생전의 영욕과 사후의 명성이 무의미함을 밝히고 있
다. 죽음에 대한 달관적 자세로 시작하여 거기에서 비롯된 해학적 정
취로 마무리하고 있다.

「만가시(挽歌詩)」 제2수

在昔無酒飮,	옛날에는 마실 술이 없었는데,
今但湛空觴.	지금은 빈 잔이 가득해졌구나.
春醪¹生浮蟻,	봄에 빚은 술에 거품이 생기는데,
何時更能嘗.	어느 때 다시 맛볼 수 있을까.
肴案盈我前,	안주상은 내 앞에 그득하고,
親舊哭我傍.	친구들은 내 곁에서 곡한다.
欲語口無音,	말하려 해도 입에서 소리가 안 나오고,
欲視眼無光.	보려 해도 눈에는 빛이 없구나.
昔在高堂寢,	전에는 높은 집에서 잠들었는데,
今宿荒草鄕.	이제는 거친 풀밭에서 자겠구나.
一朝出門去,	하루아침에 문을 나와 떠나서,
歸來良未央.²	돌아왔으니 과연 끝없는 세계로다.

❖ **감상**

죽음은 본래의 집인 자연으로의 귀환이라는 달관이다. 「잡시(雜詩)」
제7수에서, "집은 잠시 머물던 여관이요, 나는 장차 떠나려는 나그네
같구나. 떠나서 어디로 가려는가, 남산에 옛집이 있다네"라 하였고,
「자제문(自祭文)」에서는, "나 연명은 장차 머물던 여관을 떠나 영원히

---

1 춘료(春醪) : 봄에 빚어 가을에 익은 술이다.
2 미앙(未央) : 끝나지 않음, 끝이 없음의 뜻으로 영원한 자연을 가리킨다.

본집으로 돌아간다"[3]고 하여 죽음을 자연으로 돌아가는 과정으로 여긴 것과 같은 달관이다.

3 "陶子將辭逆旅之館, 永歸於本宅."

荒草何茫茫,	거친 풀은 어찌 그리 아득하고,
白楊亦蕭蕭.	백양나무 또한 쓸쓸한가.
嚴霜九月中,	된서리 내리는 9월 중에,
送我出遠郊.	나를 보내려 먼 교외로 나간다.
四面無人居,	사방에 사람 사는 곳은 없고,
高墳正嶣嶢.[1]	높은 무덤들만 그저 솟아 있구나.
馬爲仰天鳴,	말은 그래서 하늘 향해 울고,
風爲自蕭條.	바람은 그래서 절로 쓸쓸히 분다.
幽室一已閉,	깜깜한 방이 한번 닫혀 버리면,
千年不復朝.	천년토록 다시는 아침이 되지 않으리.
千年不復朝,	천년토록 다시 아침이 되지 않으리니,
賢達無奈何.	현달한 사람들도 어쩔 수가 없다.
向來相送人,	지금까지 나를 전송해 주던 사람들은,
各自還其家.	각자 자기 집으로 돌아간다.
親戚或餘悲,	친척들은 혹 슬픔이 남아 있지만,
他人亦已歌.	다른 사람들은 역시나 벌써 노래 부른다.
死去何所道,	죽었는데 무엇을 말하겠는가,
託體同山阿.	몸을 의탁하여 산언덕과 하나가 되었으니.

◆————

1 초요(嶣嶢) : 우뚝 솟은 모양이다.

❖⎯**감상**

이 3수의 연작시는 자신을 객관화시켜 죽음의 문제를 정면에서 다룬
것으로, 도연명의 생사관을 잘 보여준다. 죽음은 누구에게나 공평하
게 찾아오는 것이며 자연의 일부로 존재하다 역시 자연의 일부로 변해
가는 한 과정일 뿐이라는 순응자연의 사상이 잘 드러나 있다.

56
「연구(聯句)」[1]수

418년[1] 도연명의 나이 54세에 지은 시이다. 함께 시를 지은 암지(暗之),
순지(循之)는 『진서 · 도연명전(晉書 · 陶淵明傳)』에서 언급한 '왕래하던
사람들(周旋人)'들로 보이며[2], 「여러 사람들이 함께 주씨 집안 선영의
잣나무 밑에서 놀면서(諸人共遊周家墓栢下)」와 같은 시기에 지은 시로
추정된다.

鳴雁乘風飛,	우는 기러기가 바람 타고 나는데,
去去當何極.	떠나서 장차 어디에 이를까.
念彼窮居士,	저 곤궁하게 사는 선비를 생각하니,
如何不歎息.[淵明]	어떻게 탄식하지 않으리오.[연명]
雖欲騰九萬,	비록 구만 리 장천에 오르고자 하나,
扶搖竟何力.	회오리 바람을 끝내 무슨 힘으로 만나리오.

◆────

1 동진 안제 의희(義熙) 14년이다.
2 『진서 · 도연명전(晉書 · 陶淵明傳)』, "주와 군에서 사람 만나는 일 끊고 고향 친구인 장
   야, 왕래하던 양송령, 방준 등을 혹 술이 있으면 초대하였다.(旣絶州郡覲謁, 其鄕親張野,
   及周旋人羊松齡, 龐遵, 或有酒邀之.)"

遠招王子喬,	멀리서 왕자교를 불러오면,
雲駕庶可飭.[暗之]	구름수레를 메울 수 있으련만.[암지]
顧侶正徘徊,	짝을 돌아보며 한참을 배회하다,
離離翔天側.	가지런히 하늘가를 난다.
霜露豈不切,	서리와 이슬이 어찌 사무치지 않으리오만,
務從忘愛翼.[循之]	힘써 따르며 날개 아끼기를 잊는다.[순지]
高柯擢條幹,	높은 가지가 줄기에서 뻗었는데,
遠眺同天色.	멀리서 바라보니 하늘빛과 한가지다.
思絶慶³未看,	생각 끊어지니 (기러기도) 보이지 않고,
徒使生迷惑.[淵明]	부질없이 미혹만 생기게 하는구나.[연명]

❖ **감상**

기러기를 주제로 친구들과 어울려 연구(聯句)로 지은 시이다. 연구는
여러 사람이 한두 구절씩 연이어 지어 한 수의 시를 완성하는 방식으
로 한대(漢代) 백량대시(柏梁臺詩)에서 비롯된 것이다.

◆─────

3 경(慶) : 어조사이다.

57

「도화원시 및 기문(桃花源詩幷記)」 1수 및 기문

❖─ 해제

421년[1] 도연명의 나이 57세에 지은 시이다. 왕조가 교체되고 공제가
시해된 후 현실에 대한 절망과 이상향에 대한 동경이 복합되어 나온
걸작으로 「도화원기(桃花源記)」라고 일컬어지는 유명한 기문이 있다.

❖─ 기문

晉太元[2]中, 武陵[3]人捕魚爲業, 緣溪行, 忘路之遠近. 忽逢桃花林, 夾
岸數百步. 中無雜樹. 芳草鮮美, 落英繽紛. 漁人甚異之, 復前行, 欲
窮其林. 林盡水源, 便得一山, 山有小口, 髣髴若有光. 便捨船從口入.
初極狹, 纔通人. 復行數十步, 豁然開朗, 土地平曠, 屋舍儼然.[4] 有良
田·美池·桑竹之屬, 阡陌交通, 鷄犬相聞. 其中往來種作, 男女衣
著,[5] 悉如外人. 黃髮[6]垂髫,[7] 竝怡然自樂, 見漁人, 乃大驚, 問所從來.

1　송 무제(武帝) 영초(永初) 2년이다.
2　태원(太元): 동진 효무제(孝武帝)의 연호(376~396)이다.
3　무릉(武陵): 지금의 호남성(湖南省) 상덕현(常德縣) 지역이다.
4　엄연(儼然): 질서정연한 모양이다.
5　의착(衣著): 옷, 복장의 뜻이다.

具答之, 便要還家, 爲設酒殺鷄作食.

村中聞有此人, 咸來問訊. 自云先世避秦時亂, 率妻子邑人, 來此絶境, 不復出焉, 遂與外人間隔. 問今是何世, 乃不知有漢, 無論魏晉. 此人一一爲具言所聞, 皆歎惋. 餘人各復延至其家, 皆出酒食. 停數日, 辭去. 此中人語云, 不足爲外人道也. 旣出, 得其船, 便扶向路, 處處誌之. 及郡下, 詣太守說如此, 太守卽遣人隨其往. 尋向所誌, 遂迷不復得路.

南陽劉子驥,[8] 高尙士也. 問之, 欣然規往, 尋病終, 後遂無問津者.

진나라 태원 연간에 무릉 사람이 고기를 잡아 생활하였는데 시내를 따라 가다가 길을 얼마나 왔는지 잊어버렸다. 홀연 복숭아나무 숲을 만났는데 언덕을 끼고 수백 보에 달했다. 그 가운데 다른 나무는 없고 향기로운 풀이 아름답고 떨어지는 꽃들이 흩날렸다. 어부가 매우 이상하게 여겨 다시 앞으로 가면서 숲이 끝나는 데까지 가보려고 하였다. 숲은 물이 발원하는 곳에서 끝났는데 바로 산이 하나 있고 산에 작은 구멍이 있어 마치 빛이 있는 것 같았다. 곧 배에서 내려 입구를 따라 들어가니 처음에는 매우 좁아 겨우 사람이 지나갈 정도였다. 다시 수십 보를 가니 훤하게 트여 밝아지는데 땅은 평평하고 드넓으며 집들이 가

---

6 황발(黃髮) : 나이가 아주 많은 노인을 가리킨다.

7 수초(垂髫) : 아이들의 땋아 늘어뜨린 머리라는 뜻에서 어린아이를 가리킨다. '수발(垂髮)'이라고도 한다.

8 유자기(劉子驥) : 동진 태원 시기의 저명한 은사인 유인지(劉麟之)로 자(字)가 자기(子驥)이다.

지런하였다. 좋은 밭, 아름다운 연못, 뽕나무와 대나무 등이 있고 논밭길이 이리저리 통해 있으며 닭 우는 소리와 개 짖는 소리가 들려 왔다. 그 가운데에서 오고 가며 농사를 짓는데 남녀의 복장은 모두 바깥 사람들과 같았다. 노인들과 아이들은 모두 편안하게 스스로 즐기는데 어부를 보고 크게 놀라 어디에서 왔는지를 물었다. 자세히 대답해 주니 곧 집에 가자고 청하여 그를 위해 술자리를 마련하여 닭을 잡고 밥을 지어 주었다.

마을에서 이런 사람이 있다는 말을 듣고 모두들 와서 (바깥소식을) 물었다. 그들이 말하기를, "선대에 진(秦)나라 때의 난리를 피해 처자식과 마을 사람들을 데리고 이 외진 곳에 왔고 다시 세상에 나가지 않아 마침내 외부 사람들과 떨어지게 되었습니다"라고 하면서 지금이 어떤 시대인가를 묻는데, 한(漢)나라도 모르니 위(魏)와 진(晉)은 말할 것도 없었다. 이 사람이 일일이 그들에게 아는 것을 자세히 말해 주니 모두 탄식하며 놀랐다. 다른 사람들도 각자 다시 자기 집으로 맞이하여 모두 술과 밥을 내놓았다. 며칠을 머물다 하직하고 떠나는데 이 가운데 한 사람이 말하기를, "외부 사람들에게 족히 말할 게 못 됩니다"라고 하였다. 나온 뒤에 자기 배를 찾고 곧 전에 왔던 길을 따라가며 곳곳마다 표시를 해놓았다. 군의 성내에 이르러 태수에게 찾아가 이와 같은 일을 말하니 태수가 즉시 사람을 시켜 그가 갔던 곳을 따르게 하였다. 전에 표시해 놓은 곳을 찾았으나 결국 헤매다가 더 이상 길을 찾을 수 없었다.

남양의 유자기는 고상한 선비였다. 이 말을 듣고 기꺼이 찾아갈 것을 계획하였지만 얼마 후 병들어 죽었고 그 후에는 마침내 길을 묻는 사람이 없었다.

嬴氏[9]亂天紀,　　진시황이 하늘의 법도를 어지럽혀,

賢者避其世.　　현자들이 세상을 피했다.

黃綺[10]之商山,　　하황공과 기리계는 상산으로 갔고,

伊人亦云逝.　　이 사람들도 역시 떠나갔다.

往跡浸復湮,　　떠나간 자취는 점차 다시 사라졌고,

來徑遂蕪廢.　　왔던 길 마침내 거칠어져 없어졌네.

相命肆農耕,[11]　　서로 알려서 농사에 힘쓰고,

日入從所憩.　　해 지면 쉴 곳으로 돌아간다.

桑竹垂餘蔭,　　뽕과 대나무는 넉넉한 그늘을 드리우고,

菽稷隨時藝.　　콩과 기장은 때에 맞춰 심는다.

春蠶收長絲,　　봄누에 쳐서 긴 명주실 거두고,

秋熟靡王稅.　　가을에 벼 익어도 세금이 없다.

荒路曖交通,　　거친 길은 오고 감을 막고,

鷄犬互鳴吠.　　닭과 개는 서로 울어대고 짖는다.

俎豆猶古法,　　제사 그릇은 아직도 옛 법도대로이고,

衣裳無新製.　　입은 옷도 새로운 제작이 없다.

童孺縱行歌,　　아이들은 마음대로 나다니며 노래 부르고,

◆──────

9　영씨(嬴氏) : 진시황의 성이 영(嬴)이고 이름은 정(政)이다.

10　황기(黃綺) : 176쪽 주 1 참조.

11　「귀거래혜사(歸去來兮辭)」, "농부가 내게 봄이 왔다고 알리니 장차 서쪽 밭에 일이 있겠
구나.(農人告余以春及, 將有事於西疇.)"

班白歡遊詣.	노인들은 찾아가는 이를 환영한다.
草榮識節和,	풀이 꽃 피면 계절이 온화해진 것을 알고,
木衰知風厲.	나무가 시들면 바람이 매서워진 것을 안다.
雖無紀曆誌,	비록 달력의 기록은 없지만,
四時自成歲.	네 계절이 저절로 한 해를 이루어 간다.
怡然有餘樂,	편안히 넉넉한 낙이 있으니,
于何勞智慧.	어디에 지혜를 쓰리오.
奇蹤隱五百,	기이한 자취가 500년 동안 숨겨져 있다가,
一朝敞神界.	하루아침에 신령한 세상이 드러났네.
淳薄既異源,	순후함과 각박함이 근원을 달리하니,
旋復還幽蔽.	곧바로 다시 감추어졌다네.
借問游方士,	묻노니 세속에 머무는 이들이여,
焉測塵囂外.	어찌 시끄러운 속세의 바깥을 헤아릴 수 있겠소.
願言躡輕風,	바라건대 가벼운 바람 타고서,
高擧尋吾契.	높이 날아 나와 뜻 맞는 이 찾으리.

❖ 감상

「도화원시 및 기문(桃花源詩幷記)」은 압박과 전란이 없는 곳에서 편안
히 생업에 종사하고자 하는 농민들의 바람과 이상을 형상화시킨 작품
이다. 특히 신선 세계가 아닌 일상적인 세상에서 이상향을 추구하면서
현실의 혼란을 우회적으로 비판하고 있다는 점에서 뛰어나다. 이 글에
서 묘사한 이상향은 다음과 같은 특징을 지닌다.

첫째, 농경사회이다. 역대로 농업이 생업의 근간이 되었던 중국 사회에서 농경과 잠업에 종사하는 모습이 이상향의 기본 조건이 되었다.

둘째, 수탈이 없다. 전쟁과 반란, 농민 봉기가 계속되었던 당시 상황에서 농민들은 무거운 세금에 고생하다가 결국은 유랑하게 되었으니 수탈이 없는 세상은 농민들의 절실한 바람이었다.

셋째, 문명이 없다. 그래서 사람들은 순박하고 후한 인심을 지닐 수 있었다. 문명은 사람들의 순수함을 앗아간다.[12] 도연명은 책력 등 문명의 이기가 없는 도화원의 순수 상태를 '순후함'으로, 속세에 사는 사람들을 '각

---

12 『노자(老子) · 제80장』, "작은 나라에 적은 백성으로, 여러 가지 기물이 있어도 사용하지 않게 한다.(小國寡民, 使有什佰之器而不用.)"; 『장자 · 천지(莊子 · 天地)』, "자공이 남쪽으로 초나라를 유람하고 진(晉)나라로 돌아오는데, 한수의 남쪽을 지나다가 한 노인이 밭을 가꾸는 것을 보았다. 땅굴을 파고 우물에 들어가 물동이를 안고 나와 밭에 물을 주는데 끙끙대며 몹시 힘을 쓰지만 효과는 적었다. 자공이 말하기를, '여기에 기계가 있는데, 하루에 백 고랑에 물을 대어 힘을 적게 들이고도 효과는 많습니다. 노인께서는 써보지 않겠습니까?'라고 하자 밭을 가꾸던 노인이 고개를 들어 쳐다보고 말하기를, '어떻게 하는데요?'라고 물었다. 자공이 말하기를, '나무를 깎아 기계를 만드는데 뒤는 무겁고 앞은 가벼워 물을 끌어올리는 것이 뽑아 올리듯 하고 빠르기는 물이 넘치듯 합니다. 그 이름을 두레박이라고 합니다'라고 하자 밭을 가꾸던 노인이 화난 표정을 짓다가 웃으며 말하기를, '내가 우리 스승께 들었는데, 기계가 있으면 반드시 기계를 쓸 일이 생기고 기계를 쓸 일이 생기면 반드시 기교의 마음이 생긴다오. 기교의 마음이 가슴속에 있게 되면 순수한 마음이 갖추어지지 않고 순수한 마음이 갖추어지지 않으면 정신이 안정되지 못한다오. 정신이 안정되지 못한 자에게는 도가 깃들지 않는다고 하오. 나는 알지 못하는 것이 아니고 부끄러워서 쓰지 않는 것이오'라고 하였다.(子貢南遊於楚, 反於晉, 過漢陰見一丈人方將爲圃畦. 鑿隧而入井, 抱甕而出灌, 搰搰然用力甚多而見功寡. 子貢曰, 有械於此, 一日浸百畦, 用力甚寡而見功多. 夫子不欲乎? 爲圃者仰而視之曰, 奈何. 曰, 鑿木爲機, 後重前輕, 挈水若抽, 數如泆湯. 其名爲槔. 爲圃者, 忿然作色而笑曰, 吾聞之吾師, 有機械者必有機事, 有機事者必有機心. 機心存於胸中, 則純白不備, 純白不備, 則神生不定. 神生不定者, 道之所不載也. 吾非不知, 羞而不爲也.)"

박함'으로 대비시켜 이상 사회와 현실의 차이를 부각시키고 있다.

넷째, 전쟁과 혼란이 없다. 도연명은 마지막 연에서, "바라건대 가벼운 바람 타고서, 높이 날아 나와 뜻 맞는 이 찾으리"라고 하여 이들의 생활환경, 삶의 자세, 사고방식 등이 바로 자신이 추구하는 바임을 밝히고 있다. '뜻 맞는 이'는 바로 도화원에 사는 사람들이다.

이 글은 이상과 같은 현실적이고 긍정적인 면도 있지만, 임금이 없던 원시 시대를 칭송하고 문명을 부정한 점이나 자급자족적 자연경제와 왕래가 끊긴 폐쇄사회를 그려 낸 점 등의 복고적이고 소극적인 면도 있다. 자신의 소박한 국가관에 입각하여 현실과 대비되는 이상사회를 만들어내고자 하는 바람이 복고적 색채를 띠게 되었다고 하겠다.

◆─참고문헌

1. 도연명시 역주

王叔岷,『陶淵明詩箋證稿』, 臺北, 藝文印書舘, 1975.

丁福保,『陶淵明詩箋注』, 臺北, 藝文印書舘, 1977, 五版.

逯欽立,『陶淵明集』, 臺北, 里仁書局, 1985.

孫鈞錫,『陶淵明集校注』, 新鄉, 中州古籍出版社, 1986.

陶澍,『靖節先生集』, 臺北, 華正書局, 1987.

楊勇,『陶淵明集校箋』, 臺北, 正文書局, 1987.

郭維森 · 包景誠 譯注,『陶淵明集全譯』, 貴陽, 貴州人民出版社, 1996.

『도연명전집(陶淵明全集)』, 이성호 역, 문자향, 2001.

『韓譯 陶淵明全集』, 車柱環 譯, 서울대학교 출판부, 2001.

『도연명 전집(陶淵明 全集)』, 이치수 역주, 문학과지성사, 2005.

『도연명집 1-2』, 陶淵明 撰, 林東錫 譯註, 동서문화사, 2010.

『도연명(陶淵明)』, 김학주 譯, 明文堂, 2013.

2. 도연명 연구저작

大矢根文次郎,『陶淵明研究』, 東京, 早稻田大學出版部, 1969, 再版.

中華書局 編,『陶淵明詩文彙評』, 臺灣, 中華書局, 1974.

黃仲崙,『陶淵明作品硏究』, 臺北, 帕米爾書店, 1975.

方祖燊,『陶淵明』, 臺北, 國家出版社, 1975.

蕭望卿,『陶淵明批評』, 臺北, 開明書局, 1978, 六版.

劉維崇,『陶淵明評傳』, 臺北, 黎明文化事業股份有限公司, 1978.

廖仲安,『陶淵明』, 上海, 上海古籍出版社, 1979.

梁啓超,『陶淵明』, 臺北, 中華書局, 1980, 四版.

鍾優民,『陶學史話』, 臺北, 允晨文化事業股份有限公司, 1987.

魏正申,『陶淵明探稿』, 北京, 文津出版社, 1990.

李辰冬,『陶淵明評論』, 臺北, 東大圖書股份有限公司, 1991.

李華,『陶淵明新論』, 北京師範學院出版社, 1992.

陳怡良,『陶淵明之人品與詩品』, 臺北, 文津出版社, 1993.

王定璋,『陶淵明懸案揭秘』, 四川大學出版社, 1996.

金昌煥,『도연명의 사상과 문학』, 서울, 을유문화사, 2009.